图文典藏版

馬寅初傳

杨建业 著

中国财经出版传媒集团
中国财政经济出版社

图书在版编目（CIP）数据

马寅初传／杨建业著．—北京：中国财政经济出版社，2016.7

ISBN 978－7－5095－5038－0

Ⅰ．①马… Ⅱ．①杨… Ⅲ．①传记文学－中国－当代 Ⅳ．①I25

中国版本图书馆 CIP 数据核字（2016）第 047459 号

责任编辑：杨　云　李　鹤　　　　责任校对：黄亚青

责任印制：刘春年　　　　　　　　版式设计：盛世纳唐

中国财政经济出版社出版

URL：http://www.cfeph.cn

E－mail：cfeph@cfeph.cn

社址：北京市海淀区阜成路甲 28 号　邮政编码：100142

营销中心电话：010－88190406　北京财经书店电话：010－64033436

北京时捷印刷有限公司印刷　各地新华书店经销

787×1092 毫米　16 开　25 印张　326 000 字

2016 年 7 月第 1 版　2016 年 7 月北京第 1 次印刷

定价：58.00 元

ISBN 978－7－5095－5038－0／K·0021

（图书出现印装问题，本社负责调换）

本社质量投诉电话：010－88190744

反盗版举报热线：88190492　88190446

堅持真理、嚴謹治學

陳虎八十二

再版前言

长篇传记文学《马寅初传》，在1985年10月刚写完就受到中央领导同志的关怀、支持，受到许多出版社的关注，报刊的刊登、连载；《马寅初传》出版后，报刊媒体更是广泛宣传、报道；不仅广大读者欢迎、喜爱，而且还得到领导同志和专家的充分肯定和高度评价。

1986年9月，中国青年出版社出版《马寅初传》时，中共中央政治局常委陈云为该书题写了书名："马寅初传"（见本书封面），并题词"坚持真理，严谨治学"，高度赞扬马寅初先生一生。该书出版后，新华社、中央电视台播发消息，《人民日报》刊发书评，很快被抢购一空；1987年又重印，后以《马寅初》为书名，被列入该出版社出版的中国现代名人传记丛书，1993年3月第三次重印。

北京人民广播电台从1987年2月24日开始，在早上、中午和晚上各占30分钟的小说连续广播节目中，用24天时间，向首都和全国的广大听众连续播诵全书；后来，在时过四年多之后，应广大听众要求，该台在1991年4月又重新广播全书一次。

北京外文出版社认为《马寅初传》写得好，是非常优秀的作品。该出版社1987年9月决定：将中文版的《马寅初传》翻译成英文出版。

1991年6月28日，在首届中国传记文学"东方杯"传记作品评奖活动中，《马寅初传》连同王朝柱的《李大钊》、聂荣臻的《聂荣臻回忆录》、马烽的《刘胡兰传》等12部书籍一起被评为优秀作品，获得优秀创作奖。这次评奖活动由首都的人民出版社等38家出版社、报刊及文学研究机构联合举办；获奖作品是由作家、文艺评论家、著名学者组成的25人评委会，从党的十一届三中全会以来出版的近200部长篇传记、回忆录、自传中评选出来的，前后历时两年。

中国青年出版社在七年之中，先后印刷3次《马寅初传》(其中一次被列入中国现代名人传记丛书，以《马寅初》为书名重印)，北京人民广播电台在四年之中，两次播诵全书，但仍不能满足广大读者和听众的需求；在《马寅初传》出版11年之后，河北省的花山文艺出版社在1997年3月以《马寅初》为书名，把它纳入著名民主人士传记丛书再次出版，在国内外发行。

此外，从2002年至2010年的8年间，有中央电视台和上海等5家地方电视台先后6次采访我，谈有关对马寅初先生的采访报道和《马寅初传》内容和创作的情况，并都先后录制成音像电视片，在国内外向观众播放。如，2005年6月，为纪念陈云同志诞辰100周年，中央纪委监察部、中央文献研究室、中央电视台联合摄制的四集文献电视纪录片：《陈云与党风廉政建设》的第二集“拨乱反正”中，记述了陈云冲破重重阻力，领导中纪委为马寅初平反一事。我作为这一重大事件的参与者和见证人，曾被联合摄制组多次采访，最后被录入电视片，有几分钟的镜头，载入史册。

2013年6月，中国财政经济出版社的领导又找我谈话，说他们要再一次出版发行《马寅初传》一书。

《马寅初传》一书在写完和出版后，近30年来，先后被许多报刊纷纷刊登、连载、评论，受到4家出版社青睐，广播电台广播、中央及5家地方电视台反复宣传报道，可谓久盛不衰！

这是为什么？

这说明：马寅初是中华民族的优秀儿子，他对国家贡献巨大，他的精神伟大；他虽然已经永远离开了我们，但却给我们留下了不可估量的精神财富！

马寅初的精神不死，浩气长存，他永远活在中国人民的心里！

这次承蒙中国财政经济出版社再版《马寅初传》，借此机会我又对全书进行了一次全面的增订，进行了必要补充和修改；新增加了39张有关马寅初的照片，如 1979 年 6 月 21 日，中共中央副主席陈云在作者写的题为《马寅初的家属希望尽快为马落实政策》的新华社内参上的批示手迹：“耀邦同志，马寅初的问题，应该平反，如何请酌。”还如，1949 年 10 月 1 日，马寅初与其他中央人民政府委员会委员一起登上天安门城楼，出席举世瞩目的开国大典，马寅初站在毛主席近旁，亲耳聆听毛主席向世界宣告：“中华人民共和国成立了！中国人民从此站起来了！”

在文字方面，这次再版我又新增加了“第四十六章　巨大影响　永恒丰碑”，把这一章放在全书正文的最后，成为全书的结尾。这一章有 8000 多字，内容主要写马寅初先生去世以后的事情，尤其是在马寅初去世 4 个多月后，党和国家采纳了他在《新人口论》中的建议，在 1982 年 9 月把“计划生育政策”确定为我国不可动摇的基本国策，以及从党的十二大到十八大、到 2014 年 3 月的“两会”召开、32 年以来的执行情况。读者可以把此章作为马寅初的后传来读。此外，新增加了有将近 4 万字的《附录》。

这个名叫“采写马寅初”的《附录》，是我 2012 年写的回忆录，全文共分五部分。文中详尽地说明了我撰写《马寅初传》的历史由来；采访和写作的全部过程，创作的体会和经验；发表、出书的详细情况，各界反映及所产生的社会效果；还首次全面、系统地披露了中央为马寅初先生平反的整个过程，堪称珍贵的历史文献；也叙述了从 1979 年至今 35 年来，我一直为采访、写作马寅初，研究、宣传马寅初所做的一切工作……

《附录》中所讲述的这些情况，也是多年来《马寅初传》许多读者、听众和观众来信中提出的问题，借这次再版的机会，我把它作为《附录》收入书中，也算是对广大读者朋友的一个答复。

这次再版的《马寅初传》，总计有 69 张有关马寅初的珍贵工作和生活照片，全部插入书中，配合内容；并且在全书还增加了一些新的内容；同过去出版的几个版本相比，这次再版的更加图文并茂，完整、圆满。

在这次《马寅初传》再版的时候，我要特别感谢中国财政经济出版社的李乃君总编辑，该出版社大众出版中心主任王彦浩、策划编辑杨云，我的朋友、中国当代著名传记作家陈廷一编审，编辑赵甲思、李鹤；中国财政经济出版社的一些同志参与了本书的打字、校对，我的夫人魏穆紫和次子杨峥亦再次参加出书工作，在此也向他们致以衷心的谢意。

杨建业

目 录

第五部　重见天日（一九七九年至一九八二年）

第六部　尾声

第一部

早年岁月

（一八八二年至一九三六年）

第一章 “我要读书”

这是一片神奇的土地!

美丽的钱塘江和湍急的曹娥江在这里蜿蜒入海。重峦叠翠的会稽山脉绵延不绝。青山秀水哺育着这里的人民，给他们灵气，给他们风骨，给他们杰出的才华和智慧。

绍兴，宛如这片土地上一颗璀璨的明珠，从王羲之书写《兰亭集序》开始，便闪射出奇异的光彩。宋末抗金，明末反清，这里创建了彪炳史册的英雄业绩。从历史和人民中间走出了无数杰出的英雄和学者。被毛泽东誉为“学界泰斗，人世楷模”的中国近现代史上著名的教育家蔡元培，1868 年出生在这里。

自号“鉴湖女侠”的民主革命先烈秋瑾女士，1879 年出生在这里。

中国文化革命的主将，伟大的文学家、思想家、革命家鲁迅，1881 年出生在这里。

著名历史学家范文澜，1893 年出生在这里……

他，本书要写的主人公、著名经济学家、教育家、人口学家马寅初，1882 年 6 月 24 日（清德宗光绪八年农历五月初九）也出生在这里。

这里，真是物华天宝，人杰地灵。

马寅初的父亲马棣生，在绍兴经营酿酒作坊。母亲王氏，目不识丁，终日操持家务。当马寅初降生到这个以酿酒为业的家庭时，已是排行第五了。他有四个哥哥，大哥孟希、二哥仲复、三哥叔培、四哥季余。他之后又有大妹锦霞、小妹锦文相继出世。

春风又绿江南岸。一天中午，马棣生风尘仆仆地回到家里，兴奋地对妻子说：

“我找到了一个好地方，咱们要搬家！”

“搬到哪里去？”妻子关切地问。

“绍兴东南边的邻县——嵊县浦口镇！”马棣生一边擦脸，一边解释道，“浦口位于嵊县东郊，四明山西麓，剡江与黄泽江在那里汇合。”

当马棣生擦洗完毕，妻子已端来丰盛的饭菜，给他放在桌上。几杯酒过后，马棣生的话便多了起来：

“相传，用两条江汇合处的水来做酒，味道特别好，确实如此！这次我到浦口亲自做了试验。用浦口的水酿酒，今后我们的生意一定会兴旺发达，很可能要发大财！”说完，他深情地看了妻子一眼。

马棣生一家迁到了嵊县浦口镇。

幼年的马寅初在这个乡风淳朴的农村小集镇，度过了他的童年和少年时代。

马棣生一家，住在一间中国南方常见的两层简易木质结构的楼房里。这位酿酒作坊主为自己在浦口开设的酒店起名为“马树记”。由于马棣生善长酿酒，王氏贤惠精干、治家有方，没有几年功夫，“马树记”酒店就生意兴隆、财源大增，兴旺发达起来，在方圆几十里以内都有了名气。犹如开矿者发现了金子，在沙漠里旅行的人碰到了绿洲，面对这越来越红火的日子，他们夫妻好不高兴！

一天，收市以后，马棣生用剃刀刮过胡子，面对镜子，发现自己头上已生白发，他不由得带着淡淡的惆怅对妻子说：

“有一件事，近来我经常思虑，很使我担心。”他叹了一口气继续说：“现在我们一家有五个儿子、两个女儿，大儿子在外面做蚕茧生意，很少回来，老二、老三、老四的身体都不太好，将来恐怕靠不上，只有老五寅初聪明伶俐，可以寄予希望。只是他年纪尚幼，只有等他长大以后，先给酒店管账，然后继承家业……"

随着年龄的增长，马寅初逐渐懂事，对父亲要把他培养成酒店管账先生的安排开始不满，父子之间产生了矛盾。父亲不让马寅初上小学，只许他念私塾。在私塾里,整天背诵四书五经,马寅初极为厌烦。为了表示反抗，有一个时期他竟然学会了赌博。对此，马棣生大为恼火，动不动就对马寅初进行训斥、罚跪，甚至用鞭子抽打。每当此时，王氏便出来对丈夫进行干涉，对儿子耐心劝说，以慈祥的母爱温暖他的心灵。

当时，在马家有一条家规：一个孩子出事受罚，别的孩子都要受到株连跟着挨整。因此，马寅初挨打，他的兄妹也要跟着挨打。这样，他的兄妹们逐渐都对他有了意见，甚至有些恨他。在父亲打过马寅初之后，他的哥哥们又常常来打他。

在这种残酷的封建家教面前，马寅初从来不示弱：对父亲制定的无理家规，他一再要求取消，对兄长的打骂他更是奋起反抗，他们骂他，他就还口，他们打他，他就还手。

这种僵持的局面，维持了很长一段时间。一天上午，父亲非常认真地同他进行了一次谈话：

"寅初，你现在已经不是小孩子了，爸爸希望你能帮助我做事，逐渐熟悉酒店的生意，过几年好正式当酒店的管账先生，成人以后好继承家业！"

"我不愿意，我要到大城市去读书！"

"你怎么能这样想？"

"我怎么不能这样想？念书有什么不对？有什么不好？"

"做生意有什么不好？"

"我已经说过，我不愿意做生意，要去念书！"

"我不让你去！"

"我就要去！你让去，我要去；你不让去，我也要去！"

“你怎么不听话？”

“去念书怎么叫不听话？”

“你还敢犟嘴，给我跪下！”马棣生见儿子不听指挥，越说越生气，便动了怒，大声命令说。

“跪下，也要去念书！”

“算我白养活了你，我看你还敢不敢再同我顶撞！”他边说边拿鞭子使劲地在马寅初身上抽打起来。

“打死我也不做生意！”马寅初忍着疼痛高声反抗……

王氏在楼下听到丈夫又在打儿子，赶忙跑上楼来劝解。当王氏伸手去夺马棣生手中的鞭子时，马寅初乘机从地上站起来，像脱兔一样，拔腿跑下楼去。

吃午饭时，马寅初没有回家。

吃晚饭时，他还没有回家。

这可急坏了母亲和全家人。他们四处寻找，都未找到他。正当大家着急的时候，他的一个妹妹突然说：

“我知道五哥在什么地方！”

“在什么地方？”马棣生着急地反问道。

“爸爸，你跟我来！”

女儿把马棣生带到院内一个鸡窝前说：

“他藏在这儿！”

父亲掀起盖在上面的竹席一看，马寅初果真在里边。

“好啊，你倒有理了，故意躲起来捉弄我们。看我不打死你才怪！”马棣生说完，像老鹰抓小鸡一样，把儿子从鸡窝里拖出来，不分青红皂白，劈头盖脸又大打一顿。

倔强的马寅初，哪能忍受得了这样粗暴无理的责打。长期以来，因为念书问题，他不知道被父亲罚了多少跪，打骂了多少回，今天，他恨透了父亲，他再也不愿意忍受这一切了。他觉得这样活着毫无意义，还不如一死了之……想到这里，马寅初奋力将父亲推开，一口气跑到了浦口镇外。

在黄泽江和剡江的汇合处，湍急飞速的江流闪着阴森森的白光，茫茫的夜雾笼罩着大地；天空浓厚硕大的黑云似凶恶的野兽，正在向一弯新月疾驰，转眼间，野兽般的黑云已将新月吞噬。站在江边的马寅初，也被笼罩在一片黑暗之中。他不禁黯然神伤。除了母亲之外，他对这个世界已经没有什么可留恋的了，不读书，毋宁死！他向着天空，默默祈祷："亲爱的妈妈，您多保重，永别了！"说罢，咬一咬牙，一头栽进了江中……

当马寅初醒过来后，已是第二天的下午，他发现自己躺在一个亲戚家中。

"你们为什么要救我？不能念书,活着有什么意思？"马寅初热泪长流。

"谁说不能念书？孩子，我就是来带你到上海去念书的。"这个仿佛从天外传来的声音，在马寅初的心里燃起了一点希望的火花。他睁开了眼睛，只见身边站着一位慈善的长者。他认出来了，这是父亲的好友，上海瑞纶丝厂的老板张江声先生。张先生见寅初停止了哭泣，便俯下身，亲切地对他说：

"等你养养身子，过几天咱们就走。"

"张伯伯，这话当真？"

"一点不错，伯伯难道骗你不成！"

原来，正当马棣生和儿子马寅初因为念书与做生意问题闹得不可开交的时候，马棣生的好友张江声恰好从上海来马家探访，马寅初投江自杀遇救后，张江声力劝马棣生把眼光放远点，应该支持儿子外出读书。

"他要走，有本事就走，反正我是一文钱都不会给他的。"马棣生怒气冲冲地说。

"我带他到上海去念书，我当他的保证人，我出钱供他上学。"张江声心平气和，不慌不忙地说，"老兄，你可得说话算数，不能反悔呀！"

马棣生只好答应马寅初跟张江声去上海读书。

就这样，17 岁的马寅初竟因祸得福。他在受尽父亲打骂之后，在张江声伯伯的帮助下，终于走上了自己理想的道路——离开家乡到上海去念中学。

为了感谢张伯伯的帮助，马寅初认张江声作了干爹。

这是马寅初在人生旅程中迈出的具有决定意义的一步。

他像一只被释放的笼中之鸟，从此凌空展翅，在广阔的天际任意飞翔……

第二章　一根灯芯

19 世纪末期和 20 世纪初叶，帝国主义的势力几乎已遍及我国东南沿海的主要城市。他们一方面疯狂地掠夺中国的各种原料资源，同时又潮水般地将大量“洋货”输入中国的市场。帝国主义对中国的经济入侵，像洪水和蝗虫一样给中国的民族工商业和农村自给自足的经济带来了严重的灾难。由于清政府的腐败无能，帝国主义列强在中国的土地上肆意奴役中国人民……被人们称为“冒险家乐园”的上海，笼罩着殖民地、半殖民地的浓重色彩。

1898 年，马寅初带着简单的行装，离开了群山环抱的嵊县，在干爹张江声带领下，来到了十里洋场的上海，进入一家名叫“育英书馆”的教会学校读中学。

经过生死搏斗，才得以到上海来读书，马寅初有说不出的高兴。他珍惜这难得的机会，如鱼得水尽情地在知识的海洋里徜徉……

他同父亲吵翻离家以后，父亲就断绝了与他的一切经济联系。他在上海的读书费用全部由干爹供给，除学费食宿之外，每月张江声还发给他四毛小洋的零用钱。这四毛小洋可真能派用场！洗澡、理发靠它；购买笔墨、纸张靠它；点灯、买书，哪一样没有它都不行！马寅初无论怎样计算和节省，钱总是不够用。

前些天，他的一位同学告诉他，点菜油灯比电灯要节省很多钱，并说：“我在晚上就是用菜油灯看书。你不妨试试！”

一小时以后，他从街上买回了菜油和灯具，把只点燃一根灯芯的菜油灯放在桌上，又开始学习。这天晚上，他看书一直到深夜一点多钟，上床休息以后，睡得特别香甜！他在熟睡中发出了格格的笑声，大概是正在做着好梦……

一次，他的一位朋友晚上来看他，发现他屋里的光线太暗，就点上了两个灯芯，马寅初发现后，立刻把其中的一根拨开、吹灭。有点不好意思地说：

“我没有钱，点不起两根灯芯，请原谅，别见笑！”

经济上的短缺和生活方面的窘迫，给马寅初带来了困难，但也磨砺了他的意志，这使他从青少年时代起就养成了一种艰苦奋斗的良好习惯；而且在他以后的一生中都始终保持了这种节俭的美德！

顽强刻苦，奋发用功，终于换来了在学习上的丰硕成果。

马寅初在中学三年期间，每学期考试，在班上总得第一名，毕业时，也取得了最优异的成绩。

“祝贺你中学毕业，祝贺你以优异的成绩考上天津北洋大学！”张江声高兴地举起酒杯。在张江声为马寅初举办的饯行晚宴上，全家人都同马寅初碰了杯。

“祝贺你！”

“干杯！”

“谢谢干爹和干爹一家，我能有今天，全靠干爹的帮助！这培育之恩，我将终生不忘。”马寅初端着酒杯的手激动地颤抖了，“干爹！我敬你老人家一杯！”

“区区小事，不值一提，干爹祝你鹏程万里！”

从张家出来，马寅初来到上海外滩的黄浦江边。

在上海的三年来，他一直处于紧张的学习之中，很少到江边玩。今天，他才发现黄浦江的夜景竟是这样的美丽和迷人：江上船只来往，灯火辉煌，犹如满天的星斗落入海中，闪闪发光；远处，在海与天相接的地方，是一片迷茫和混沌，偶尔传来一两声轮船的鸣叫；近处，江水滔滔，微风习习，岸边游人如织……

马寅初漫步在江边，默默地想：再见吧，上海！别了，黄浦江！我将来一定要让你变得更加美丽！

就这样，受到中国民族资产阶级“实业救国”思想影响的马寅初，抱着“工业救国”的梦想，告别了上海，来到天津北洋大学矿冶专业继续深造、学习。

北洋大学是我国学习国外的先进科学技术，培养自己高级工程技术人才的一所学校，创办于 1895 年 12 月 2 日。它的前身是天津中西学堂，学制为四年。当时，学校的升级考试相当严格，曾明文规定：主课一门补考不及格就得留级。因此，这所学校每年都有相当数量的学生留级、退学。据统计，从入学到毕业淘汰率竟高达 50% ~ 60%。

由于北洋大学的师资多属国内外的名流，对学生又采取有力措施，进行严格要求及训练，所以北洋大学的教学水平，在创办初期就与美国哈佛、耶鲁等著名大学不相上下。北洋大学的毕业生到美国留学，可以不经考试就直接进入美国各大学的研究院。

马寅初就是在这样的学校，经过四年的刻苦学习，终于在 1907 年以特别优秀的成绩毕业；并以北洋大学高才生的身份，被清政府保送到美国耶鲁大学去官费留学。

出国前，北洋大臣袁世凯，还特地召见了马寅初和其他留学生，并给每人颁发了一张有袁世凯署名的“留学证书”。

1903 年至 1907 年，马寅初在北洋大学矿冶系读书。上图为马寅初在北洋大学的毕业留影；下图为北洋大学校址。

第三章　在大洋彼岸

1840年鸦片战争以后，随着帝国主义的军事入侵，西方文化大量传进中国，中国的留学教育应运而生。如果从1872年算起，中国近代的留学教育至今已经有100多年的历史。

留学教育事业的兴起和发展，对中国社会的发展曾产生过十分深刻的影响。无论在政治上、经济上、军事上，还是在科学和教育等方面，都为中国造就了一批杰出的人才。

——中国的第一位出国留学生名叫容闳。他在1847年随一名外国传教士去美国求学，1854年毕业于耶鲁大学。

——容闳学成回国后，通过曾国藩、李鸿章向清政府建议选派12～14岁的幼童出洋学习，每年30名，留学期限为15年。1872年清政府批准了这一建议，同年7月由容闳等带领第一批幼童30名赴美，其中包括近代著名铁路工程师詹天佑，时年仅有12岁。以后三年又连续派出90名。1881年因上层官员意见分歧，清政府遂以“外洋风俗流弊多端，各学生腹少儒书，德性未备，尚未究彼技能，已先沾其恶习”为理由，命令全体回国。当时只有詹天佑等两人刚读完大学，其余大都弃学而归。

——在派遣留美学生的同时，从1875年至1881年，李鸿章、沈葆桢（任福州船政大臣）先后奏派40多人分赴法、英、德等国学习造船、驾驶和水陆军械技术。此后，清政府效法日本明治维新的做法，又陆续派学生去比、英、法、德、美、俄等欧美国家学习工艺与实业。1904年9月，清政府外务部、学务大臣制定留学西洋的章程，规定选拔15～25岁已通西文的青年出洋三、五年学成致用。这就是中国出国留学生的最早的历史和状况。

马寅初就是在这种背景下，最早被派出国的留学生之一。

在此之后，便是利用庚子赔款创办清华学堂，向美国输送留学生；组织留法勤工俭学运动；还有袁世凯就任大总统后，孙中山领导的革命党又派大量人员东渡日本留学；以及大革命时期由中国共产党秘密派出一大批干部赴苏留学，等等。中国留学教育的事业逐渐得到越来越大的发展……

在中国近代史上的留学生中，曾先后涌现出像詹天佑、严复、竺可桢、鲁迅那样的一批专家、学者，还涌现出了黄兴、章太炎、秋瑾等一批旧民主主义革命的先驱。我们党和国家老一辈的领导人中，中国共产党在早期的著名的活动家和先驱者中，如刘少奇、周恩来、邓小平、李富春、陈毅、聂荣臻、任弼时、瞿秋白、李立三、蔡和森、王若飞、李维汉、徐特立、张闻天、王稼祥、伍修权等等，早年也都先后留学国外。

马寅初也是我国早期留学生中，学成回国后取得重大成就，并作出重大贡献的著名专家学者之一。

20 世纪初期，在大洋彼岸，曾留下了这位先驱留学者辛劳的足迹……

经过长期的漂洋过海的生活，在 1907 年的年底，26 岁的马寅初终于来到了大洋彼岸——美国的耶鲁大学。

由于他中学和大学时期在英文和数学方面已经打下了坚实的基础，所以来到美国以后，在语言上并没有什么困难，轻而易举地习惯了听英语讲课，看英文书籍。在国内上学期间，因为长期经济困难，营养较差，所以他的体质一向很弱，在中学就戴上了近视眼镜。在天津北洋大学求学期间，他到河北宣化府的怀来县矿区实习时，深感自己的身体难以担当矿冶方面的工作。因此，来到耶鲁大学之后，马寅初就做出决定：要弃工改行，专门攻读经济学硕士学位；他还决心在学习之余，采取措施加紧锻炼身体。

当时的耶鲁大学有一项规定：游泳是必修课程，不能游泳者，虽然各种功课都考最优等，亦不能毕业。

这个学校的游泳池是设在体育馆内的。它的水总是保持一定的温度，而且每星期要换两次。为了保持池水的清洁，学校要求每个人游泳前，必须用冷水淋浴净身。

这一规定，正好符合马寅初的心愿。他不仅把游泳作为一门课程，更主要的是把游泳和冷水浴，作为锻炼身体、增强体质的一种手段。

渐渐地马寅初不仅成了游泳的能手，而且体质也大大增强了。

在耶鲁大学的冷水浴室里，有一件事情曾引起了马寅初的极大注意。他发现：每次冷水浴和游泳时，总有一位鹤发童颜、身体非常健康，但年纪已经很大的美国医生，正在进行冷水浴。

“我可以同你交谈吗？”一次，马寅初在进行冷水浴时，抱着好奇的心情用英语问这位医生。

“当然可以，我很高兴你这样做。”

“How old are you？”（你多大年纪？）

“Ninety-three years old！”(93 岁)

……

过了不久，马寅初就同这位愿意结识中国留学生的美国医生熟悉起来，同他谈了自己关于锻炼身体的想法，并且询问他强身的秘诀。

“你想锻炼身体，我很高兴。”这位医生郑重其事地说，“我认为一个人要做学问，没有好的身体根本不行，而要有好的身体，就得根据自己的身体情况和生活习惯进行体育锻炼！”

“你不是要问我的养身之道和强身秘诀吗？很简单：就是进行热冷水浴。”这位医生自豪地说，“几十年来，我在每天晚上就寝前总要洗浴一次，从未间断。”

“具体做法是，”他热情地向马寅初介绍说：“先用热水洗，水热的程度以身体能够忍受为限度，洗好后就在热水中躺 15 分钟。然后出浴，用毛巾将身体擦干。这样，必定出一身大汗。过三四分钟，再进行冷水盆浴，无冷水盆设备时可用淋浴，用冷水浇，使体温与冷水温度相当。”

“这就是我说的所谓的‘热冷水浴’”。医生向马寅初做了一个手势，进一步解释道：

“这样做的好处很多：首先用热水洗澡时，毛管孔涨大，出身大汗，身体里面的脏东西，可以排出去；

第二，这样做可使血脉流通，促进新陈代谢，让精神爽快舒服；

第三，全身血管因洗热水澡而涨大，又因洗冷水澡而收缩，一涨一缩，可以锻炼血管的弹性，血管有了弹性，就不会硬化。这就会使人推迟衰老，延长生命。”

美国医生向马寅初介绍完了他的健身之术以后，又诚挚地说：“我就是用这种热冷水浴的锻炼方法使身体收到奇效的。中国的年轻人，如果你愿意的话，可按照我所讲的先试验几个月，几个月以后，如果身体觉得舒适，就可以一直继续做下去……”

“非常感谢！我很乐意按照你的教导进行锻炼！”

马寅初学了这位美国医生的健身之术以后，坚持使用，直至终生。事实证明，这种“热冷水浴”的锻炼方法给他带来了极大的好处：不仅使他的体质逐渐由弱变强，而且大大增加了他身体的抵抗力。他在耶鲁大学的三年学习期间，几乎没有生病，也很少患感冒，始终保持着充沛的精力，学习效率很高。更重要的是：由于他一直坚持用这种“热冷水浴”的方法进行锻炼，致使日后在他的生命史上还出现了许多意想不到的神话般的奇迹……

经过艰苦的努力，马寅初于1910年的5月，终于以出色的学习成绩获得了经济学硕士学位，并且考上了哥伦比亚大学研究院招收的攻读经济学博士学位的研究生。

1910年初夏，一个风平浪静的日子，马寅初告别了耶鲁大学，乘轮船

右图为 1910 年，马寅初在美国耶鲁大学留影。

左图为美国耶鲁大学校园。

前往纽约。轮船还没有到达纽约港的时候，他就站在甲板上，凭栏眺望：这时海风轻轻地抚摸着他年轻英俊的面庞和乳白色的西装；像绸缎一样平滑的蔚蓝蔚蓝的大西洋是那样广阔和壮观，他简直被这大自然的美景陶醉了。当轮船的鸣叫声把他从幻梦中惊醒以后，他才知道已经到了纽约港！

马寅初举目向美国的东海岸一望，由大西洋岸边的几个岛屿组成的美国第一大城市纽约便展现在他的面前。最先映入眼帘的，是在纽约港矗立着的那座高出大西洋水面 305 英尺的全世界闻名的自由女神铜像。她头戴花冠，手里高举着火炬。在灿烂的阳光照耀下，闪闪夺目……

据说，这是 19 世纪法国大雕塑家菲德力克·奥格斯特·巴索德以他的母亲为模特，雕塑而成的杰作。这美丽的铜像，代表法国人民的友谊，赠送给美国人民，建立于 1861 年。她象征着民主和自由……

马寅初怀着极其兴奋的心情，下轮船以后驱车通过耸入云际的摩天楼群和形形色色的商店，然后便转入纽约市中央公园外西北角的一个大建筑群——美国著名的哥伦比亚大学，开始了他为期四年的攻读博士学位的学习生活。

哥伦比亚大学是一所私立的文、理、工、医等多科性的综合大学，它是在美国独立前的 1754 年，由英国国王批准建立的，原名为国王学院。最初的校址设在纽约曼哈顿南部的华尔街附近，在一个教堂里借了一块地方做校舍，只有 5 个学生，由一位牧师任校长兼工友。美国独立战争后的 1784 年改称哥伦比亚学院，并于 1912 年改为哥伦比亚大学；19 世纪后期，哥伦比亚大学迅速向现代化的方向发展，成为美国最早研究生院的中心之一。这所学校有 16 个学院、71 个系，每年要开设 5500 门课程；校址设在美国纽约市中心的曼哈顿，是一座“都市中的校园”；学校实行半年学制，学年自 9 月至次年 5 月。

据有关国家的资料统计表明：自建校以来，哥伦比亚大学已为美国和世界各国培养了大批各种高级专门人才。它的毕业生中有两名美国总统、两名首席大法官和十名纽约市长，其他知名人士更是不计其数。

有人曾作过这样的比喻："如果说，美国哈佛大学是撷取诺贝尔桂冠者的熔炉；那么，哥伦比亚大学则是培养政治、经济领袖人才的摇篮。"这话虽有夸张，但也不无道理。

马寅初，就是在这个"人才的摇篮"里造就的著名经济学家。

"自由何在？让我怎么办呢？"一向比较乐观的马寅初，近来经常自言自语地重复这句话。这天晚上，他看过北洋政府从国内给他的来信以后，显得更加焦急不安。他想看书，但无论如何思想都不能集中，想写文章又写不下去。于是他轻轻地叹了一口气，干脆把书合上，去进行他的每天晚上睡觉前必须进行的"热冷水浴"……

半个小时以后，他穿着睡衣从浴室出来，上床关灯睡觉。

此时，纽约已是深夜。那些富人们纷纷涌入华尔街、百老汇的各种娱乐场所，醉生梦死地寻欢作乐；而流落在哈莱姆黑人聚居地区和布鲁克林区贫民窟的穷人，则发出了在死亡线上挣扎的呻吟……

马寅初躺在床上怎么也不能入睡。他的思绪就像大西洋遇到狂风一样，在汹涌澎湃地翻滚……他遇到了伤脑筋的问题：本来他是官费来美国留学的，一切费用由原来的清政府及后来的北洋政府供给。但自从到纽约以来，国内给的费用越来越少，他只好进行勤工俭学：在学习之余，在星期天，在假期里，他不是去纽约唐人街的中国餐馆洗碗、刷盘子，就是到港口的码头和建筑工地去扛木头，做苦力……

为了学好富强祖国的本领，再苦再累他都不怕，都可以忍受，只要能赚到一定的钱，够交学费，保证他完成学业。但眼前的现实恐怕是做苦工也无济于事了。一方面，美国的生活费用很高，哥伦比亚大学的学费昂贵，而他的功课又在逐步加深，要买的书也越来越多。另一方面，他刚刚读过的北洋政府的来信，明明写道：今后留学费用停发，或回国或留美学习，请自由选择。

中途辍学的危险严重地威胁着他。

“我学习的自由何在？我该怎么办呢？”马寅初在反复地思考着。

他焦急、痛苦，在床上翻来覆去寻找解决问题的方法……

……突然间，一个巨大的黑色的浪头向他袭来，一下子把他从船上卷进了咆哮的大海。他一会儿被推到浪峰；刹那间，又被抛到浪谷。他好像失去了体重，在大海里任意漂浮……他挣扎着，大声呼喊着：“美丽的自由女神啊！我学习的自由何在？”

“你怎么啦？”与马寅初同住一屋的王正廷被马寅初的喊声惊醒，边推边问。

马寅初被推醒后，天色已经破晓，才知道自己刚才是做了一场噩梦。

“老兄，不必再为你的学费发愁了。还是同我一起回国去吧！现在国内处于乱政时期，1911 年发生的辛亥革命只不过割了一条辫子，孙中山很快被迫辞去了临时大总统。目前，各路军阀正在讨伐袁世凯……我们回去正好做官。”这个官运亨通，后来当了国民党政府外交总长的王正廷竭力劝说马寅初。

“我到美国来留学，是为了研究学问，学成以后，回去救国救民，并不想当官。”马寅初一边穿衣服，一边说，“所以，再困难，我也绝不半途而废，靠做苦工赚钱，我也一定要坚持学完！”

真是天无绝人之路。

他的博士指导教师，美国著名的财政学家赛利格曼教授，在马寅初困难之际，向他伸出了友谊之手。

经过两年多的接触和仔细观察，赛利格曼教授发现马寅初不仅具有坚韧不拔的毅力，在学习上非常刻苦，成绩优异；而且天资聪颖，对经济学问题有深刻的研究和独到的见解，是一个可以“大有作为”的人才。因此，这位异国的“伯乐”对马寅初十分器重。当他发现一向开朗乐观的马寅初愁容满面、心事重重的时候，就问：

“Mr. Ma，我看你最近一定有不愉快的事情！可以同我谈谈吗？”

“有的！导师。”马寅初诚实地回答说：“我的祖国有关机构通知我，今后将不再发留学费用。但我想学完再回国，现在正为读书费用而发愁。”

“你一定要在美国读完博士学位，我资助你读书费用。”听完马寅初的陈述，赛利格曼坦率而慷慨地说。

“非常感谢！但所需费用，将来一定奉还教授！”

“大可不必，我对才能出众的学生一向珍爱，只要你在攻读博士学位的学习中能够取得出色的成绩，就是对我最好的报答！”

在赛利格曼教授的关怀、帮助和指导下，到 1914 年，马寅初终于完成了他用英文撰写的博士学位论文《纽约市的财政》。经过答辩，教授们一致认为，他的论文是一篇高水平的、有独创见解的、有重大价值的经济学论文。32 岁的马寅初以优异的成绩获得了美国哥伦比亚大学的经济学博士学位和哲学博士学位。他的论文则轰动了当时美国的财政界和经济界：不仅被立即出版发行，成为畅销书；而且还被哥伦比亚大学列为一年级新生的教材。直至 68 年以后，在马寅初百年大寿时，我国天津经济学界的前辈李权时在祝贺文章中仍提及此事：“我 1921 年冬在美国纽约哥伦比亚大学图书馆，拜读了马寅初先生 1914 年的博士论文《纽约市的财政》一书，当时虽未见先生之面，但对先生的学识才华就有了深刻的印象，颇为钦佩。”

就在获得博士学位一年以后的初秋的一天上午，阳光灿烂，秋虫唧唧。马寅初应邀走进了一座在深红色的砖石墙上镶嵌着白石灰石，戴着绿顶的古老的哥伦比亚大学办公大楼的一间办公室。在一阵礼节性的寒暄之后，校方的负责人终于言归正传：

“Mr. Ma，我们认为你很有才华，是一位出色的经济学方面的专家。我们非常希望你能留在这里，一面任教，一面继续进行经济学方面的研究工作。”他向马寅初博士正式提出聘请以后，又补充道：

上图为马寅初在美国攻读经济学博士学位的哥伦比亚大学校址；下图为 1914 年，由美国哥伦比亚大学政治学院出版的马寅初用英文撰写的博士学位论文《纽约市的财政》书影。

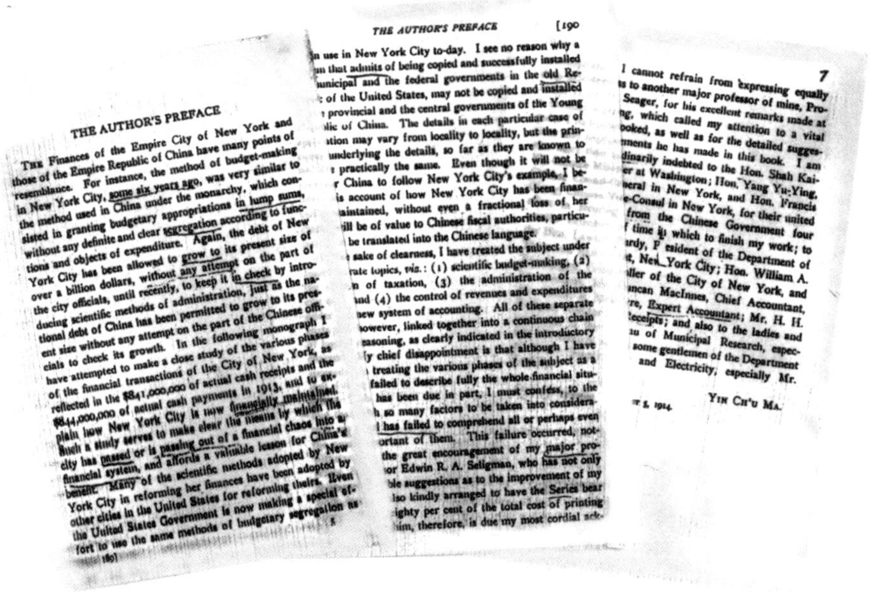

THE AUTHOR'S PREFACE

THE Finances of the Empire City of New York and those of the Empire Republic of China have many points of resemblance. For instance, the method of budget-making in New York City, some six years ago, was very similar to the method used in China under the monarchy, which consisted in granting budgetary appropriations in lump sums, without any definite and clear segregation according to functions and objects of expenditure. Again, the debt of New York City has been allowed to grow to its present size of over a billion dollars, without any attempt on the part of the city officials, until recently, to keep it in check by introducing scientific methods of administration, just as the national debt of China has been permitted to grow to its present size without any attempt on the part of the Chinese officials to check its growth. In the following monograph I have attempted to make a close study of the various phases of the financial transactions of the City of New York, as reflected in the $841,000,000 of actual cash receipts and the $844,000,000 of actual cash payments in 1913, and to explain how New York City is now financially maintained. Such a study serves to make clear the means by which the city has passed or is passing out of a financial chaos into a financial system, and affords a valuable lesson for China's benefit. Many of the scientific methods adopted by New York City in reforming her finances have been adopted by other cities in the United States for reforming theirs. Even the United States Government is now making a special effort to use the same methods of budgetary segregation as

5

180]

THE AUTHOR'S PREFACE [190

...n use in New York City to-day. I see no reason why a ...m that admits of being copied and successfully installed ...unicipal and the federal governments in the old Re... of the United States, may not be copied and installed ... provincial and the central governments of the Young ...lic of China. The details in each particular case of ...tion may vary from locality to locality, but the prin... underlying the details, so far as they are known to ... practically the same. Even though it will not be ...r China to follow New York City's example, I be... ...is account of how New York City has been finan... ...aintained, without even a fractional loss of her ...ill be of value to Chinese fiscal authorities, particu... ... be translated into the Chinese language.

... sake of clearness, I have treated the subject under ...rate topics, viz.: (1) scientific budget-making, (2) ...n of taxation, (3) the administration of the ...nd (4) the control of revenues and expenditures ...new system of accounting. All of these separate ...however, linked together into a continuous chain ...easoning, as clearly indicated in the introductory ...

...y chief disappointment is that although I have ... treating the various phases of the subject as a ... failed to describe fully the whole financial situ... ... has been due in part, I must confess, to the ...h so many factors to be taken into considera... ... has failed to comprehend all or perhaps even ...ortant of them. This failure occurred, not... the great encouragement of my major pro...or Edwin R. A. Seligman, who has not only ...ble suggestions as to the improvement of my ...lso kindly arranged to have the Series bear ...ighty per cent of the total cost of printing ...him, therefore, is due my most cordial ack...

7

I cannot refrain from expressing equally ...s to another major professor of mine, Pro... Seager, for his excellent remarks made at ...ng, which called my attention to a vital ...ooked, as well as for the detailed sugges...ments he has made in this book. I am ...dinarily indebted to the Hon. Shah Kai... ...er at Washington; Hon. Yang Yu-Ying, ...neral in New York, and Hon. Francis ...e-Consul in New York, for their united ... from the Chinese Government four ...f time in which to finish my work; to ...rdy, President of the Department of ...t, New York City; Hon. William A. ...ller of the City of New York, and ...ncan MacInnes, Chief Accountant, ...re, Expert Accountant; Mr. H. H. ...Receipts; and also to the ladies and ...u of Municipal Research, espec... some gentlemen of the Department ... and Electricity, especially Mr.

...r 5, 1914. YIN CH'U MA.

“我们会给你十分优厚的待遇和生活工作条件，一切保证使你满意，很快你就会取得新的更为辉煌的成就！”

“谢谢你们对我的夸奖和聘请，”马寅初博士喝了一口咖啡以后说：“但很抱歉，我将有负于贵校的期望。”

他解释道：“我来贵校学习，是为了拯救我的祖国和人民，所以我学成以后，不能留下。对不起，请原谅。”这位负责人感到极大的失望与惋惜。对马寅初的爱国之心，他也产生了由衷的钦佩。

马寅初博士在归国前夕，专程登门向赛利格曼教授辞行。这位教授怀着依依惜别的心情对马寅初说：“你留学期间在财政学方面取得了显著的成绩，我非常高兴，现在你要走了，我真舍不得。听说中国财政搞得很糟，希望你回国以后能在研究改革中国财政方面做出贡献……”

就这样，怀着强国富民理想的马寅初博士，在 1916 年告别纽约，返回了阔别多年、灾难深重的祖国。

第四章　婚姻与家庭

马寅初的婚姻，深深地打着中国封建社会的烙印；他的家庭生活也被涂上了一层残留的淡淡的封建色彩。

还是马寅初在上海念中学的时候，他的父母就给他在家乡说了一门亲事。1901年寒假，19岁的马寅初回老家嵊县浦口过春节时，在父母的包办下，同本县一位叫张团妹的姑娘结了婚。

张团妹（后来改名为张桂君）与马寅初同岁，出生于1882年（清德宗光绪八年农历九月十七日），幼年没有上过学，但为人忠厚、善良；又做得一手素淡可口的富有浙江风味的好菜，是一位可以阅读初浅书报的家庭妇女，也是一位典型的封建社会的贤妻良母。

婚后一年，张桂君就生了一个男孩儿。这孩字长得白白胖胖，十分惹人喜爱。一次，由一位亲戚抱着上街去玩，因大人脚踩西瓜皮滑倒，大人孩子一起重重摔了一跤。之后，这男孩子便一直高烧不退，竟遭夭折。虽然他来到人间不满一年，但却给年轻的父亲马寅初留下了深刻的永远难以忘怀的印象。直到马寅初101岁重病逝世前不久，还在北京医院怀念这个孩子，他对家人说："如果我的大儿子活着，现在该有多好……"

马寅初在天津北洋大学上学时，张桂君于1904年在老家又生了一个女孩儿。为仰慕我国女历史学家班昭，马寅初亲自为女儿起名马仰班。这个女儿聪明伶俐，马寅初对她非常喜欢；可惜，马仰班竟于1954年先于父母过早地在北京病逝了。

1907年，马寅初在去美国留学前，曾回嵊县老家度假数月，与父母妻女团聚。他离家返天津出国前的一天，家人、邻居和镇上的人们，曾联合为他举行隆重而热烈的欢送仪式。在送行会上,大家希望他为家庭、为家乡、为国家争气、争光，学成以后早日回来。

“我一定不辜负乡亲们的希望！”马寅初用嵊县话激动地说。

仪式结束后，他赶回家里向妻子张桂君告别。

“寅初，你过来。”张桂君深情地呼唤着丈夫。马寅初坐到妻子的身边。

“你摸摸我的肚子。”张桂君把丈夫的手拉过来，一边放在自己的肚子上，一边贴近丈夫的耳朵上说，“我又怀孕了。”

“怎么不早告诉我？”

“现在不是跟你说了。”

“他爸爸，这孩子要在你走以后才会出生，你现在先给起个名字吧！不然，你走以后，我一个妇道人家……”说着，说着，张桂君便抽噎起来，一头倒在丈夫的怀里。

“桂君,”马寅初思考了一会儿说:“你不要哭，应该高兴。孩子的名字我已想好了:生女可叫马仰曹，生男可叫马本寅。”

第二天，马寅初便怀着恋恋不舍的深情，告别了父母妻女和乡亲，远离祖国，前往美国留学。

谁知道，这一去，竟是漫长的十年!

在他出国的第二年——1908 年，张桂君生了一个女孩儿，自然按照事先起的名字叫马仰曹。马仰曹从小受到了良好的教育，早年毕业于燕京大学经济系，后随其燕京大学新闻系毕业的丈夫去英国，定居伦敦至今，到 2013 年已是 95 岁。

马寅初从美国回来以后，应北京大学校长蔡元培的邀请，到北京大学经济系担任教授。

他回国的第二年——1917 年，在浙江老家嵊县的黄泽，又同一位叫王仲贞的姑娘结了婚。

王仲贞是浙江新昌人，生于 1904 年，比马寅初小 22 岁。她年少漂亮，又有小学文化程度，在柔嫩的圆圆的脸上，一笑就露出两个深深的酒窝，显得非常妩媚动人，深得马寅初喜欢。

马寅初同王仲贞结婚后，就由家乡返回北京大学；同时，把新婚妻子王仲贞带来北平安家。不久，马寅初又将原配夫人张桂君也从老家浙江嵊县接来北平。从此，马寅初在家里就有了两个妻子，而且他们三人一直居住在一起。

一夫多妻制，是封建社会婚姻的特征。马寅初的婚姻和家庭生活也深深地打上了封建时代的烙印。

王仲贞在婚后，于 1918 年生了一个女儿，起名马仰惠。马仰惠后来曾长期做她父亲马寅初的秘书，2004 年 1 月在北京去世，享年 86 岁。

1922 年，18 岁的王仲贞又生了第二个女儿，起名马仰兰。马仰兰曾于 1945 年在中央大学外文系英语专业毕业，后来到美国工作，并定居于美国的西雅图至今，到 2013 年已经 91 岁。

1925 年，马寅初家里接连添了两口人：第二个妻子王仲贞生了一个儿子，起名马本寅；原配夫人张桂君生了第三个女儿，起名马仰峰。

次年，王仲贞又生一子，起名马本初。至此，马寅初的第一个妻子张桂君除生一个儿子夭折外，又生了 3 个女儿；第二个妻子王仲贞也已生了两个女儿、两个儿子。加起来马寅初已经有了 5 个女儿、两个儿子，共 7 个孩子。按照马家的家谱，他给女儿都起名为“仰”字辈；给儿子都起名为“本”字辈。以后他的两位夫人就再没有生育。

马本寅解放前毕业于复旦大学土木工程系，离休前曾为北京市第五建筑工程公司高级工程师、北京市政协委员。

马仰峰毕业于南京原中央大学艺术系，后长期从事美术工作，退休后曾在上海安度晚年，2011 年去世，享年 86 岁。

马本初在青年时代，曾随父母辗转重庆、杭州就读，最后毕业于浙江大学机械系；到 2013 年已经 87 岁，仍头脑清醒，身体健康，仍住在他爸

1935 年夏天，马寅初和妻子儿女一起在山东青岛海滨浴场合影（后排右三为马寅初）。

爸的故居。

现在马家的第三代，又有了7个男孩、7个女孩，共14个孩子。本来按照马家的家谱，孙子的名字应是“源”字辈。但马寅初为了让子孙后代对中国共产党永志不忘，对毛泽东同志永远思念，对社会主义新中国永远忠诚，决定孙子辈的名字不再用“源”字，而改用“思”字。比如马寅初给长子马本寅的儿子起名叫马思一、马思忠；给次子马本初的女儿起名叫马思润、儿子起名叫马思泽、马思东。顾名思义，寓意深刻。

新中国成立以后，整个国家的社会性质同过去发生了根本的变化。中国永远结束了半封建半殖民地的苦难岁月，开始成为一个崭新的社会主义社会制度的国家。一切旧社会遗留下来的旧的东西，都逐渐受到了荡涤，在婚姻问题上也废除了过去的一夫多妻制，实行了一夫一妻制。

但由于历史的原因，解放以后，马寅初在家庭生活中仍然有两位妻子，而且他对她们一直都很好。

因为马寅初在建国初期就在共和国的政府中担任了多种要职，所以他不仅工作繁忙，而且家里的宾客也很多。不过这一时期，出头露面的大都是王仲贞夫人。

有一段时间，马寅初居住的北京东总布胡同要修理房子，全家都暂时搬出。马寅初和王仲贞等住一处，马寅初原配夫人张桂君则到她的大女儿马仰班的住处居住。即使在马寅初和张桂君分开居住期间，马寅初仍然经常去看望张桂君。当1954年马仰班不幸去世以后，马寅初便将张桂君接回东总布胡同的家里居住、生活，一直到他101岁逝世。

几十年来，马寅初、张桂君、王仲贞三人之间一直都相处很好，彼此关心，互相体贴、照顾。马寅初凡外出度假，都让两位夫人同往；闲暇时，便常常同她们在院中的小路上散步，在那棵美丽的龙爪槐前的石凳上交谈……即便马寅初到重病时刻，还再三嘱咐次子马本初，要在他身后照顾好张桂君。

马寅初去世以后，国家对他的遗孀——张、王二夫人非常关怀和照顾。中央有关部门决定让国务院机关事务管理局每月发给张、王生活费各 80 元。还让医生定期为她们检查身体。

马寅初去世后，王仲贞已 80 多岁，身体健好，仍住旧居。1993 年 12 月，她在北京去世，享年 90 岁。

张桂君 104 岁的时候，耳不聋，眼不花，身子硬朗。马寅初逝世后，她于 1982 年 5 月由北京搬到上海，与她最小的女儿马仰峰一起安度晚年。

张桂君在上海时，居住的是上海市徐汇区吴兴路的家，是上海比较高级的三室一套的楼房。她每天总要几次站立窗前欣赏室外的花草树木。听越剧是她的特别爱好。

1983 年，当她 102 岁生日的前夕，新华社的一位记者登门对她访问时，她风趣地说："从事业上讲，我无法与过世的老伴相比，但我在年岁上要大大超过他。"张桂君说着打开了收录机，听起越剧来。听了一会儿后又继续说："吃饭的时候，听一段越剧录音，一小碗米饭很快就吃光了。"

马寅初长寿，马寅初的原配夫人比他还长寿。在他们"百年好合"之后，马寅初走了，张桂君依然健在。1984 年，张桂君已 103 岁，仍腰不弓、背不驼，说起话来思路敏捷，看上去只有 70 来岁。她几十年来黎明即起和饭后室内五百步的生活习惯，一直坚持不变。她说："我现在吃饭、睡觉基本正常，大夫检查：心脏、肝、肺都没有什么大毛病，我还要争取在 1986 年参加联合国举办的世界 105 岁老人免费周游全球呢！"

1987 年，张桂君在上海去世，享年 105 岁。

马寅初长寿，活了 101 岁。马寅初的原配夫人张桂君比他更长寿，活了 105 岁；马寅初的第二个夫人王仲贞也长寿，活了 90 岁。

马寅初夫妇具有长寿基因，因此也遗传给他们的子女：马寅初的长子马本寅活了 86 岁；马寅初的三个已经去世的女儿，除大女儿马仰班因病 50 岁离世外，其余两个女儿，马仰惠和马仰峰都活了 86 岁；马寅初的在 2013

1979 年 7 月 20 日，马寅初与夫人王仲贞（前左一）、女儿马仰惠（前右一）、长子马本寅（后排右一）、次子马本初（后排左一）在北京东总布胡同 32 号院中合影。

年 9 月仍健在的三个子女也都已高寿：次子马本初 87 岁，二女儿马仰曹 95 岁，另一个女儿马仰兰 91 岁。

从这个角度来看，可以说马寅初的家庭在中国又是一个长寿之家；也可以说这也是著名人口学家马寅初家庭产生的一大新闻：父母、子女全家九口人都长寿！

马寅初为什么可以活到一百多岁？他的长寿秘诀是什么？本书在“第三十五章练身篇”中已作了回答，敬请读者在阅读此书时关注。

第五章 “一不做官，二不发财”

1911年10月10日的武昌起义，推翻了统治中国2000多年的封建皇帝。但辛亥革命的成果，很快就被军阀袁世凯所篡夺，随之讨袁反袁的声浪又遍及全国。军阀割据，连年混战，烽烟四起，生灵涂炭，中华民族又重新陷入了水深火热之中……

1916年，怀着“强国富民”抱负的马寅初博士回到祖国，面临的竟是这样一幅悲惨景象。

难道革命从此就完结了吗?

不！历史要永远向前发展，就像奔腾不息的大海。马寅初怀着这样坚定的信念，回国不久就支持并参加了孙中山先生组织的同盟会。

当他风尘仆仆来到古都北平之后，袁世凯正在上演称帝丑剧。他厌恶极了，坚决反对。但不知为何，这年秋天，马寅初的住所竟一时车水马龙，宾客纷至。

马寅初从美国学成归来以后，身体比出国前壮实、强健了许多，满面红光，显得特别精神，他中等个子，穿着一套合体的深灰色西装，圆圆的脸上充满了坚定和自信的表情，浓黑的眉毛下，一双炯炯有神的眼睛闪烁着智慧的光芒。

此刻，他正在彬彬有礼地接待着一批又一批来看望他的客人。

“老兄，你真走运，留学归来，丰采照人，功名成就。”一位老同学对他滔滔不绝地说：“自清朝以来，中国素有‘西洋一品，东洋二品，国内三品’的说法与做法，恐怕你很快就要高升了。愚弟特来登门祝贺！”

“看你说的，好像我已经成了什么大臣、要员之类的人物，哪有那回事儿？！”马寅初请朋友坐下，让妻子送上咖啡，说：“先尝尝这个，是我从美国带回来的。我这个人生来就没有做官的命，也根本不愿意做官。从小在家里挨打受气，吃尽了苦头，这你知道；以后，上学又穷得要死。我在美国都是靠勤工俭学挣钱才完成学业的！”

……

“你是清政府北洋大臣袁世凯保送出国留学的，现在他当皇帝了，正要用人，如若同意，我立即去给你推荐……保证你有大官可做！”一位政客这样劝说马寅初。

“我已说过，我去留学不是为了回来做官，是要用所学知识‘强国富民’！”马寅初回答说。

……

“还是到我们大帅那里去吧！去后让你操办财政经济事务，保你可以发大财……”一位军阀的代表向马寅初提出邀请。

“我是做学问的人，不想发财……”马寅初说。

……

一些军阀和政客轮番上门来游说、邀揽，使马寅初十分反感，经过几天的考虑，他决定公开宣称“一不做官，二不发财”，走治学救国的道路。他要将自己的全部精力都用于培养中国的经济学人才和研究解决发展国民经济事业的问题。

他对自己的决定感到高兴和自豪！他怀着兴奋的心情来到同乡蔡元培的家里，一进门就说：

“我决定接受你的聘请，来北京大学任教。”

“欢迎欢迎，你能来北大任教，我非常高兴！北大经济系十分需要有你这样的教授来为中国培养经济学方面的人才。”蔡元培高兴地说：“快坐下，慢慢谈。”

……

不久马寅初就成了北京大学经济系的教授，很快又兼任了这个系的系主任。当时他开的课程以应用经济学为主，并一直把讲课的重点放在经济学的应用方面。如银行学、货币学、交易所论、汇兑论等。他讲课时，深入浅出，生动活泼，联系实际，善于启发，很受学生欢迎。

北京大学的前身是京师大学堂。它创办于 1898 年。在辛亥革命推翻了清王朝的统治以后，1912 年京师大学堂正式改名为北京大学，严复任校长。1916 年马寅初到这里任教时，全校已有 1600 多名学生。

1916 年年底，著名学者、教育家、科学家、民主主义革命家蔡元培被任命为北京大学校长。1917 年 1 月 9 日，他发表了就任演说。他竭力提倡科学与民主，在学校推行“囊括大典、网罗众家、思想自由、兼容并包”的方针，对北京大学进行了认真的整顿和一系列的革新。首先，他把北京大学逐步调整为文、理、法三科，并废门改系；到 1919 年北大已发展到有数学、物理、化学、地质、哲学、中文、史学、英文、法文、德文、俄文、经济、政治、法律 14 个系，成为当时全国规模最大的一所高等学府；之后，蔡元培先生在北京大学设立了作为全校最高权力机关的教授评议会，并设立教务长。马寅初在选举中战胜了胡适，于 1919 年春天被选为北京大学第一任教务长，在协助蔡元培改革北大封建教育制度方面发挥了重要作用。

第一次世界大战结束后，北大放假三天庆祝，并在天安门广场举行演讲大会。马寅初教授专门由北京大学来到会场，慷慨陈词地发表了燃烧着爱国之情的《中国之希望在于劳动者》的演讲，以经济学观点支持群众的反帝反封建的斗争。在这天，李大钊也发表了《庶民的胜利》的著名演讲；蔡元培则主讲《劳工神圣》专题。

1920 年，马寅初为了致力于经济学的研究和教学，在任期两年之后，特辞去教务长的职务，专任教授；在此之后，他还应聘担任了浙江兴业银行的顾问和中国银行的总司券等兼职职务。

20 世纪 20 年代初期，在北京大学任教的马寅初（前排左一），与北京大学校长蔡元培（前排右一）等人合影。

在北京大学这所历史悠久的民主堡垒里，马寅初结识了李大钊、毛泽东等中国共产党早期的领袖人物，受到了他们革命思想和革命行动的影响。

马寅初在美国学成返回祖国的时候，正值五四运动的前夜，那时国内研究经济学的人很少，整本经济学著作还无读者。他为了发展中国经济学的科学事业，培养这方面的人才，普及社会的经济学知识，在研究中国经济问题著书立说的同时，采取了三项有效措施来开展工作：

他在北京大学的讲坛上，长期专门讲授经济学，某些部门经济学，特别是财政金融的理论与务实，还专门开一门叫“经济哲学”的新课。

平时，他总是采取演讲方式或在报刊上发表短文的办法，在国内评论和介绍西方经济学家的各种流派理论，以引起读者的兴趣。后来，他将这些演讲和文章的原稿汇集交商务印书馆于 1923 年出版，起名《马寅初演讲集》，全书分四集，收有演讲稿近 200 篇。

教学之余，他还联合当时全国经济学界的前辈刘大钧等人，在北京发起和组织了“中国经济学社”，为经济学界在社会上组织队伍，提高研究水平，扩大影响，寻求救国道路。

“中国经济学社”为我国最早的一个全国性经济学术研究性的群众团体，正式成立于 1923 年；总社设在浙江杭州的宝石山。它的宗旨在于联络同志，提倡经济学的高深研究，共同讨论现代经济问题，编辑各种经济书籍，赞助中国经济界的发展与改进。

中国经济学社编辑和出版的刊物、书籍有：《经济学季刊》、《关税问题专刊》、《中国经济问题》、《经济建设》，以及社员们所译著的多种经济丛书。这些书刊的发行，曾对中国国内经济学术的阐扬起过非常重要的作用。

除出版书刊之外，中国经济学社每年还照例召开年会一次。开会地点均在全国各重要城市或风景名胜之地，每年一地，概不重复。每次的年会，都要事先预定专题，由大家集中讨论，并将选读的论文优先发表。山东的济南、广东的广州、湖南的长沙等许多地方都曾先后举行过年会。

20 世纪 30 年代初期，马寅初在中国经济学社杭州总社社址留影。

由于中国经济学社的目的明确，所组织的活动内容丰富，出版的书刊质量较高，所以成立以后在全国影响很大，发展很快，入社者不断增加，到 1936 年，它的社员已超过 700 人。之后，全国财政、金融和经济学界的著名人士，差不多都成了这个学社的社员。

中国经济学社从发起、组织到成立，马寅初操办各种社务，一直都非常积极热心，并始终起着领导者的作用，大家对他十分拥戴和信任。在将近 20 年期间，他先后被选为中国经济学社的副社长、社长。

这一时期，他在经济学研究方面也取得了很大成绩，先后写出《中国国外汇兑》、《中华银行论》等不少论著，对当时的金融界、经济界都产生了较大的影响。

1916 ~ 1926 年，这是马寅初怀着“强国富民”理想，放弃在美国优裕的物质生活和工作条件，毅然回到祖国的第一个十年。

这一时期，他风华正茂，才华横溢，浑身都燃烧着爱国之火。他支持进步，崇尚革新，反对倒退，全心全意致力于中国经济问题的研究和教学工作，成为中国最早研究西方经济学的著名学者，不仅为中国经济学的发展和在培养经济人才方面做出了重要贡献，同时，也为实现他“强国富民”的理想迈出了坚实的第一步！

第六章 南下

古都北平。

鹅毛大雪漫天飞舞……

刹那间，山峦白了，房屋白了，树木也都披上银装。

一位身穿黑色呢子短大衣的中年人，从景山公园出来，穿过马路，沿着故宫护城河的便道，径直向北海大桥方向走去，在洁白的雪地上，留下了一串新鲜的脚印……

他便是刚刚爬完景山，要返家的马寅初教授。此刻，他正在思考一个问题：

“我到底去不去浙江呢？”马寅初想：“杭州是我的家乡，南方又是中国财政、经济的活动中心，那里有我熟悉的朋友，而且他又多次来信邀请。今天上午还派专人来请。我还怎么好不去呢？”

他边走边想，一朵接一朵的雪花，一次又一次地飘落在他微微发红的脸上。这时，街上行人已经很少。当他来到沙滩红楼，看到北京大学的校舍时，刚才下了的决心又开始有些动摇。是啊，他过去在这里整整度过了十年的教学生涯！他留恋北大，舍不得离开那熟悉的讲台……

但经过一段时间的反复思考．马寅初在 1927 年春天终于做出了决定：辞去北京大学教授的职务，离开北平，应他的好友、浙江省政府主席张静江的邀请，南下到我国古老、美丽的湖滨城市杭州任职、任教。

马寅初到杭州以后，担任了浙江省政府委员、省财政委员会主席的职务，在财政金融界工作；同时还兼任浙江杭州财务学校的教学工作，结合工作和教学的实际，继续开展对于中国经济问题的研究。

在杭州，头九年他的家一直住在租来的开元路34号；从1936年到1937年的最后一年，曾迁居到他自己购买的法院路27号。

前一住处是一座具有民族风格建筑的院落。院内前后为平房和附属设施；中间是一幢二层的楼房，楼前有树木和花草；大门虽然临街，但因宅院宽大而幽深，所以仍然很安静。马寅初和他的一家住在二层楼的主建筑内，一楼是他的书房和办公室，二楼为卧室。

因为这座古老的民族建筑室内没有洗澡设备，所以马寅初经常带着长子马本寅和次子马本初上街去洗澡。洗澡堂的服务员给他们父子用竹竿向屋顶挂衣服时发现：马氏父子夏天穿的背心总是有洞；冬天穿的长袍里子也很破旧。时间久了，服务员同他们父子熟了起来。因而有时便同马寅初开玩笑说："马先生是省府委员、经济学博士，还穿这么破旧的衣服？"

"这样穿着凉快！"马寅初在夏季时总是指着背心上的破洞如此风趣地回答。

他到冬季时则又换了一种说法："衣服的作用在于保暖，新旧没有什么关系，只要能穿就行，不必讲究！"

由于孩子们逐渐都已长大，家里不能洗澡，诸多不便；更主要的还是因为马寅初的隔壁居住着上海警备司令宣铁吾一家，这使他很费思虑，为了避免麻烦，他决定自己另买一处住宅，从这里搬走。

马寅初购买的新居是一幢三层楼的花园洋房，名叫"竹屋"，在杭州市法院路27号。这里有宽大的浴室、绿茵茵的草地、繁茂的树木、令人陶醉的鲜花……在此，他们全家一直住到全国解放以后。

在浙江省政府工作期间，马寅初发现浙江省有许多人染上了抽鸦片烟的恶习。他认为：吸食鸦片，不仅毒化人民的意志，摧残国民的体质，而且使国家经济蒙受严重损失，难以繁荣和发展。为此，他十分忧虑。在省政府的一次议事会上，马寅初正式提出了禁烟的主张和计划。他非常激动地说：

“鸦片不肃清，人民就等于自杀！我们一定要采取果断措施，彻底消除这一恶习。”

按照他的办法，开始在浙江省收到一些效果，但毗邻的江苏省却无人过问此事；并且贩运鸦片的奸商，往往同政府要员以及洋人勾结，狼狈为奸，从中牟取暴利，所以他的禁烟主张实际上处处遭到强烈的反对；到后来，不仅失去效用，而且简直是越禁越多，致使他的主张无法实现。

1928年，国民党立法院院长孙科派叶楚伧邀请马寅初到南京政府的立法院工作。马寅初先后分别在这里担任过经济委员会与财政委员会的委员并兼任委员长的职务；同时，他又到南京中央大学、上海交通大学、苏州东吴大学、浙江大学讲课，还在上海的一些大学任客座教授。

“我由北京南下，来杭州、南京和上海，完全是因为这里是全国的经济中心，有很多的经济资料可供研究，在金融界工作又比较容易接触这种资料的缘故。”马寅初同他在北大时的一位老朋友曾这样说。

确实如此！马寅初这一期间完全是以财政经济专家的身份参与立法院工作的。当时在立法院经济、财政委员中的许多人均属国民党的官僚，他们大都唯国民党反动派之命是从。马寅初根本不同，他来立法院工作，为的是能够直接接触、深入研究有关财政、经济问题的资料，寻找国民经济的症结所在，谋求解决的办法。因此，他在立法院始终保持发表个人见解的自由，对于国民党政府的政策，他不同意，就直接表示反对；对于有利于国计民生的经济问题，他总是提出自己的主张和议案。

“粮食和食盐，不是一般商品，直接关系到国计民生，因此，这两种东西绝不能由私商来经营，必须要政府来统一管理、统一调节！”马寅初在立法院的一次会议上正式提出了议案。他说：

“关于这一点，我已具体拟定了两个法：一个叫‘新盐法’，一个叫‘粮食法’。”

“‘新盐法’就是……”

马寅初提出这个议案之后，很快就遭到了商人和国民党立法院绝大多数人的反对。结果，这一利国利民的主张，只好束之高阁。

马寅初在上海讲学之余，对由法国人开办的“万国储蓄会”进行了认真仔细的研究和大胆公开的揭露。他明确指出“万国储蓄会”表面看来是让大家购买彩票，实际上则是搞买空、卖空、敲诈勒索，鼓励投机，搜刮民财，是帝国主义对中国进行经济侵略的一种工具，必须彻底揭穿，坚决反对。

他大声疾呼：“中国人民自己挣的血汗钱，应该用于发展自己的民族经济。切不可再受‘万国储蓄会’的欺骗。”

在马寅初以大量的无可辩驳的事实，公开抨击和揭穿“万国储蓄会”的假面具以后，这个曾经轰动一时的“会”，便像一个纸人被火点着一样，立即化成了灰烬！他的这一果敢行动，在当时大大保护了我们中华民族的利益，彻底斩断了帝国主义插在中国人民身上的一根吸血管。广大人民无不高兴！但是也引起了上海一些既得利益的经济界人士的不满与反对。

在南下的十年期间，除了公务和教学之外，在马寅初的生活中还发生了许许多多大大小小的琐事，这些琐事犹如大海中的一朵浪花、太阳光下的一滴水……使人们从另一个方面，实实在在地看到了马寅初这个活生生的具体的人……

一天，马寅初的家里突然来了一位不速之客。

“请您用茶。”马家的帮杂老潘，将一杯龙井茶恭恭敬敬地放在桌上对客人说。

“老兄，我专程登门，有一件事想托你帮忙。”来客喝了一口茶说：“这300 块银圆给你吸烟，1000 块银圆是给马先生喝茶的。”边说就边将两张支票塞到老潘的手里。

“先生，这是怎么回事？”老潘不解地问。

来客满面笑容地说:“事情是这样，小弟新近被提名为县长，名单上报省里已一月有余，但至今尚未批复。马先生是省府委员，德高望重，与批放县长的某君是莫逆之交。万望老兄在马先生面前为我求个情，请他在那位大人处替我美言几句，如果事成，日后我一定还来重谢！请您务必帮忙。”这位客人点头哈腰地说完就走了。

老潘将此事如实禀告马寅初之后，马寅初勃然大怒:

“真不要脸，竟然活动到我的头上来了。真是蚊子叮了泥菩萨——找错人啦！”随即他自言自语说，“现在官场如此黑暗和腐败，有人公然敢花钱买官做。成何体统？！”

“就凭这一条，他就没有资格当县长。老潘，你给我把他的臭钱退回去！”

还有一次，马寅初回嵊县浦口老家时，看到童年时代卖汤团的一位婆婆已满头银发、老态龙钟，但仍旧在当年的那所破房子里卖汤团。就是这位老婆婆，当年在他去买汤团吃时，常常为他擦鼻涕、洗脸，像待自己的孩子一样待他。

通过交谈，马寅初知道她家境仍然非常贫困，决定对她进行帮助。

“从明天起，您做汤团所需要的糯米、白糖等原料和燃烧的费用，都由我按月来付。”马寅初诚心诚意地对老婆婆说。

从此，他就总是按月供给她汤团本钱，老婆婆死后，马寅初还给了她儿子两百块银圆，让他谋生。

在南下期间，马寅初有一个习惯:每年炎夏，他都要带领全家到杭州、庐山、青岛等地去避暑度假。

在美丽的西子湖畔，在环围西湖的三面山上，许多地方都留下了马寅初的足迹和手迹……

据说，西湖原是一个和钱塘江相连的浅海湾。南面的吴山和北面的宝石山是环抱这个海湾的两个岬角，后因出海通路被泥沙淤塞而逐渐变成内湖。自唐代以后，风景逐渐闻名，历史上曾有“武林水”、“钱塘湖”等多种名称。因位于杭州城西，所以后来通称“西湖”。

西湖的美丽景色，驰名中外，曾使多少诗人流连忘返，为之挥毫描述……

1931年夏天，马寅初带着全家来到西湖灵隐山麓的灵隐寺避暑。这时，他已49岁。度假期间，每当他在天王殿和大雄宝殿前锻炼身体后，总要带着孩子们去吃东西。西湖“知味观”味道鲜美的馄饨；“楼外楼”使人馋涎欲滴的炒虾仁、油爆虾和糖醋鱼等名菜，都是马寅初最喜欢吃的东西。由于马寅初大名鼎鼎，所以每到一处吃饭时，饭店老板总要他题字留念。在“楼外楼”、“天外天”等许多饭馆都留下了他的手迹。

1936年暑假，马寅初带着全家来到西湖边上海拔350米高的北高峰避暑，随同他们来的还有给孩子们辅导语文和数学的两位老师。

一天晚饭后，马寅初邀请两位老师和一位亲戚以及孩子们在院子里聊天。

夏夜的晴空，月明星稀；北高峰上，凉风习习。西湖好像已经安睡了，在它的上面笼罩了一层薄薄的乳白色的雾气……

“今晚在此有老师，又有学生。”马寅初高兴地说，“所以，我想谈一点关于在学习时要讲究效率的问题。”

“我可以肯定地说：‘1+1’决不等于‘2’。”他进一步解释道，“我这里指的是看一个小时书接着再看一个小时书，绝不等于看了两个小时书。因为前一个小时与后一个小时的学习效率不同。”

“我希望你们，不论是老师还是学生，今后在学习中都要讲求实效，注意劳逸结合，学习到一个或一个半小时，中间一定要休息或进行必要的体育锻炼，这样才能提高学习效率。要巧读书，不要念死书。”

马寅初讲完他的教育学之后，风趣地说：“我姓马，这位老师姓杨，另一位姓牛，我们的亲戚姓朱。这里真是马、牛、羊（杨）、猪（朱）齐全，原来我们是在开‘牲口大会’……”

大家被马寅初的风趣、幽默的谈吐，逗得哈哈大笑……

这笑声，好像直冲云霄，震动了苍穹，竟使远处天边的一颗星星骤然下落，那闪光的长长的流星，在盛夏夜空中画出一道弧形的光环以后，突然间消失在美丽的西湖之中……

第二部

民族忠魂

（一九三七年至一九四九年）

第七章　大难不死

横看成岭侧成峰，
远近高低各不同。
不识庐山真面目，
只缘身在此山中。

这天，马寅初爬山至庐山乾明寺，正体味苏东坡这首名诗的意境，一个令人震惊的消息传入了他的耳中：

1937 年 7 月 7 日，日本侵略军向北平郊区芦沟桥发动了大规模的进攻，我国守军奋起抵抗。抗日战争开始了。

此时，马寅初正应邀到江西庐山参加国民党政府召开的战时财政问题座谈会；他喜爱庐山，把全家也带到了庐山避暑。

日本侵略者罪恶的枪炮声打破了他平静的生活。继芦沟桥七七事变以后，在几个月的时间里接二连三地传来了更加不幸的消息：

国民党军队丢失了北平和天津，华北危在旦夕；

8 月 13 日，日本侵略军进攻上海，并扬言在三个月内要灭亡中国。上海军民虽奋起抗战，但在坚持了三个星期之后，该市终于沦陷；

12 月 13 日，南京也最后失陷。日本侵略军进到市区以后，制造了人类历史上罕见的暴行。据统计，南京在沦陷以后，被敌寇烧毁的房屋就占全市房屋总数的 1/3，被残杀的同胞达 30 余万，被奸淫的妇女更是难以计数。敌人的残忍尤其令人发指，小到七八岁的女孩，大到七八十岁的老妇，甚至连孕妇他们都不放过；有的被强奸后，又被这般野兽杀害；他们还把孕妇开膛剖腹，将胎儿取出蒸食……

马寅初听着这些使人悲愤的消息，心如刀绞。他坐也不是，站也不是；时而在地上踱步沉思，时而用手将窗户打开，观看庐山的初冬景色。

“昔我来时柳依依，今我归家雪霏霏。”他感慨万端地想，“可是我的家呢？我是有家难归，北平、上海、南京，都陷于敌手，浙江怎样，交通断绝，音讯全无。难道我们中华民族，就此亡于日寇之手，四万万五千万同胞都要当亡国奴不成？”

“砰！砰！砰……”

“进来！”马寅初从悲愤的遐想中，被一阵敲门声惊醒。

“马先生，你明天就要从这里起程，经汉口再去重庆，所以我特地来看看你。”一位朋友进来后说。接着，他又问马寅初：

“有什么需要帮忙的事情吗？”

“没有。谢谢！我们今日虽不得已要因逃难而分离，但不久必然后会有期。”马寅初充满信心地说。

经过几天的辛劳，马寅初和他的全家才来到武汉，但到重庆的船票在半个月以前就已经售完了。这样，他只好在汉口苦等两个星期。

他百无聊赖，信步武汉街头。这里昔日的繁荣景象早已烟消云散，代之而起的完全是另一幅悲惨情景：从南京撤退下来的国民党军队，蜂拥武汉街头。他们欺压百姓，掠夺财物，争相逃命；从各地流亡辗转而来的无数难民，食宿路旁，饥寒交迫，呼天号地，惨不忍睹；而国民党的要员，达官贵人以及他们的亲属，趁国家处于困难和混乱之机，却巧取豪夺，大发国难财，利用权势，抢占车船，大包小包，将大量细软带往重庆……

马寅初在暗暗哭泣，他的心在流血……

整个中华民族在哭泣、在流血。殷红殷红的鲜血像汉水、像长江在流淌、流淌……

马寅初身着一件深灰色的呢大衣，下了渡轮，健步登上武昌蛇山，极目四望。只见长江汉水在呜咽奔流，远近的树木一片枯黄。初冬季节的片片落叶，犹如上海、南京、镇江、芜湖、杭州、济南、青岛等地，相继沦入敌寇之手。这些城市都完了，大片大片的中国国土还在继续沦陷……

中国的前途在哪里？民族的希望在哪里？我怎样才能为挽救国家和民族出力？马寅初一边想着心事，一边用脚踢着地上的落叶。不知不觉，他已来到了蛇山的黄鹤楼旧址。

登楼凭吊，触景生情。他默默地吟诵着唐代诗人崔颢那首著名的吊古怀乡的诗《黄鹤楼》：

昔人已乘黄鹤去，
此地空余黄鹤楼。
黄鹤一去不复返，
白云千载空悠悠。
晴川历历汉阳树，
芳草萋萋鹦鹉洲。
日暮乡关何处是？
烟波江上使人愁。

在归途中，马寅初站立在濒临大江的黄鹄矶上，让微风尽情地吹拂着他的面庞。这里龟山和蛇山东西对峙，锁住大江，逼得江水向东北奔流如箭，风涛拍打着突出在江心的黄鹄矶下边，汹涌澎湃，乳白色的浪花飞溅。面对祖国如此险固的山川，想想大片国土的沦陷，马寅初感慨万端。

在历经近一个月的逃亡转移生活之后，马寅初一家于 1938 年年初来到了四川重庆。

到重庆后，马寅初起先住在机房街的一个商科学校；稍后，应南渝中学校务主任、他的同乡喻传鉴的邀请，把孩子送到南渝中学读书，将家搬到南渝中学的南园居住。当时柳亚子先生也客居在校内的津南村。

一次，马寅初到重庆市内办事，接连几天都住在陕西路四川省银行三楼康心之、康心如兄弟那里。一天中午，他正在睡觉，突然防空警报紧急鸣响。当他惊醒后，日寇的飞机正在城市上空狂轰滥炸。

马寅初听着一阵阵机枪扫射和炸弹轰响，看着一处处起火冒烟的建筑物，感到无比愤慨：

“日本侵略者真欺人太甚，竟到大后方来轰炸！”

话音未落，敌机扔下来的一枚炸弹就在他的楼下爆炸。顿时，整座楼梯被震得摇摇晃晃，接着楼下火光四起，浓烟滚滚，火舌舔着木质结构的地板和楼梯，从下面直往上烧。没一会儿功夫，一楼到二楼的木板楼梯都已被烧断，火势由一楼开始向二楼、三楼蔓延……

马寅初正好在三楼居住，滚滚的浓烟已呛得他开始咳嗽，红红的火苗也开始在他居住的木质地板上露头。由于银行的门卫在听到防空警报时，匆匆将大门上锁后离去，眼下三楼和二楼间的木梯又被大火烧断，马寅初欲出不能，又不甘心就这样死于敌手，急得他直在楼上转圈……

突然间，他一扭头看到了床上的床单和被罩，于是急中生智，迅速地将几块床单撕成了长条，并将他们结成长绳，然后将窗户打开，把床单的一头拴在窗棂上，他抱着死里逃生的侥幸心理，用手抓着拴在窗棂上的“长绳”，从三楼的窗户外面，慢慢向下滑。

但当马寅初下到二楼的窗口时，不料由于床单绳被拉断，把他从二楼摔到楼前坚硬的水泥路上，结果右臂严重受伤，一阵强烈的剧痛，使他晕了过去。

当他醒来的时候，发现自己已经躺在一家医院的病床上，妻子儿女、亲朋好友在屋里围坐了一大圈。

主治大夫为马寅初检查完身体，高兴地对大家说：

“内脏正常，外伤虽然严重，但没有危险，治疗休养一段时间就会好的。请诸位放心！”

“马先生，你大难不死，必有后福！”一位朋友祝贺说。

“福倒无所谓，我只渴望日后能为拯救我们国家和民族的危亡出力！谢谢各位来看我！”

第八章　严正声明

1928年至抗日战争初期，马寅初在南京国民党政府立法院先后担任经济、财政委员会委员并兼任委员长。在那些充满污泥浊水的国民党机构中，许多人都唯命是从，亦步亦趋，人云亦云。唯有他，像鹤立鸡群，始终能够保持自己品格的高洁，并敢于发表自己独立的见解。

抗日战争以前，他在浙江曾力主禁烟，到南京后，在立法院又提出了利国利民的“新盐法”和“粮食法”，但均因损害国民党要员的切身利益，未能实现。

抗日战争爆发以后，他又以专家的身份，一直在观察、研究当时中国的经济状况。在对蒋、宋、孔、陈四大家族和国民党财政金融界的种种内幕的剖析中，马寅初发现：中国当时的经济不仅由于日本帝国主义的大举入侵而遭到严重破坏，更为糟糕的是，在民族危亡的紧急关头，国民党统治集团不但不与人民共赴国难，反而趁机浑水摸鱼，大发国难财。他把这种情况精辟而形象地概括为：“前方吃紧，后方紧吃！”最先揭露了国民党四大家族官僚资本的“经济专政”。

为此，蒋介石国民党集团对马寅初既恨又怕，但因他是驰名中外的经济学家，又不敢对他采取强硬措施。

“一群笨蛋！你们怎么就不会想点办法把他挤走，或者使他就范！”

蒋介石听罢他的下属向他报告马寅初的情况以后，怒气冲冲地说：

“请马寅初来见我！”

几天后的一个上午，天气阴沉沉、雾蒙蒙的。马寅初应召来到蒋介石在重庆的林园官邸。

“马先生庐山一别，已有半年多未见，近来可好？”蒋介石寒暄着。

“只是体重比过去增加了不少！别的都依然如故。”马寅初回答说。

“哦，想起来了。”蒋介石哈哈大笑，接着说，“前几天有人对我说，重庆有位漫画家，最近画了一幅漫画。这幅画的大意是：一次，有一个人挤着上公共汽车，车上的乘客只看见一个很大很大的肚子从门而入，但不见其人，后来等到司机关门开车后，大家才发现，原来这位挤车的人是著名经济学家马寅初博士。马先生，可真有其事？还是那位漫画家的虚构和夸张？！”

“虚虚实实！”

“马先生，你要用车就说一声，像你这样的名流学者，又是我的经济学老师，我哪能让你去挤公共汽车呢？”蒋介石虚伪地说完，然后转换话题道：

“今天我找先生来，有一事相商：即拟派先生去美国考察经济，先生愿住一个时期可以，愿长住也可以。我将任命先生担任中国驻美国特命全权大使或其他重要职务！”蒋介石故作尊敬地一字一句说。当他看见马寅初脸上毫无表情时，沉思片刻后，又进行补充：

“马先生不必现在回答，考虑好后随时告诉我。”

马寅初一边听蒋介石同他谈话，一边揣摸蒋介石的用意。他本想说：“‘国家兴亡，匹夫有责’，当此国难之时，我的职责是为抗战出力，绝不离开祖国，到国外去享福！”但听到蒋介石最后说不必现在告诉，于是他将就要出口的话，咽了回去。

蒋介石是在费尽心机以后，才自以为得计地想出了这个一箭三雕的办法。他认为派马寅初去美国并委以重任：首先，可以表明他蒋委员长对马寅初的信任和重用；其次，出国对马寅初本人有利可图，他定会乐意接受；第三，也是他最根本的目的，把马寅初荣荣耀耀地挤走，以铲除他的心头之患。

马寅初呢？更有他的主意。出乎意料的是：他从蒋介石那里回到家里时，家里有几位客人已经在等他。

“马先生，你回来了，让我好等。”一位来客说。

“兄弟今天外出有事，让诸位久等了。”马寅初说。

“哪里，哪里，能为马先生办事，我们感到很荣幸。”一位来客毕恭毕敬地说：“在下奉蒋委员长之命，特来接马委员去北碚立法院居住。何时搬家，请马委员吩咐！”

“等我决定后告诉你，现在你可以走了。”

“是，在下现在就走。”

马寅初送走这位客人以后，开始同另外一位来客交谈。

“马先生，现在兵荒马乱，物价飞涨，许多人都在购买黄金和美钞，都在为自己将来的生活做出安排。”马寅初的这位金融贸易界的朋友小声地对他说，“我现在手上有一批货，你老兄是否也买一点黄金和美钞。这可是一个难得的机会，千万不可错过。只要你说个数，我保证给你办到！”

“谢谢你的好意。”马寅初说：“看来，今天之事绝非偶然，是有人经过精心策划后安排的。这样，我就只好正式发表声明了。”

他说完，随即坐在写字台前，用毛笔在一张白纸上飞速写下“严正声明”四个大字。在这个标题下接着写道：

一、值此国难当头，我绝不离开重庆去美国考察；

二、为了国家和民族的利益，我要保持说话的自由，国民党政府的立法院没有多大意思，我绝不去北碚居住，并要逐渐同立法院脱离关系；

三、不搞投机生意，不买一两黄金、一元美钞。有人想要封住我的嘴，不让我说话，这办不到！

马寅初

1938 年于重庆

很快，马寅初的这三项严正声明就被报告到了蒋介石那里。

“娘希匹！这个马寅初真不识抬举。”他绕室而行，不断骂人：“我叫他敬酒不吃吃罚酒。你们这群废物听着：要给我秘密盯着马寅初，他的言行要随时向我报告。谁要是给我误了事，后果你们自己明白。”

他说完，气急败坏地用手将桌子一拍：“滚！你们统统给我滚出去。”然后，抓起桌上的电话。

“我是蒋中正！朱家骅，你马上到我这里来一趟。”

这位国民党政府的教育部长朱家骅，还没有弄明白是怎么回事，蒋介石就“咔”的一声放下了电话。

朱家骅一惊，觉得一股冷气传遍了全身……

第九章 “言人之不能言”

马寅初拒绝了蒋介石请他去美国考察和对他委以重任的许诺，在 1938 年 11 月，应聘到重庆大学担任经济学教授和商学院的院长。

重庆大学创建于 1929 年。校址设在现在长江上游的重庆市郊沙坪坝，整个校园占地1000多亩，校舍面积30万平方米。它是一所座落在歌乐山下、嘉陵江畔、环山带水、风景非常优美的学校，是一个读书的理想地方。

建校初期，这所学校只设文、理两个预科。1932年成立文学院和理学院，开始招收本科学生。1936 年以后，又增设了商学院和体育专修科。这所大学是一所有着光荣革命传统的学校。1938 年年初，中共川东地下组织开始在重庆大学建立了党支部。1938 年年底，周恩来同志到重庆担任中共中央南方局书记后，对重庆大学的学生工作更加重视。从此，重大师生在中共中央南方局和周恩来同志的关怀下，在同国民党反动派的斗争中，写下了比过去更加光辉的篇章……

马寅初教授就是在这样一所学校，一面任教，一面考察和研究中国战时的经济问题。在他目睹了国民党四大家族强取豪夺、大发国难财的罪恶行径之后，极为气愤，竟置个人安危于不顾，奋起抨击。在国民党反动派的独裁统治下，人民根本就没有言论的自由。由于国民党反动派采取“顺我者昌，逆我者亡”的高压手段来扼杀舆论和民主，所以广大群众对国民党实行的倒行逆施的政策敢怒而不敢言。而马寅初不怕，他说：

“言人之所言，那很容易；言人之欲言，就不太容易；言人之不能言，就更难。我就是要言人之欲言，言人之不能言。”

当日本帝国主义开始对我国进行侵略的时候，马寅初积极拥护抗战。1932 年 6 月，他在《时事月刊》上发表《长期抵抗之准备》的文章，详细阐述只有抵抗才能求得民族生存的道理。抗战开始后，他在庐山讨论战时财政问题的谈话会上，慷慨陈词，坚决主张政府要采取有效财政措施，进行长期抗战，与蒋介石的不抵抗主义公开唱反调。

1938 年 5 月，他在重庆进一步提出必须征收战时过分利得税的主张。他说：

"'战时过分利得税'，英文谓之 war excessive profittax，重在'过分'两字。故战时过分利得税只对因战争而获得意外收入的事业征利得税。"

由于这一政策触犯了以蒋、宋、孔、陈四大家族为首的国民党统治集团的利益，所以他的正确主张没有能够实现。

但马寅初对此并不灰心．他仍旧在研究并寻求解决抗战经费的问题和途径。1939 年，他在一次立法院的会议上，又正式提出提案，要向发国难财者征收"临时财产税"，作为抗战经费，并要求从孔祥熙、宋子文等开始征收。马寅初说：

"'临时财产税'，英语称为：capital levy；直译之应称为资本捐，是一种应非常支出之手段。'临时财产税'不以财产的收益为税源，乃征收人民财产之一部分。在国家存亡危急之秋，人民所贡献于国家者，不外力与财，所谓有力出力，有财出财，无产者既尽其力，甚至流其鲜血以卫国，则有产者牺牲一部分财产亦在情理之中。"

马寅初强调指出："征收临时财产税，美英诸国在战后都采用过，是收效甚宏的一种办法。所以我再次提议对发国难财者开办临时财产税以充战后之复兴经费！"

"为什么要这样做呢？"马寅初自己提出问题自己回答说：

"因为有几位大官，乘国家之危急，挟政治上之势力，勾结一家或几家大银行，大做其生意，或大卖其外汇。在做生意之时，以统治贸易为名，以大发其财为实，故所谓统治者是一种公私不分之统治。至于这几位大官大卖其外汇之事实，中外人士，知之甚众。”

“更有甚者，”马寅初简直是在愤怒地指控：“从我所掌握的大量的事实和材料证明：中国的几户‘大贪污’其误国之罪，远在奸商汉奸之上。吾人以数百万同胞之死伤，数百万财产之损失，希冀获得胜利以求民族之快复兴，决不愿以如是巨大牺牲来交换几个大财神，一个握财政之枢纽，一个执金融之牛耳，将吾人之经济命脉，操在手中。”他大声说：“此岂抗战之用意乎？”

“因此。”马寅初声音洪亮，信心坚定地说：“必须要求政府对发国难财者从速开办临时财产税，先从大官之中发国难财者入手，令其将用政治势力所获得的不义之财全部提出，贡献于国家，以为其余发国难财者倡。”

因为马寅初的“征收战时财产税”的主张，把主要矛头直接指向了蒋、宋、孔、陈四大家族，所以他的这种正确主张，虽然在重庆各界人士中引起了强烈的反响，得到了社会的广泛支持，但在国民党控制下的立法院，却根本无法通过和实施。

尽管如此，但马寅初并不气馁。在立法院会议之后，他又把自已的主张于 1940 年 7 月与 10 月，分别写成《提议对发国难财者开办临时财产税以充战后之复兴经费》和《对发国难财者征收临时财产税为我国财政与金融唯一的出路》等两篇文章，在国民党立法院主办的一个名叫《时事类编》的刊物的特刊第 54、第 57 两期上发表，还四处发表演讲，并撰文在香港的报纸上向社会呼吁：必须从速对发国难财者开办“临时财产税”！

这年 10 月，马寅初在香港《工商日报》发表了《西南经济建设与继续抗战的先决条件》一文，主张征收发国难财者的“资本税”。文章说，现在前方抗战，百万将士牺牲头颅热血，千万民众流离失所，而后方达官资本家，不但无所贡献，且趁火打劫，忍心害理，孰甚于此！征收其数之“资本税”，岂有顾惜耶？

这年 12 月，他又在香港《大公报》发表了《战后经济问题》一文，再次呼吁从速开办“临时财产税”。

马寅初的主张、提案、演讲、文章简直有如惊雷和闪电，立刻震动了雾都重庆，又犹如一柄锋利的宝剑，一直刺入了四大家族的心脏……

全国进步人士和爱国群众，对马寅初说出了他们想说而不敢说的心里话，无不拍手称快，坚决拥护；而国民党统治集团却对马寅初恨之入骨。

马寅初的向发国难财者征收临时财产税主张的两篇文章，在立法院主办的刊物上分两期发表后，两期刊物竟不胫而走，各阶层人士纷纷争相传阅，赞不绝口。蒋介石统治集团，见此却惊恐万状，到处派特务查禁，还不惜工本，竟以每本四元光洋的高价收缴。

至此，马寅初的言行，已引起了蒋介石统治集团的严重注意。马寅初已经一步一步走到了风暴的中心。在未来的岁月里，等待他的将是一次严峻的考验，一场残酷的斗争……

第十章　重大转折

1939 年 5 月，马寅初搬进了重庆大学校园内的“教员院 1 号”居住。这是一幢两层楼的教授公寓。他全家住在一楼，共有四间房子。

这天，马寅初教授比往常任何时候都起得早。他起床以后，天还没有亮，夫人和孩子们仍在熟睡。于是，他悄悄来到工作室，打开台灯，推开窗户，向外眺望：只见夜色还未退尽，整个山城被一层帷幕似的淡淡的雾气笼罩着。远处，从长江和嘉陵江上，不时传来几声轮船的鸣笛声。他深深地吸了一口窗外的新鲜空气，随即把窗户关上，看看手表才三点多钟，不禁自言自语道：“我今天大概太兴奋了！”

早饭过后，马寅初换上了他最喜欢的一套藏青色的毛料中山装，拎上早已准备好的手提包，怀着无比喜悦的心情，由沙坪坝乘车进城，去见他久已盼望的一位令人崇敬的中国共产党的领导人。

“马先生，你好！能够在重庆见到你，我很高兴！”当马寅初来到会见地点时，周恩来同志迎上来紧紧握着他的手兴奋地说：“我来介绍一下，这位是王若飞同志，这是马寅初教授。”

“久闻先生大名，今日终于有幸得见。”

王若飞同马寅初握手以后，满面笑容地说：“欢迎，欢迎！”

“二位是驰名中外的共产党的高级领导人，今天能够抽出时间来见我，非常感谢！我有许多话要同你们说。”

对这次谈话，马寅初早已做了认真的准备。一见面就如同老友重逢，坦诚相见。

“……我认为我的关于向发国难财者征收‘临时财产税’的主张是正确的，但蒋介石不但不同意，反而查禁我写的文章……”

“现在是前方吃紧，后方紧吃，以蒋、宋、孔、陈”四大家族为首的官僚资本主义者，乘民族之危，大发国难财。他们还企图依靠通货膨胀来弥补财政赤字，结果使得物价飞涨，民不聊生。这简直是饮鸩止渴，竭泽而渔。”

他越说越激动，越说越气愤，为了使自己冷静下来，在喝了一口水以后，又长长地叹了一口气，忧心忡忡地说：

“如此下去，中华民族的出路在哪里？中国的前途又在哪里？我长期以来百思而不得其解。今天特来向二位请教救国救民之道，万望给予指教。”

马寅初谈完以后，周恩来同志亲切而真诚地对他说：

“马先生，你的情况我们已经了解了。我们不仅认为你的主张是正确的，而且非常敬重先生的为人和斗争精神，今后我们还将准备支持先生的抗日爱国行动！”

紧接着，周恩来同志谈起了抗日战争的形势和中国人民应走的道路。最后，他斩钉截铁地说：

“中国共产党代表着全中国人民的长远的和根本的利益。事实证明，在此民族危亡的严重关头，只有中国共产党才是中国的唯一大救星。我坚信，在中国共产党的领导下，中国人民必将战胜日本帝国主义，为中华民族带来无限光明的前途。”

……

周恩来同志的会见和谈话，犹如阳光，一下驱散了长期以来积压在马寅初心中的疑团，使马寅初教授茅塞顿开，豁然开朗……

会见结束后，在回家的路上，马寅初的心情久久不能平静。自 1916 年从美国留学归来至今，20 余年的经历像一部五彩缤纷的电影一样，在他的脑海里一一浮现出来：

马寅初放弃了在美国丰厚优越的生活待遇和工作条件，抱着强国富民的理想，返回祖国。20多年来，他一直在寻找救国救民的道路。为了实现强国富民的理想，他刚回国就毅然拒绝了军阀政客的邀揽和收买，宣布一不做官，二不发财，决心为祖国培养经济人才，走治学救国的道路；之后，他又历尽艰辛，在大学的讲台上，在报刊上，在整个中国，传播西方经济学理论，并结合当时的社会实际，著书立说，研究解决中国经济问题的途径；继而他反对军阀，大力主张禁烟，还反对官僚买办，反对欺骗中国人民、破坏中国经济的“万国储蓄会”；在南京立法院，他像亭亭玉立的荷花，出淤泥而不染，经常在各种会议上提出利国利民的提案和主张；抗日战争爆发后，他目睹四大家族巧取豪夺、大发国难财的罪恶行径，又不顾个人安危，仗义执言，奋起抨击，最早向全国人民揭露了四大家族的“经济专政”，提出了一整套解决战时经济的主张和办法……

但是，所有这一切，都未能实现。

他为此苦恼、彷徨、思索，可又找不到答案。

“问题在哪里？”

与周恩来和王若飞的会见，终于解开了他长期以来心中的迷团，使他认清并找到了救国救民的必由之路，对他产生了极大的影响。从此以后，他靠近了中国共产党，开始走向革命，并决心永远跟着中国共产党走！

马寅初驱车返家的路上，心情极其轻松愉快。当车子渡过长江以后，他请司机在这儿停一会儿。

他下车以后，仰望高空，蔚蓝色的天际广阔深远；眺望远方，歌乐山苍松翠竹如画，灿烂的秋阳洒在长江和嘉陵江上，激起了无数的光斑……面对此情此景，他真想大声说：“今天是我一生中最高兴的一天，心中的迷雾和大自然的迷雾都被阳光一照而散！”

1939年，是马寅初人生道路上的一个重大的转折点！1939年将永远留在马寅初记忆的金沙里……

后来的事实证明，确实如此！

在历史的车轮向前推进了 21 年之后，当康生、陈伯达一伙对他发难、进行错误的批判时，马寅初在 1960 年的《新建设》杂志第一期发表《重申我的请求》一文中写道：

“有的人还把我三四十年前的老文章拿出来作为我为资产价级服务的证据。挖老根，那是挖不胜挖的，这笔账是算不清的，可以不必费心。不错，在 1939 年以前，我是不与共产党一起的，我也作过文章批评过马克思。但在那年我以实际行动否定了我自己的阶级，否定了我的过去。所以对 1939 年以前的老文章，我不负责任了，我自己亦不引用了，正如马克思否定了自己的阶级一样。自那年起直到现在，无时无刻不与共产党在一起，挑拨离间的企图，是注定要失败的。”

1982 年 5 月 22 日，党和国家领导人向马寅初的遗体告别后，新华社在当天播发的新闻中也有一段说：

“马寅初是中国共产党的老朋友。他在反对国民党反动派统治的斗争中，逐渐地认识和靠近了中国共产党，走向革命。在他最困难的时候，得到了党组织的帮助和支持，正如他自己说过的自 1939 年开始，‘无时无刻不与共产党在一起。’”

第十一章　同蒋介石决裂

历史进入1940年。

“娘希匹！这个马寅初还真不好对付！”蒋介石一边在地上来回走动着，一边继续骂人：“你们这群废物，怎么能让马寅初到处发表文章，辱骂政府。近来对马寅初还了解到了什么新的情况？”

“报告委座！据可靠情报得知：周恩来、王若飞前不久会见过马寅初，但所谈内容尚未得悉。”一位情报人员提心吊胆地说：“按照蒋委员长的命令，从今年起，我们已经采取措施不让马寅初在报刊上公开发表文章；但他仍在重庆四处演讲，共产党的报纸仍在继续刊登他的文章。最近以来，他不但仍在宣传他的要向发国难财者征收临时财产税的主张，而且公然反对政府实行的通货膨胀的政策。

“据了解，马寅初的这些主张，不仅在全国各地的人们中引起了强烈的反响，而且还得到了社会各界的广泛支持……”

蒋介石听罢，脸色一沉，愤愤地说：“这不反了？！绝不能让马寅初到共产党那边去！”

“要是马寅初同共产党搞到一起，对我们将更为不利！”戴笠见机行事，帮着蒋介石分析。

“我就不相信，他马寅初不喜欢高官厚禄，你们按照我的意思……再去找他。”蒋介石在面授机宜之后，得意地哈哈大笑起来：

“孙悟空本领再大，终归逃不出如来佛的掌心……”

“委员长英明高见！”戴笠恭维完蒋介石之后，便奉命领着他的一帮人去执行任务。

重庆、武汉、南京，在中国素有三大“火炉”之称，真是名不虚传。眼下，重庆正值七月流火的季节。白天，太阳烧烤，暑热蒸人；夜晚，整个山城连一丝风都没有，甚至自来水都变成了温的，简直使人喘不过气来。

学校早已放暑假了。重庆大学的许多教师都到外地或在校休息度假；而马寅初教授仍在他的寓所写作。俗话说，胖人怕热，马寅初近两年来发胖了许多，他简直是挥汗如雨，好在马寅初在美国留学期间，养成了吃冰的习惯，自回国后多少年来，一年四季他都要吃冰。因此，吃冰几乎成了他消暑的唯一办法。

这天下午，大约三点多钟，他刚吃过一块冰糕，正伏案准备写揭露四大家族的讲稿。突然传来了敲门声。

“请进！”马寅初停下手中的笔说。

“马先生，您好！”一位马寅初的朋友彬彬有礼地说：“兄弟奉蒋委员长之命，特来登门拜访。”

王仲贞夫人向来客送上一杯凉茶之后，宾主二人便谈了起来。

“有什么事情？请直说。”

“兄弟是无事不登三宝殿，今天前来，确有要事相告。”这位朋友喝了一口凉茶，边摇扇子边说：

“马先生近一个时期以来，对如何解决国家的经济困难问题，发表了不少高见，蒋委员长得知后，非常高兴。”

“委员长说，马先生在立法院，又是浙江人，他对马先生一向十分器重。现在，蒋委员长很希望你能出来参政，与他同舟共济，共挽危机，共图大业！”这位朋友用手绢擦了一下脸上的汗之后，郑重其事地向马寅初转达蒋介石的意见：

“蒋委员长说，政府准备让你出任中央银行的总裁或财政部长！两个职务任你挑选。如若这两个职务都不满意，愿担任全国的禁烟总监也可以。”

“蒋委员长说，今天让我来先给你传个话，让你考虑考虑，过几天，他还专门请你赴宴，要亲自正式同你谈。”

马寅初听罢这位朋友的传话，顿时火冒三丈，从座位上站起来，拍着桌子说：

“真卑鄙无耻！”

话音刚落，桌子上放着的一个茶杯被震落地下“啪”的一声碎了。王夫人听见了响声，赶忙出来将碎片收拾走。

“这是对我的极大污辱！”马寅初愤怒地继续说道：

“蒋介石想用高官厚禄来收买我，他是在白日做梦！对这种无耻的行径，我马寅初要进行公开揭露！”

“马先生息怒！马先生息怒！”来客见状，赶忙规劝：

“马先生，凡事要三思而行，此系大事，是进，还是退，关系先生一生的荣辱，还请冷静思考以后再定。”

“有话好好说，天气太热了，先请吃吃冰再谈。”王仲贞怕丈夫惹出事来，借送冰出来打圆场说。

宾主用过冰后，马寅初已经冷静下来。但他异常严肃而坚定地对这位朋友说：

“请你告诉蒋介石，我根本不想做官，想做，早在20多年前就做了。”

“我与他不搭界（不相干）！”马寅初用浙江话说：

“他是军事委员会的，我是财政、经济委员会的，没有什么好谈的。因此，请你告诉蒋委员长，我马寅初决不去赴宴！”

这位来客听后，觉得回去不好向蒋介石交账，便急中生智地说：“还是请马先生考虑以后，直接同委员长回话，兄弟只管传话，不管回话。”

“烦请你一定将我的原话转告蒋委员长，不必客气！”

“兄弟不敢！”

“请不必客气！我说到做到，绝不反悔，你只管转告！”

“还是请马先生多多考虑，是否——”来客还是犹豫。

“后果由我负责，与你无关！”马寅初斩钉截铁地说。

这位朋友深知马寅初倔强的性格和脾气，听了马寅初的最后一句话，不再多说，坐了一会儿，便起身告辞。

“真不识抬举，他马寅初不要命了！”蒋介石听完教育部长朱家骅的转述，大发其火：

“你给我把马寅初的院长撤了！”

“报告委座，这样做恐怕不妥，马寅初在中外影响很大，教育部不便直接处理。”朱家骅心惊肉跳地建议：

“此事最好由重庆大学校长叶元龙出面解决，才比较稳妥。”

一小时以后，叶元龙应召出现在蒋介石的办公室里。他像老鼠见了猫一样，害怕地等待着蒋介石对他的处置。

“重庆大学商学院院长是马寅初吗？”蒋介石毫无表情地问叶元龙。

“是！”

“你真糊涂！怎么能让马寅初做院长？你知道他在外面骂行政院长孔祥熙吗？他是指桑骂槐，骂孔祥熙就是骂我！”蒋介石气急败坏，暴跳如雷：

“哪能让大学的院长这样辱骂政府呢？”他最后命令说：

“叶元龙，三天之内，你陪马寅初来见我！”

马寅初得到通知后愤怒声明：“叫叶元龙陪我去见蒋介石，我不去。要宪兵来陪，我才去！”他已把生死置之度外。

对马寅初实行拉拢、利诱、收买政策统统失败以后，蒋介石黔驴技穷，终于使出了他的看家本领：派出特务以暗杀相威胁。

关于这一着，马寅初早已预料到了，并对此做了充分的思想准备。

1940 年中秋节的夜晚，天高气爽，皓月当空。马寅初刚从院里赏月回到房间，他的夫人就递给他一封信，并说：“这是刚才有一位不认识的先生专门送来的，送信人还再三嘱咐，一定要你亲自拆阅。”

马寅初接过夫人给他的信，刚拆开，信封里装着的一颗手枪子弹就掉在了桌上。他抽出信纸一看，没有署名，只写着几句话：

不听招呼，要吃“卫生丸”的！

如果再要演讲攻击政府，将以手枪对待！

特此警告！

“卑鄙！”马寅初阅罢装有子弹的恫吓匿名信，无比气愤地说：

“果然不出所料，蒋介石要动手了！”

按习惯，他散完步以后，要在晚上写文章，但此刻，他完全被国民党反动派的法西斯统治手段所激怒。他实在写不下去了，在地上来回踱着步……

此时，窗外狂风骤起。刹那间，中天的皓月，已被疾驰的乌云完全遮盖；长江、嘉陵江也波涛汹涌，咆哮起来；只有歌乐山上的青松，在怒号的秋风中巍然屹立！

面对特务的威胁，马寅初毫无畏惧。当天晚上，他在日记上写到：

“我所讲的全系事实，有理有据，非讲不可！枪口是封锁不住真理的嘴巴的，特务们可以开枪杀人，但为了国家和民族的利益，我还是要讲……”

蒋介石为什么会这样凶相毕露，对马寅初突然采取这种赤裸裸的法西斯手段呢？

事情的原由是这样的——

1940 年炎夏的一天上午，一辆黑色的小轿车在重庆郊区山洞的陆军大学校本部停了下来。

当侍者将车门打开以后，马寅初教授和一位名叫钱荣堃的青年学生从小轿车里走了出来。

“马先生光临指教，不胜荣幸！”一位戎装笔挺、佩戴着闪闪发光的将军衔领章的国民党将军边同马寅初握手，边说：

“马先生，请——”

他们来到陆军大学的接待室后，这位将军介绍说：

“现在本校将官班的100多名学员中，有很多是从抗日前方调回来受训的。他们对抗日战争时期的财政经济问题不大了解，所以今天特请马先生这样驰名中外的经济学界的权威来当面指教。”

“将军过奖了，兄弟不敢当！”

“对马先生能来赐教，我们万分感谢……”

这位将军同马寅初寒暄过后，就陪同他到一间宽大的教室里开始讲授。

面对蒋介石的100多位高级将领，马寅初教授如入无人之境。他没有讲稿，但却能够滔滔不绝、引人入胜地演讲。

他的学生，重庆大学商学院学生自治会主席钱荣堃，在台下给他做记录。

马寅初声音洪亮地说：

“现在我们中华民族已经到了生死存亡的严重关头。在此危亡之际，全国必须一致抗日。全国上下应该有钱出钱，有力出力，同心同德，共赴国难。”

“但是，十分令人遗憾，目前的情况并不如此。”他强调指出，“现在是‘下等人’出力，农民和劳动人民在前线浴血抗敌；‘中等人’出钱，后方广大人民受到通货膨胀，物价上涨之害，减少了实际收入，为抗日负担了财力；‘上等人’既不出钱，又不出力，还要囤积居奇，高抬物价，从中牟利，发国难财。”

“更有甚者。”马寅初声色俱厉地说：“还有一种所谓的‘上上等人’，他们依靠权势，利用国家机密，从事外汇投机。翻手成云，覆手成雨，顷刻之间就获巨利，存到外国，大发超级国难财。我可以告诉诸位，这种猪狗不如的所谓‘上上等人’就是孔祥熙和宋子文等人。”

马寅初讲到这里，喝了一口冰镇汽水。他看看台下，只见那些将官们正聚精会神地听讲，整个教室鸦雀无声。只是那位主事的将军，神色显得特别紧张，有点不知所措。见此情景，他知道他的演讲已在这里发生效用，心里感到特别高兴。乘这些将官们听得津津有味，马寅初紧接着就在演讲中提出了他的关于抗日的主张。

他说："值此多事之秋，必须反对滥发纸币，反对搞通货膨胀；一定要真正做到有钱出钱，合理负担，一定要向有钱的人要钱，搞一次战时资本捐或临时财产税。"他声音洪亮地强调指出：

"而要做到这一点，首先就要把孔祥熙、宋子文等人撤职，把他们的不义的家财拿出来充作抗日经费。"

马寅初一连演讲了两个多小时。在演讲结束时，整个教室响起了经久不息的雷鸣般的掌声。

在蒋介石训练他的高级将领的陆军大学的讲坛上，马寅初竟发表这样的演讲，真可谓胆大包天！他的演讲结束时，那位主事的将军简直吓得有点魂不附体，因为他深知这一事情的严重后果。马寅初却十分高兴。在由陆军大学返家途中，他对同车的他的学生钱荣堃高兴地说：

"从今天的情况来看，蒋介石的高级将领中有许多人是拥护我的主张的；如果我能对几百万正在前线抗日的战士作这样的演讲，他们大概也会赞成我的主张。"

那位将军果然受到蒋介石严厉的训斥。不久，马寅初教授就收到了前面所记述的那封装有手枪子弹的威胁恫吓匿名信。

面对蒋介石反动集团的威胁，马寅初毫无畏惧，他已把自己的生死置之度外，决心同蒋介石斗争到底！他一如既往，到处慷慨陈词，发表演讲；对四大家族的无耻行径，进一步大胆无情地给予揭露。

有一次，孔祥熙主持经济会议，马寅初当面向他询问经济政策，并拿出一张钞票说："今天这张钞票能买到一刀草纸，到明年买一刀草纸，需要花一车这样的钞票。”马寅初讲完事实以后反问道，“孔先生你看，这不就是你所实行的经济政策吗？！”

孔祥熙听后勃然大怒！马寅初却哈哈大笑起来。

这年 11 月 10 日，他应黄炎培代表中华职业教育社的邀请，在重庆市区黄家垭口实验剧院，第一次向社会各界人士公开发表演讲。消息一传开，听众便蜂拥而至，还未开讲，剧场内外，甚至大厅的门窗和过道，都已挤得水泄不通。

在听众的期待中，马寅初健步登上讲台。他身着天蓝色的绸缎长袍，照例不拿讲稿，一阵热烈的掌声过后，劈头就说：

“今天，我把儿女都带来了。我的讲话，就算是对他们留下的一份遗嘱。”

“为了抗战，多少武人死于前方；我以为，我们文人也要不惜身家性命，拼死在后方干！我今天来向大家发表演讲，就是抱着这样的决心。”

马寅初讲到这里，向四周环顾一下，场内场外静悄悄的，到处是黑压压的人群，千百双眼睛都在注视着他。由于当时实验剧场没有扩音设备，所以他提高嗓门指出：

“如今国难当头，人民大众是有钱的出钱，有力的出力，浴血奋战；但是那些豪门权贵，却趁机大发国难财。前方吃紧，后方紧吃；前方流血抗战，后方和平满贯。真是天良丧尽，丧尽天良！他们利用国难，把自己养肥。要抗战，就必须让这帮人拿出钱来！”

一阵经久不息的掌声，打断了马寅初的演讲。

“……诸位也许早有所闻。”马寅初接着说：“前些时候，蒋委员长要我去见他，他为什么不来见我呢？我在南京教过他读书，同他有过师生情谊，难道学生就不能来看老师吗？他不敢来见我，就是因为他害怕我的主张……”

“有人说蒋委员长领导抗战，可以说是我国的民族英雄，但我马寅初认为他根本不够资格；要说英雄，蒋介石也是一个英雄，不过他只是一个‘家族英雄’，因为他包庇他的亲戚家族，危害国家民族！”

“我倒希望蒋先生能够做一个真正的民族英雄，他若要做民族英雄，必须做到四个字：‘大——义——灭——亲！’惩办孔祥熙、宋子文。”他奋臂疾呼：“不除孔、宋就不能解救国家经济的窘迫。”

“最后，还有一件事情，我要在此公开揭露。”马寅初无比愤怒地说：“前些日子有人竟然写匿名信对我进行威胁恫吓，说什么不听招呼，要吃‘卫生丸’的；如果再要演讲攻击政府，将以手枪对待云云。”

“今天我在这里正式发表声明：本人实在难以从命，更不能听从如此奉劝，现在又演讲了。在会场上的警察宪兵们，你们要逮捕我马寅初吗？要开枪杀人吗？”讲到这里，马寅初解开长袍的纽扣，拍拍胸脯，用手指着胸口说：“可以朝这儿打。但务请耐心一下，等我讲完再下手不迟。”

“在演讲一开始，我就说过，今天我把我的儿女都带来了，让他们都来听我的演讲，让他们知道我的主张究竟是什么。今天的演讲算我最后留给他们的遗嘱……我马寅初根本不怕死，如果怕死就不会来这里……”

……

在长达三个多小时的演讲中，马寅初运用大量确凿的事实材料，以无可辩驳的逻辑力量和背水一战的决心，深刻揭露了蒋介石豪门权贵们利用民族危机大发国难财的罪恶行径。他的演讲激起了全场600多名听众一阵又一阵的雷鸣般的掌声。他的演讲代表了人民的呼声，把在场的宪兵特务震慑得目瞪口呆。

本来，在这次演讲会前，蒋介石已密令宪兵、特务：如果马寅初言论激越，当场立即予以逮捕……但他们听了马寅初的演讲，看见数百名各界人士对马寅初尊敬和拥护的情景，深感众怒难犯，终于未敢动手。

至此，马寅初和蒋介石已经彻底公开决裂。命运之神已将马寅初推到了危在旦夕的地步……

第十二章　被捕

“马先生，最近你可千万要注意一点！”邹韬奋先生听完马寅初 11 月 10 日的演讲后，匆匆赶到他的寓所对他说，“据可靠消息，蒋介石现在真在打你的主意了。你一定要有所提防。”

“多谢韬奋兄的关照，但是怎么注意呢？”马寅初激动地说，“话总是要讲的，文章也总是要写的，不能因为蒋介石搞法西斯专政，用暗杀来威胁，我就成了哑巴。对此，兄弟早已做好了充分的准备。”他停了一会儿后，便吟诵起南宋民族英雄、文学家文天祥的诗来：“人生自古谁无死，留取丹心照汗青！”

“马先生的斗争精神着实令人敬佩，只是还望提高警惕才好！”

在他俩谈话以后的几天，突然，重庆山城到处都风传着马寅初教授被捕的消息。为了给这一谣言以有力的揭穿，11 月 24 日，马寅初在重庆大学礼堂，专门为重大全体师生和沙磁区的学生，再一次公开发表揭露四大家族大发国难财的演讲。当他讲到：“过去三年的仗是穷人打的，人民为抗战不仅出力出钱，而且献出了生命，今后就要大财神们拿出钱来了！”全场听众掌声雷鸣，情绪高昂，并振臂高呼口号，表示坚决赞成。

马寅初在前些时候曾愤怒声明：“叫叶元龙陪我去见蒋介石，我不去，要宪兵来陪，我才去！”

现在，蒋介石真的让宪兵陪马寅初去见他。

1940 年 12 月 6 日，寒流席卷山城。一夜狂风之后，重庆的气温骤然比往日下降了许多。浓厚的乌云就像一块无比巨大的铅皮，沉重地覆盖在山城的上空。一清早，几只乌鸦不知从何处飞来，落在重庆大学商学院教员院一号那早已落光了叶子的大树枝上，并且发出了一阵阵令人讨厌甚至有点毛骨悚然的叫声。这凄厉的声音，好像预示着这个宅院有什么不幸的事情将要发生。

当这些被人们认为不祥之物的乌鸦刚刚飞走，一辆宛如乌鸦羽毛似的黑色小轿车，突然驶进了重庆大学马寅初居住的教员院一号，在院内的大圆盘旁停了下来。车门打开以后，身穿军便服的国民党重庆宪兵六团团长吴某和一名宪兵走了下来。

树上飞走一群，地上却又来了两只。其实哪里止两只？！一清早，国民党重庆宪兵六团的一个连，就已包围了重庆大学，对全校进行戒严。

宪兵团长吴某和那个宪兵下车后，快步直奔马寅初的住处。他们进去寒暄过后，这位吴团长便对马寅初说：

“本人今天前来登门，是奉了最高当局的命令，请马先生去谈话。”

马寅初当时正在同妻子王仲贞吃早饭。听了这位不速之客的话后，知道他早就预料的事情终于发生了：蒋介石要对他下手。但马寅初仍一边吃饭，一边非常从容镇定地故意反问宪兵团长：

“谁要找我谈话？请说明白！”

“蒋委员长要请你去谈话！”

“我同蒋委员长没有什么好谈的，不去！”

“不行，我是一个军人，现在是在执行命令。马先生必须同我们一起去见蒋委员长！”

“逮捕就逮捕，何必要花招！”马寅初愤怒地说。

“据说是让马先生赴前方研究战区经济问题。”宪兵团长狡辩道。

“我拒绝前往！流放就流放，何必用此虚名！”

……

双方经过激烈的唇枪舌剑之后，马寅初到卧室里向妻子交待了几件事情，就跟着宪兵团长走了。

马寅初被宪兵带走以后，王仲贞一直放心不下。她让跟随马寅初多年的秘书王克宥先生和她的女儿马仰惠，到城里找人打听马寅初的下落，但一无所知。

邹韬奋得知马寅初被宪兵带走以后，立即将这一消息转告了马寅初的好友黄炎培。黄炎培虽经多方设法营救，但终因蒋介石不改变逮捕马寅初的命令，致使营救无法成功。

马寅初住的教员院1号，位于重庆大学校门内侧，离学生活动区很远。所以马寅初一早便被宪兵带走的消息，学生们都不知道。晚间，当大家得知这一消息后，一时震惊了。重庆大学的许多教授和学生纷纷去他家探望。进步学生主张游行请愿，罢课抗议，要求释放马寅初；但反动党团操纵的学生硬说："马寅初是奉调到前方考察经济，不应挽留。"结果，两派学生之间展开了激烈辩论，在学校掀起了一场抗争。

12月8日上午，马寅初在宪兵团长的"陪同"下，回家取衣物，被逼办理移交商学院院长的手续。宪兵团长在全校师生的一致要求下，无奈只好同意马寅初向全校师生话别。

听到马寅初回校要给同学们讲话，刹那间，重庆大学的礼堂都挤满了人群。但大家没有想到，首先上台的却是"陪同"马寅初来学校的那位西装革履的宪兵团长。

他趾高气扬、旁若无人地对师生进行"开导"式的训话：

"同学们，我在学生时代也是闹过来的，所以现在我很晓得你们。"这位宪兵团长提高声调地说："你们只管读书，不要干涉政事。你们不要闹，闹是没有好结果的。我可以告诉你们：两个闹，就开除两个；一班闹，就开除一班；整院闹，就解散整院；全校闹，就解散学校！"他发完淫威之后说：

"马先生是读书人，不懂实际情况，他在演讲中任意毁谤政府，是不对的；他的言论超出了范围，应受处分……”

“不准辱骂马先生……”听了这位宪兵团长的讲话，全场立刻哗然，大喊大叫起来。宪兵团长见势不妙，只好停止了他的训话。

马寅初在全校师生期待的目光中，在热烈的掌声中，健步登上讲台。他用严肃温暖的目光，扫视全场，然后说：“方才吴团长说我的言论超出了范围，应受处分。我不知道究竟超出了什么范围，应受什么处分。我只知道孔祥熙、宋子文他们的行动超出了范围，应该对他们进行惩办……”

“孔、宋等人破坏抗战建国的活动，我们反对的就是他们这种人。”马寅初怒不可遏地说：

“不除孔祥熙、宋子文，国势即不可挽回……”

马寅初还把讲话的矛头，直接指向蒋介石。他提高声音说：

“古诗云，‘一将成名万骨枯’，蒋介石就是一将成名万骨枯……”

宪兵团长听到这里，非常惊慌，立即凶神恶煞地制止了马寅初的讲话。他说：

“马先生这次是奉命调往前方去考察经济，时间急迫，还是动身要紧！”

当马寅初被逼走出礼堂时，全校2000多名师生已排成了长长的队伍，夹道目送他到沙坪坝。许多人因悲愤交加，泪如雨下，女同学几乎都失声大哭起来……

看着这些可爱纯真，而又无限悲戚的青年，马寅初深受感动，在他庄严坚强的脸上，也淌出了两行长长的热泪……

他同重大师生合影留念，走出校门时，又将一本英文书亲手交给了丁洪范教授，并坚定地说：

“抽资本税并不是我马寅初的发明，第一次世界大战时，美国就实行过。对豪门巨富抽财产税，理所当然。我走了以后，还望你们多多研究，坚持下去！”说完，马寅初从容不迫地登上了重庆宪兵司令部给他准备好的一辆军用吉普车。

1940 年 12 月 8 日，马寅初被国民党逮捕后送去监禁前，回校同重庆大学师生告别（前排左十一为马寅初）。

这一历史性的场面，正好被英、美、苏三国驻重庆的记者碰到。他们问清情况后，当天就写下了《马寅初教授挥泪别重大》等一系列文章，在国内外对此事作了报道。

蒋介石为了欺骗社会舆论，即令国民党中央社在 12 月 12 日播发消息：“立法委员马寅初，奉派赴前方研究战区经济状况，业已首途。”

然而欺骗终不能长久。

马寅初院长被捕的消息传出之后，中国共产党中央委员会和南方局对这一事件十分重视。1940 年 12 月 29 日，在延安出版的中共中央机关报《新中华报》在头版显著位置发表了题为《要求政府保障人权释放马寅初氏》的社论。文中不仅以大量的确凿的事实，彻底揭穿了中央社对马寅初问题报道的骗局，深刻地阐明了蒋介石逮捕马寅初的原因，同时还高度赞扬了马寅初爱国爱民的高贵品质，以及为争取民族解放的勇敢斗争精神和牺牲精神！

社论一开始便这样写道：

“本月 12 日中央社消息称：立法委员马寅初，奉派赴前方研究经济状况，业已首途等语纯属欺骗。据蜀中确息，马寅初氏 6 日被宪兵逮捕，囚禁卫戍总部。8 日押送回家取物，并至重庆大学话别。送行者千余人，马氏慷慨陈词望诸生努力为国，勿以己为念；学生教职员均悲愤莫名，群情大哗，宪兵无法制止，乃迅速押解起行，放逐贵阳……”

接着指出：

“马氏历任财政立法要职，襄助政府工作多年，为全国著名的经济学者，其因何事被捕，所犯何罪，因政府未有命令公布罪状，致全国纷纭，莫名惶恐。”

“据云：近月来，马氏对我国某些达官富贾不顾国家民族利益，大发其国难财之行为，曾大声疾呼，口诛笔伐，不遗余力，曾谓：‘现在前方抗战之百十万将士牺牲其头颅热血，几千万之人民颠沛流离，无家可归；而后方达官资本家，不但于政府无所贡献，且趁火打劫，大发横财，忍心害理，孰甚于此！’马氏更沉痛露骨地说：‘此外，尚有几千个大官僚乘国家之危急，挟政治上之势力，勾结一家或几家大银行，大做其生意，或大买其外汇，其做生意之时，以统制贸易为名，以大发其财为实，故所谓统制者是一种公私不合之说词。’‘可知中国的大贪污，其误国之罪，远在汉奸奸商之上。’”

社论还强调：

“因此，马氏曾奔走呼号，一再提议，对发国难财者，施以政治上应有的惩处，加以经济上应受之征发，以慰全国之民心，以惩少数之害马。同时，马氏还主张对浩大之国家开支和不安人民生活的问题，必须有适合时宜解决问题之正确财政经济办法。前此，国内舆论界对大后方物价飞涨之现象，曾一再揭露批评，足见大势所趋人心所向，故今马氏登高一呼，全国景从，名言议论，传颂一时，由此足见马氏现在的这些正确言论和建议，非一人之见，实为全国人民之呼声。由此足见，当今政府之财政经济急需改进，亦为无可争辩的事实。”

“马氏为国家为民族奋斗，宁愿受压迫苦难，11 月 10 日在重庆实验剧院演讲时，携妻子儿女一并而至，以示不畏强暴，不怕牺牲，并谓：‘英勇的数十万将士在前方流血，文人在后方无所贡献，应说的话就应该大胆说出来，即因此牺牲，在所不惜。’当被捕时，马氏亦曾严拒战区经济调查员之虚名之缘，干脆地说：‘流放就流放，何必名义！’”

“马先生此种仗义执言，刚直不阿，临难不惧，为争取言论思想自由而奋斗之勇气，为争取民族解放胜利而牺牲之精神，实令全国同胞佩奋！而今马先生竟因触怒发国难财的‘几个大官’而被捕，被押送出境！全国各界人士对政府此种轻视人权，以国法徇私之举，莫不同声愤慨，一致抗议，同时坚决要求释放马氏，恢复马氏自由。我们坚决拥护人民的这种正义抗议，并对马氏寄以无限敬意与慰问之忱。”

第十三章　投入集中营

马寅初失踪了。

他自从 12 月 8 日被重庆宪兵六团团长吴某带走以后，至今已经三个多月下落不明。

他的夫人和子女们，为此急得像热锅上的蚂蚁，整日外出四处问寻。他们找过黄炎培、邹韬奋等打听，黄、邹二人和马寅初的许多朋友，都同他的家里人一样着急，也在到处探听马寅初的去向，但结果均是一无所知。他们也找过国民党政府的教育部长朱家骅，找过蒋介石的侍从室，但得到的回答是：马寅初在何处不知道，但他生活上受优待，请家里放心。

由于马寅初的“失踪”，重庆大学校长叶元龙已把马寅初的家属，借故从重庆大学“教员院 1 号”赶了出来，马寅初全家搬到了重庆沙坪坝歌乐山大木鱼堡 5 号居住。

这是一种非常简陋的“干打垒”式的住宅，共有四间平房。

马寅初的夫人王仲贞，整日愁容满面，心急如焚。马寅初走后，一直下落不明，这已经够她受的了；但命运给她带来的不幸和灾难还远不止此。在那些令人难熬的岁月里，她除了要忍受心灵上和精神上的折磨之外，还得接受现实生活中物质方面向她提出的挑战。马寅初走后，工薪没有了，全家的衣食用品和费用，都要由她安排。本来马寅初在杭州还有一点存款，但因日寇入侵，交通断绝，也成了不解近渴的“远水”。巧妇难为无米之炊。她只能靠朋友的接济，苦度时日。

这天下午，王仲贞正在给孩子们缝补破衣服，国民党政府教育部的一位工作人员突然光临。

“朱家骅部长奉蒋委员长之命，特派我来看看你们。”来人说：“马先生这次出去考察，在生活上受到优待，各方面都有专人照顾。请家里放心，你们有什么事情和困难可以找我。”他讲到这里，从包里取出两件东西继续道：

“这五千元法币，是奉蒋委员长之命，特地给你们家送来的，这支金笔是孔祥熙给马先生的，希望马先生在今后写文章时，要笔下留情。望王夫人一起笑纳。”这位来客说完，将东西放在马家的桌子上。

“马先生临走时，曾再三向我嘱咐：蒋委员长如果派人送来钱和东西，一概不要接受。”王仲贞坚决地说：“因此，这些东西还请先生带走。我们不能接受这些肮脏钱！请原谅。”她停顿了一会儿说：

“不过，今天我倒有一事相求。这位先生，请你告诉我，他们到底把马寅初弄到了哪里？”

“这个，我也不太清楚，但请夫人尽管放心！”

“马先生下落不明，我怎么能放心得下？”

马寅初被捕以后，究竟给弄到了哪里?

原来，蒋介石在让中央社发布骗人消息的同时，却密令宪兵把马寅初投入了集中营。

马寅初自12月6日被重庆宪兵六团团长吴某带走以后，到8日之前这段时间里，一直被软禁在这个宪兵团长的“家里”——重庆莲花池××号。8日上午回家取衣物，话别重庆大学之后，马寅初下午就在宪兵的看押下，由长江北岸过江，换乘事先准备好的小轿车，向发配他的地方进发。

经过几天的辗转，按照蒋介石的密令，马寅初被投入了贵州息烽集中营囚禁。

息烽县位于贵州省的中部、乌江南岸，川黔铁路纵贯。全县产有水稻、玉米、烟草、花生等农产品。当时，国民党军统特务完全控制了这个县，并把它的一些地方变成了一座关押革命党人和抗日爱国志士的集中营——息烽集中营。

早在1938年冬天，杨虎城将军就被押到这里，监禁在息烽阳明坝的看守所。过了不久，这个所即变成了可容三四百人的一个军统的息烽监狱。

1939年，军统特务头子戴笠到息烽视察工作，认为杨虎城被监禁的地方不够安全，离公路太近。于是在息烽县城东12华里的一个极为偏僻的山顶上，找到一个名叫“玄天洞”的山洞，这个洞只能一个人出入，极易警戒。戴笠就把洞中的一个道士赶跑，把杨虎城全家都转押在这个山洞里。

与此同时，张学良将军同样被囚禁在这一带。

马寅初这次被押送来之后，也被关在息烽县城东的这个极为偏僻的山顶上，同张学良、杨虎城一起囚禁在息烽集中营的特监部。

囚禁马寅初的地方是孤零零地突现在山顶上的与世隔绝的一套平房。蒋介石专门关照，在此对他进行特殊照顾：给马寅初配有副官、厨师、警卫。他们的任务是借“照顾”为名，行监视之实，目的是使马寅初绝对同外界断绝联系。

马寅初居住的囚室里，没有当时出版的书和报纸，只陈设着各种各样的古书，如《论语》、《孟子》、《资治通鉴》等等。应该说这里的伙食并不坏，每天每餐饭食都由厨师送来。

犹如一只翱翔苍穹的矫健的雄鹰被关入牢笼，他在这里完全失去了自由，完全与世隔绝，连散步也只允许在岗哨林立的警戒圈内进行。在开始的三个多月里，副官和宪兵不准他看书，更不准他写信。

除了有意识，可以自由的思考之外，集中营的这种囚禁生活，简直使马寅初这位在政治舞台上曾经轰动一时的风云人物，变成了会说话的动物。他整天的生活节奏只是吃——睡——吃——睡，再吃——再睡！

这正是蒋介石逮捕和监禁马寅初的真正意图：先使他销声匿迹，被人遗忘，然后伺机再行处置……

但是，苍鹰总是苍鹰，即使被关入牢笼，也总要扑棱翅膀。蒋介石对马寅初完全打错了算盘。

随着严冬的消逝，春天的气息开始降临到息烽；冰化了，雪消了；山转青，地变绿，树木吐翠，百花盛开……渐渐地马寅初已经以特殊的斗争手段，攻破了蒋介石对他所设下的永远打入地狱的防线。

他在用真理去战胜邪恶：

起初，马寅初只是试着给看守他的国民党军统特务副官、宪兵讲战时经济学，结果他们个个听得入神；继之，他又对他们讲开了蒋、宋、孔、陈四大家族的腐败和大发国难财的罪行；以及他自己被蒋介石关押的真正原因……

马寅初把他在社会上的演讲搬到了集中营。他在工作，他把监狱变成了宣传正义和真理的场所，把特务、宪兵作为争取的对象。

当这些副官、特务和宪兵们听了他的演讲，明白了事情的真相以后，逐渐对马寅初产生了同情，随之就放松了对他的监视。在他到集中营的三个月以后，他们就准许他看放在房间内的古文和历史书籍，也允许他给家里人写不封口的信。

1941 年 3 月的一天。一大清早，喜鹊就在马寅初家门前的那片松竹林里叫了起来。王仲贞推门出来一看，不下十几只。她听着这唧唧喳喳的声音，一阵喜悦涌上了心头。

“莫不是来报他的喜讯！”王仲贞自言自语地说。

她的猜测果真不错。

大约中午时分，马寅初的原来的秘书王克宥拿着一封开着口子的信，兴冲冲地来到了她家。

“马先生已经来信，但没有说他在哪里。这是他给你们亲笔写来的家信！”王克宥兴奋地说，“马先生的信是蒋介石侍从室转来的，拿来时就没有封口。”

“信上都说些什么？”王仲贞激动地说：“你快给我念念。”

王克宥拿出信来看后说：“马先生说他在那里一个人独自住一套平房，可以看书，生活上有人照顾，身体很好，请家里人放心，勿念。”

一颗一直悬着的心，终于踏实下来。

“我的天，他还活着，他还好！”王仲贞悲喜交集，一时不知所措，竟抽抽噎噎地哭了起来。

当她平静下来的时候，王克宥告诉她，蒋介石侍从室的人说，从此以后家里人也可以给马寅初写信，但内容只限于家事，信件不能封口，而且要经过侍从室检查，然后由侍从室转送。

马寅初在息烽集中营期间，把监狱变成了同蒋介石斗争的战场。通过他的演讲，看管他的副官、特务、宪兵，大多数人都对抗日战争时期的经济形势有所了解，对四大家族的罪行有所认识。其中有一位叫陈风超的副官，听了他的演讲，明白了事实真相后，决定不再当特务替蒋介石卖命，竟然从息烽逃走，跑回浙江建德县老家去务农。

1981 年 6 月 24 日，当北京大学为马寅初举行百岁寿辰庆祝会时，64 岁的陈风超，从浙江建德县安仁公社专程前来北京看望马寅初。陈风超说：“我之所以能有今天,完全是由于马老教育的结果。特再次表示衷心的谢意，祝马老健康长寿！”

1941 年 8 月，当马寅初在息烽集中营被关押了八个月之后，被转到江西上饶集中营囚禁。

上饶集中营，是抗日战争时期国民党反动派囚禁与屠杀共产党员和革命人士的一个魔窟，原称“第三战区长官司令部集训总队”，设在江西上饶的七峰岩、周田村、茅家岭、李村等处。被囚禁在这里的有数千人，其中有很多是皖南事变被俘的新四军干部，也有其他爱国人士。

马寅初被转押到这里之后，蒋介石更加紧了对他的监视和迫害。他终

左图为贵州息烽集中营。1940 年 12 月，马寅初在重庆大学家中被逮捕后，即被投入这里囚禁 8 个月。

右图为上饶集中营。马寅初在 1941 年 8 月由贵州息烽集中营押送至此处，又在这里被囚禁一年。

日被单独隔绝在一个民家小院里，连出来散步的自由也被取消。

然而不论环境如何困难与残酷，马寅初都从不退缩半步，更不放弃自己的信念和责任。还像在息烽集中营那样，他总是找机会耐心对监管他的军统特务，进行说服争取工作。

蒋介石曾密令负责监视他的两名特务，对马寅初暗下毒手：在马寅初每天吃的饭菜中，偷偷拌上微量毒药，等到马寅初把两大包毒药慢慢吃下去以后，一命呜呼！蒋介石妄图采取这种杀人不见血的办法，来除掉他恨之入骨的马寅初，而他自己又可不承担任何罪责。他为自己想出的这一条毒计发出过得意的狞笑。

但是，他的如意算盘失算了！

马寅初毕竟是马寅初，他主张正义，坚持真理，他的主张代表了千千万万人民的呼声和利益。只要听了他的演讲，每一个正直的和有良心的中国人，都会为之感动，对他产生同情和敬佩。这两个年轻的特务也不例外。当他俩听了马寅初对他们讲抗日的形势、四大家族的腐败和罪行，以及他本人被捕的真正原因之后，他们受到了极大的震动。他们想：马寅初为国为民，无私无畏，伟大可敬；把这样的人偷偷害死，岂不是对中华民族犯下了滔天大罪？日后将如何见人？！

他们两人经过激烈的思想斗争以后，决定洗手不干，痛哭流涕地把蒋介石要他们迫害马寅初的阴谋向他讲了出来，而且把还没有用完的两大包毒药拿出来，当着马寅初的面倒掉；并坚决表示，今后再也不愿干了。

马寅初听了大吃一惊，想不到蒋介石竟这样卑鄙、恶毒。要不是这两个特务向他吐露真情，他真要遭这个流氓的暗算了。

“谢谢你们二位！”马寅初真心诚意地关切地说：“不给我放毒药，那你俩怎么办？”

“我们已经商量过了，准备弃暗投明，马上逃走！”

“要逃，就逃到延安去，只有到共产党的天地里，你们才会绝对安全。”

马寅初替他们出谋划策。

果然，几天之后，这两名特务就“失踪”了。

就这样，马寅初在上饶集中营又被关押了整整一年！

第十四章 “明师永寿”

1941 年是马寅初的六十寿辰。但他却被关押在国民党反动派特务组织操纵的人间魔窟——江西上饶集中营里受苦受难。

中国人民和中国共产党并没有忘记为了国家和民族利益，同蒋、宋、孔、陈四大家族进行坚决斗争的马寅初教授。

自从他被蒋介石逮捕投入集中营之后，他的学生、同事、朋友、各界进步人士，特别是主持中共中央南方局工作的周恩来同志，都在想方设法对他进行支援和营救。重庆大学的学生曾联名写信给蒋介石，要求释放他；黄炎培等知名人士也千方百计援救他。

延安《新中华报》于 1941 年 2 月 13 日全文发表了马寅初在重庆大学的演讲词，并加上如下的编者按：“马氏为我国著名经济学者，历任财政立法要职，于 12 月 24 日（1940）在重庆大学经济研究室演讲，对战时经济问题提出许多正确建议，并对发国难财者严加斥责，但不幸被当局逮捕，至今仍未释放，全国痛愤，纷纷抗议。”

在国民党统治下的重庆，言论和新闻都是没有自由的。但为了营救马寅初教授，中共中央南方局机关报《新华日报》还是设法以巧妙的方式，把马寅初被捕的真相公开出来，驳斥了国民党中央社所谓“赴前方考察”的谎言，激起了广大群众对国民党当局的愤怒，推动了营救马寅初斗争的向前发展。

马寅初的生日本来是 6 月 24 日（即农历五月初九），但为了扩大政治影响，争取各方支持，营救他早日出狱，重庆大学师生便自动组织起来，为马寅初祝寿；并经专门成立的祝寿筹备委员会研究决定：提前于 3 月 30 日举行“遥祝马寅初六十寿辰大会”，以示对国民党反动派的抗议。

为扩大社会影响，祝寿筹备委员会还决定：要先在重庆《大公报》和《新民报》连续刊登三天广告，邀请马寅初的亲友前来参加。第一天登在两家报上的广告分别说：

“欣逢马院长寅初先生六十大庆，我院全体同学为崇德报功，敬老尊贤起见，除将建亭购书以资纪念外，并订于 3 月 30 日午后二时，在本大学礼堂开会庆祝。”

“马师为国辛劳，天寒岁暮，倥偬远征，兹为崇德报功，敬老尊贤，谨为马师祝寿。”

“娘希匹！这不反了！”蒋介石看见这天报纸的广告后，在他的办公室勃然大怒：“你立即通知报社，给我停止刊登！”

“是，委座。”蒋介石的侍从室主任陈布雷慌忙答应道。

“怎么能够允许这样的事情出现？！马上给我查明处置。”

“是！委座。”陈布雷小心翼翼地退下，立刻回到他的办公室下“手谕”，责问重庆大学校长叶元龙：

“贵校学生为马君祝寿之事，委座甚为怀疑，事前校方是否知悉，事后作何处理？盼速查明陈复。”

叶元龙接到陈布雷的“手谕”，急得在地上走来走去，搜肠刮肚地在想着解决这一事件的办法。当他惊魂稍定的时候，首先想到要找祝寿筹备委员会的负责人来谈话，企图说服学生取消这个将使他大难临头的祝寿会。

半小时以后，为马寅初举办祝寿会的主席赵国恩和几名学生代表，已经来到他的办公室。

“你们知道马寅初现在是什么人吗？”

“重庆大学商学院院长，国内外著名的教授、经济学家！”

“不对！”叶元龙生气地说，“我老实告诉你们吧：马寅初的院长职务早已被政府解除，他现在是被政府逮捕的犯人，而你们却要崇德报功，敬老尊贤，为他祝寿，这岂不是有意讽刺政府，专门同政府作对吗？”

“政府一直说马先生是奉调到前线考察经济，从未宣布过逮捕马寅初先生，他是什么犯人？为什么不能为他祝寿？！”学生代表反驳说。

叶元龙被驳得哑口无言，狼狈不堪！但过了一会儿，他又说：

“马寅初离校，明为‘调用’，实系逮捕。这下你们该知道实情了吧！”叶元龙看了一下坐在他对面的学生代表，有些洋洋得意地提高嗓门说：“现在你们的所作所为，委座已经甚为怀疑。为此，你们的祝寿会应该立即停办才是。”

“叶校长，我们的心里光明磊落。为了免去委座的怀疑，证明我们心中没有鬼，看来祝寿会更非办不可了！”祝寿会主席赵国恩坚定不移地说。

“停此祝寿！这不是我的意见，是蒋委员长侍从室主任陈布雷的命令。你们要是不听我的劝告，就请同我去见陈布雷先生。”

“去就去！”

本来,叶元龙是想拉着学生,到陈布雷的公馆交差。但他万万没有想到,重大的学生竟是那么厉害!

“听叶校长说，你们一定要来见我！这个欢迎。”陈布雷冷笑着说：“你们坚持要开祝寿会，想过它的后果吗？如果你们这个祝寿会一开，有些人就想来会上大骂政府一通。其实，哪个国家的政府没有人骂？又有哪个国家的政府怕人骂呢？！但你们知道，国有国法，我劝你们要好自为之。千万不要鲁莽，要三思而后行！”

“马先生同我们纯粹是师生感情，祝寿不过是师生亲友的团聚，纯属私人琐事。陈先生，这有什么不可以呢？”赵国恩根本不把这位高高在上的侍从大臣放在眼里，以守为攻地进一步说：“我们早就知道，陈先生办事一向通情达理，这次也一定会同意为马先生举办祝寿会。”

陈布雷被学生代表这样一“将军”，弄得啼笑皆非，不知如何是好！

这次面谈的结果，叶元龙不仅没有交了差，反而把“皮球”又踢了回来。第二天，叶元龙让学校贴出了布告：

“奉教育部长面谕：祝寿会停止举行。”

与此同时，他威胁学生们说：“你们要开，一切后果由你们负责。”他还向学校有关方面布置了严密的防范措施：祝寿日那天，紧锁学校所有的会议室和教室，并停止供电。

犹如火山喷发一样，人民的意愿是无法阻拦的。重庆大学的师生经过英勇顽强的斗争，终于冲破了一切阻挠，如期为马寅初举行了祝寿会。

祝寿那天，被紧锁着的重庆大学最大的一间教室突然敞开了大门。即刻，为马寅初祝寿的寿堂便神奇般地展现在人们的面前：

这间教室，是大礼堂楼上的一间；宽大整洁，窗明几净。在正面墙上贴着“明师永寿”四个金光闪闪的大字，四壁挂满了各方送来的寿联、寿幛和贺词。其中最引人注目的有：

中共中央南方局周恩来、董必武、邓颖超联名送的贺联。这是在两条各长 2.3 米、宽 0.5 米的裱纸挂轴上，以苍劲有力的楷书，写着寓意深刻的贺联：

桃李增华坐帐无鹤

琴书作伴支床有龟

重庆《新华日报》送的一副对联是写在长 2 米，宽 1 米的大红绸缎上的：

不屈不淫征气性

敢言敢怒见精神

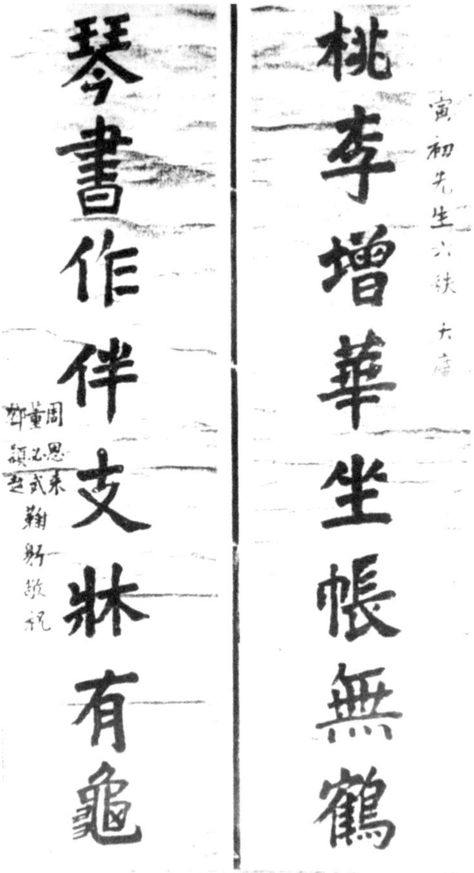

上左图是周恩来、董必武、邓颖超同志 1941 年在重庆，为祝贺马寅初先生六十寿辰而书赠的对联；上右图是新华日报社为祝贺马寅初先生六十寿辰而书赠的对联。

还有许多人联名写的寿幛“老马识途”等。

这是中国共产党和各界人士对马寅初先生崇高的爱国热忱、威武不屈气节的高度赞扬与评价；也是献给马寅初六十大寿的最珍贵的礼物！难怪，马寅初对这些礼品十分珍爱，几十年来都一直精心收藏在身边。

沈钧儒、邹韬奋、《新华日报》记者、新华社记者、重庆部分其他报社的记者、塔斯社驻渝记者，以及各阶层进步人士共数百人，都准时拥进寿堂，为马寅初祝寿。

在祝寿会上，许多人纷纷发言，热情称颂马寅初先生敢怒敢言的高贵品质、为国为民的英雄气概！中苏友好协会的张西曼先生第一个发言。他以茶代酒，遥祝马寅初先生健康长寿，并幽默地说：

“过去的言官专司谏议朝政之责，民国以来的监察院也算是言官衙门，可是，我就听不见他们的发言。原来，言官们的嘴巴顾了吃饭就顾不得说话了。但马寅初先生例外，他那嘴巴实在令人钦佩，他不管吃饭不吃饭都敢于说话！”

张西曼说完，当众拿出一部《资本论》，捐献给了祝寿会。

在向来宾们分发完几百个祝寿纪念章之后，祝寿筹备委员会的主席赵国恩向大家提出了集资修建“寅初亭”，以永远纪念和表彰马先生的建议。这一建议立即受到大家的拥护。许多来宾纷纷当场解囊捐款，其中塔斯社驻渝记者，献出了100元，以示支援。

在为马寅初祝寿的会上，他的夫人王仲贞也讲了话。

祝寿礼毕，在热烈的掌声中，重庆大学商学院的学生列队将寿堂陈设送到马寅初家里。

祝寿会以后的第二天，重庆各报有关庆祝马寅初六十寿辰的报道，全部被国民党反动派扣押，只有《新华日报》以极其巧妙的方式透露了祝寿会的消息。这家报纸在《重要声明》中说：

“纪念马寅初六十寿辰稿二篇，奉命免登。”

祝寿大会以后，祝寿筹备委员会便积极进行修建“寅初亭”的工作。他们先后共收到师生和社会各界人士的捐款 2000 多元。在建亭过程中，尽管受到国民党当局的坚决反对和种种阻拦，但师生们的情绪始终很高。

为了更加扩大“寅初亭”的影响，一位名叫李新邦的同学去请冯玉祥将军题写匾额。冯将军笑着说：“你们给马寅初先生修亭子，表示对他的纪念，尊敬他的为人，信服他的主张，都很好，都可以做。但是更为重要的是，要将马先生的主张宣传扩大开去。你们有那么多同学，如果每个同学给三五个亲友写信宣传，持续下去，那不就会有很多很多的人都知道马先生的主张了吗？你们回去要这样做，今天让我写匾，我就遵命了。”

李新邦为冯将军的态度所感动，立即回答：“我们一定按照冯将军的要求去做。”

“那我现在就给你们写匾额。”冯将军当场便挥毫而成。

祝寿会开后不久，在重庆大学校园内，嘉陵江畔，松林坡前，梅岭上的花丛中，出现了一座红漆柱头的建筑物，匾额上写着黄灿灿的三个大字：“寅初亭”。

次年，黄炎培还特为“寅初亭”写诗一首，并制成诗匾挂在亭中，以表达他对老友斗争精神的赞扬和深切的怀念：

硕龙经岁困泥中，
忙煞惊曹斗草童。
报道先生今去矣，
一亭冷对夕阳红。

“寅初亭”是中国共产党和中国人民，对马寅初先生为国家为民族的利益，不惜牺牲个人的斗争精神与崇高品质的赞扬和表彰；也是抗日战争时期，以马寅初为代表的全国广大人民反对四大家族的一座丰碑！

右图为 1944 年 7 月，马寅初（第三排左四）与学生在“寅初亭”的留影。

左图是重庆大学为庆祝马寅初百岁寿辰，1981 年 6 月在校内原址重建的“寅初亭”。

几十年来，它随着风风雨雨，气候变换，一度因年久失修而坍塌。在1943年“寅初亭”重建落成时，马寅初曾有幸亲自参加典礼并讲话；1981年他百岁大庆时，“寅初亭”再次重建落成。

这次建造的“寅初亭”，仍在原址的绿树丛中，系六角屋檐，有玻璃屋面和玻璃滴水，十分壮观，还由重庆大学的党委书记专门作了亭记。匾额上的“寅初亭”三字，仍是当年冯玉祥将军的手写体。在简化的须弥座上，六根奶油色的亭柱挺立，亭内为水磨石地面，柱间下有座靠，可使瞻者入内休息；亭的上方有镂空花格的装饰。亭前种植了万寿菊、四季桂和月季。亭侧有小石凳、石桌……

“寅初亭”不仅耸立在重庆大学的梅岭之上，而且还铭记在人们的心里。自它建立以来，曾有多少人来此伫立瞻仰，留连徘徊，回忆深思，吟诗抒怀。

公在雪山重，
公去雪山轻。

当年重庆大学商学院朱锲教授，在此吟唱的对先生寄予深切怀念的杜甫的这两句名诗，好像至今仍在“寅初亭”前回荡……

第十五章　软禁歌乐山

1942 年 6 月的一天上午。

国民党第三战区的司令官顾祝同急得像热锅上的蚂蚁，在他宽大而豪华的办公室里直转圈。他心烦意乱，焦急无比，在等待着一个重要的情报。

“报告！”

“进来！”

“司令，这是给您的密电。”一位漂亮的女秘书用妖嫩的声音说。

“念！”

“几日来，日寇一直在沿浙赣铁路向西进犯，速度之快，完全出乎意料，上饶已十分危险……”

“停！”顾祝同听到这里，已最后下定决心。他如释重负地向女秘书作了一个手势说：“立即给我发出命令：从今日起，上饶集中营按原定计划开始向福建转移！”

“是！”

在上饶集中营被关押了整整十个月的马寅初，突然接到了转移的通知。但奇怪的是，经过许多时日之后，他并没被押往福建，而是转移到了广西桂林。

由于长期的监禁，马寅初已经与外界完全隔绝。他左思右想都不知因何来到桂林。他做了最坏的思想准备。

却没有想到蒋介石受到国内外各界强大的压力之后，被迫向他屈服了。

“蒋先生，马寅初博士在美国留学期间是我的同学，近日内我想要见他，可以吗？”美国总统罗斯福派到中国的特使明知蒋介石已把马寅初拘禁，故意向蒋介石提出要求说。

“特使先生，我已经同你说过，马寅初博士早已去战区考察经济，目前不在重庆。”

“是这样吗？”特使逼问说：“为什么前些时候延安的《新中华报》，在一篇《马寅初教授被捕经过》的报道中却披露：马寅初博士已被蒋先生下令逮捕关押。”

这位特使使劲地吸了一口烟之后，接着道：

“请问蒋先生，可真有其事？”

“哪里会有此事？报纸所谈纯系共产党的造谣，根本不可信。”蒋介石内心惊恐，但表面仍装出平静的样子，贼喊捉贼地说。

“那请蒋先生在近日内调马寅初回重庆来同我见面！”

“可以考虑！”

蒋介石刚刚送走了美国总统罗斯福的特使，侍从室又向他报告：“共产党驻重庆办事处的代表要求与委座会谈关于释放马寅初的事情……”

“就说我今天身体不好！以后再约会谈时间。”蒋介石说罢，一挥手，示意来人退出，然后躺在沙发上，闭目养起神来。

马寅初的问题，真使蒋介石伤透了脑筋。

自从他下令秘密逮捕、监禁马寅初以来，简直没有片刻的安宁：马寅初刚被逮捕时，马的家属便天天追问下落，向他要人；此后马寅初的学生联名向他写信，要求释放他们的院长、教授；马寅初的朋友和各界上层人士，通过各种渠道向他进言说情，一致呼吁，要他释放马寅初。稍后，共产党办的报纸以及其他一切进步报刊，都在揭穿“马寅初赴战区考察”的谎言，揭露马寅初被捕的真象；重庆大学师生隆重集会，为马寅初遥祝六十大寿，表彰马寅初的功绩和品行，唤起社会各界对马寅初的支持与同情，专门同他蒋介石作对……

周恩来更是厉害，一有机会就借马寅初的问题将他的“军”，逼他表态……

美国人更不好对付，他们把培养马寅初看作是美国的骄傲，丝毫不容他蒋介石侵犯马寅初的尊严。

他蒋介石在政治、经济、军事等许多方面，完全要依靠他的美国主子打气输血。对美国特使的揭露，虽然蒋介石当场进行了狡辩，不肯认输，但对特使的要求他却不敢违抗！

过了好长时间，蒋介石才从沉思中醒来。他命令侍从室主任陈布雷通知军事委员会外事局局长何浩若来见他。

这年8月中旬的一天，马寅初被请到了桂林的一家高级宾馆。

“马先生，你好！”他一进这家高级宾馆的贵宾室，早已敬候在这里的何浩若就满面春风地站起来欢迎马寅初。

“我是囚犯，局长大人因何找我？”马寅初冷冷地说：“你们找我来要干什么，请直说，不必要花招。”

“误会，完全是误会！马先生快请坐。”何浩若碰了一鼻子灰，仍和颜悦色地同马寅初叙旧：“马先生讲哪里的话，多少年来，你一直是中国经济学社的社长，我是社员，你的学识名望，确实使我佩服得五体投地，在马先生面前，我从未要过花招。”

他喝了一口清凉饮料，接着说：“这次兄弟前来桂林，是奉了蒋委员长的命令，专门接你回重庆的。过去的事情全是误会，让你吃了不少苦。这次回重庆后，你先要在家里保养一个时期身体……”说到这里何浩若突然扭转话题：

“马先生可先在这里好好休息，游玩几天，‘桂林山水甲天下’，要是不观赏一番，一定会后悔的！在这期间，要办什么事情尽管办，我的车随时都可为你服务。然后我接马先生返回重庆。”

马寅初听了将信将疑，他判断回重庆已成定局，但回去以后，蒋介石还会搞什么名堂，他仍无法判定。

1942 年 8 月 24 日，马寅初在息峰与上饶集中营先后被监禁一年零八个多月之后，终于平安地返回了重庆。

当马寅初在重庆仁济医院门前下车，告别何浩若，绕山步行三里多路，回到他的新居——歌乐山大木鱼堡 5 号时，他的妻子、儿女一起拥上去迎接他。

但是马寅初回到重庆以后，蒋介石并没有给他恢复自由，只不过由监狱的监禁，变成了在家里软禁。马寅初要外出进城，都必须事先经过重庆歌乐山警察分局的批准，而且要有人“陪同”。

在离他家不远的位于歌乐山半山腰的李士伟大夫开办的妇产科医院里，新来了几个住院的“男人”，而且一住竟是几年。其实，他们并没有什么病，只是用眼睛整天盯着下面住着的马寅初……

这期间，马寅初虽然身陷囹圄，但却仍以无比坚强的意志和惊人的毅力在坚持锻炼身体：每天他都要从家里出发，沿着那云雾缭绕的崎岖山路，登上六七百米高的歌乐山主峰——云顶寺。

往返一次路程 10 华里，时间却不及一小时。他登山时，总是以小跑的快速姿势行进，所以他常常称爬山运动为“跑山”。

每当朝霞染红东方天际时，他常在主峰上情不自禁地说：“天就会亮的，黑暗就会过去，我要把身体锻炼好，为中华民族继续奋斗！”

这期间，马寅初还孜孜不倦地进行学习和写作。他常常开列外文原版本的有关数理经济学的著作，让重庆大学的同学借来攻读。除阅读、研究经济学方面的书籍和问题外，他也偷偷让同学们给借当时的禁书来读。有一次，他让一位同学特意给他去借一本由中国共产党编写出版的名叫《评〈中

1942 年 8 月，马寅初被蒋介石软禁在重庆歌乐山家中时的留影。

国之命运〉》的书来看。这是一本专门批判蒋介石撰写的宣扬法西斯专政的《中国之命运》的革命书籍。

这期间，马寅初更加密切了同中国共产党的关系。马寅初自己没有自由，就通过他的次子马本初同共产党重庆地下组织进行联络。常常是马寅初写完了信，交给马本初，送到重庆一家叫华华公司的一个姓王的人手里。每次，他都嘱咐儿子，如果姓王的不在，则信不能交出。

这期间，蒋介石和国民党政府继续对马寅初进行迫害，不准他教书，不准任公职，不准演讲和发表文章，从政治上、经济上给马寅初施加各种压力和限制，致使他的生活陷入了困境。但中国共产党却对马寅初先生在政治上和经济上给予很大的支持。

一次，《新华日报》编辑室负责人许涤新给周恩来同志汇报工作时说："现在马寅初'教书不成，投稿无路'，处境非常困难！"周恩来说："马寅初是一位经得起考验的爱国主义者！我们必须对他给予支持。《新华日报》可以经常发表他的文章，也可以让记者去马老家里采访。"从此，《新华日报》记者就成了马寅初家里的常客。他们不仅采访他，同他谈心，发表他被国民党《中央日报》和《扫荡报》所拒绝的文章；而且有时还秘密请马寅初到报社参加一些活动。有一次董必武和王若飞同志邀请各民主党派负责人和无党派民主人士座谈国是，马寅初不仅应邀出席，而且在会上发言："……只要为了国家的利益，无论如何，我都要跟着共产党走！"在这种情况下，马寅初先生同中国共产党人结成了患难之交……

第十六章　重登山城舞台

由于中国共产党和周恩来同志的多方营救，重庆文化教育界以至各界的呼吁奔走；由于国民党在湘桂战场上的严重失利，国统区抗日民主运动的不断高涨，蒋介石集团才不得不被迫解除对马寅初的软禁管制，在1944年冬天的一次国民党参政会上，他们终于宣布恢复“政治犯”马寅初的人身自由。1945年秋天，马寅初由歌乐山大木鱼堡5号，重新搬回到重庆大学校园里居住。在国民党陪都重庆消失了将近五年的马寅初教授，以崭新的精神面貌重登山城的政治舞台。

但蒋介石在马寅初的问题上，并不甘心认输。他在宣布恢复马寅初人身自由的同时，又暗中布置要他的有关部门继续执行对马寅初的3条秘密规定：不准任公职，不准演讲，不准发表文章。

对此，蒋介石非常得意，他冷笑着说：“我看你马寅初还再闹不闹，服管不服管？我虽放了你，但等于没放你。”他满以为得计；以为马寅初在饱尝各种苦难之后，会心灰意懒，再不敢与他蒋委员长作对。但他完全想错了！

如果说马寅初在五年前同蒋介石作斗争时，是一只猛虎；那么在五年后，当他经受了生死考验，直接接受了中国共产党的指导以后，就“如虎添翼”了。

铁窗生活和软禁岁月，不但没有磨掉马寅初的锐气，反而使他在政治上更加成熟，思想更加敏锐，斗志更加坚强！他在政治上恢复自由之后，根本就不把蒋介石放在眼里。犹如积压多年的火山一样，他第一次在政治舞台上重新出现时，就从心的海洋里喷发出了震惊山城的滚烫的岩浆。

那是在重庆工商界人士举行的一次有上百人参加的星期五聚餐会上。当时餐桌旁已坐无虚席，人们好像在议论着什么，等待着什么。突然，大厅里所有的灯光都亮了起来，主持人陪着一位身穿天蓝色绸缎长袍，步履矫健的人走了进来。

"今天晚上，我们为马寅初教授接风！祝贺他恢复自由！"主持人说完，全场响起了热烈的掌声。

"谢谢诸位！"马寅初目光炯炯，用洪亮有力的声音说："兄弟在重庆的政治舞台上消失了将近五年，今天初次露面，承蒙各位厚意。"

"首先告诉大家的是：我马寅初仍是过去的马寅初，仍然是不听招呼的。据说当局对我仍然有 3 条秘密规定，其中有一条就是不准演讲。但我今天偏偏要讲。我今天演讲的题目是：《中国的工业化与民主是分不开的》。"他解释道："这是我在软禁期间研究的成果之一。"

"抗日战争中的主力是谁？"

"吾敢答曰农民。"马寅初非常激动地说："看在战争中，其断肢折足，或流血阵亡，或死于饥饿、瘟疫，或辗于沟壑者，十之八九是农民子弟。我们若以'真正的民族英雄'这个头衔给予农民，他们定可当之无愧。"

"我们站在大后方，吃的是鱼肉，穿的是丝绸，住的是高楼，坐的是汽车，扪心自问，觉得卑鄙不堪，有何伟大之可言。"马寅初讲到这里，突然，一阵热烈的掌声，打断了他的讲话。这时他抬起头来，用目光扫视了一下大厅。只见柔和的灯光照在桌上、地上，照在每一张兴奋而全神贯注地听他演讲的人的脸上。当人们平静下来以后，他继续说：

"其不肖者反当存亡危急之秋大刮民财，大肆囤积居奇，狼心狗肺，可恨亦可杀。战争是不人道的，但眼见一般农民与一般难民之困苦和颠沛流离，而不集中全国力量快快设法去救济，反唯一己之私利是问。这种念头是更不人道的，他们的罪恶要比制造战争还大……"

"中国要工业化，就必须实行民主，必须发展农业，改善亿万农民生活。

要发展农业，就必须进行土地改革……”

马寅初教授讲到这里时，他演讲的意图已被聚餐会的同仁完全了解。顿时，全场又响起了经久不息的掌声。

马寅初蔑视国民党政府对他的秘密禁令，不怕再次被捕，在刚恢复自由之后，就又挥戈上阵，正气凛然，横眉冷对反动势力，把斗争的锋芒直指四大家族。大家对此无不敬佩。在听完他的演讲之后，在座的工商界人士都纷纷议论：

“马寅初真不愧是一位智勇双全的英雄！”

1945 年 9 月，马寅初一直处于高度的兴奋之中。

他简直心花怒放了。

9 月 2 日晚，他应中苏文化协会的邀请，出席了为庆祝中苏友好同盟条约而举办的盛大酒会。在中苏文化协会的门口，他看到了他久已盼望见到的中国共产党中央委员会主席毛泽东、副主席周恩来；在酒会大厅里，他有幸与毛泽东同志在分别 20 余年后又第一次重逢握手。

在出席酒会几天以后的一个上午，马寅初到柳亚子先生的寓所拜访。一进客厅，一幅挂在墙当中的书法吸引了他。他上前仔细一看，原来是毛泽东赠给柳亚子的、他在 1936 年 2 月写的《沁园春 · 雪》一词的手书：

北国风光，
千里冰封，
万里雪飘。
望长城内外，
惟余莽莽；
大河上下，
顿失滔滔。

山舞银蛇，
原驰蜡象，
欲与天公试比高。
须晴日，
看红装素裹，
分外妖娆。

江山如此多娇，
引无数英雄竞折腰。
惜秦皇汉武，
略输文采；
唐宗宋祖，
稍逊风骚。
一代天骄，
成吉思汗，
只识弯弓射大雕。
俱往矣，
数风流人物，
还看今朝。

马寅初看罢，不仅为这首气势磅礴的伟大诗篇深深感动，更羡慕柳亚子先生有此福分。

“你怎么向毛泽东主席要来的？”

“那天毛泽东主席会见我时，同我进行了长时间的促膝畅谈，我当即兴奋得热泪盈眶。随后赠给毛主席一首我写的诗。”

柳亚子说到这里便吟诵起来：

阔别羊城十九秋，
重逢握手喜渝州。
弥天大勇诚能格，
遍地劳民战尚休。
霖雨苍生新建国，
云雷青史旧同舟。
中山卡尔双源合，
一笑昆仑顶上头。

柳亚子先生吟罢他的诗，接着说：“我赠给毛主席这首诗后，便向毛主席提出赠我一首的要求。很快，毛主席就应我的索求，手书了这首词赠我。”

马寅初那天听罢柳亚子先生的讲述，直为柳亚子高兴、祝贺。他没有想到，这巨大的幸福也降临到了他的身上：他喜出望外地接到了毛泽东主席第二天要会见他的请柬。

6 年前，也是在重庆的家里，他曾接到过周恩来同志要会见他的通知，那次会见，使他在一生的政治道路上发生了重大的转折。在 6 年后，他又荣幸地要接受中国共产党中央委员会主席毛泽东的会见。他怎能不兴奋和激动呢！第二天一早，他就从家里乘公共汽车进城，去参加会见。他家里的亲人全体出动到车站送他去参加会见。本来谈好，下午三点钟，全家人在送他的地方再来接他。但他家里人，届时并没有等到他，一直等到晚上八点钟，才看见一辆黑色的小轿车停在他们的面前。

马寅初从车里走出来，满面春风地说：“我今天见到毛先生和周先生了。国共两党进行和谈，就要召开政协会议了！”他停顿了一会儿接着道：“毛主席会见之后，我就该回来，但周恩来同志说：‘为了保证你的安全，我们晚上派车送你回家。’所以现在才回来。你们等急了吧？”

当天晚上，他兴奋地向家里人讲述了毛主席和周恩来同志会见他的情景。这次会见，更加坚定了马寅初跟着中国共产党革命到底的决心，也更加有力地指导了他在重庆同蒋介石的斗争。

1946 年 1 月 10 日至 31 日，蒋介石被迫在重庆召开中国政治协商会议（简称“旧政协”）。

这是一次有国民党、共产党、民主同盟、青年党和社会贤达的代表参加的会议。中国共产党在会上团结各民主党派，同国民党的反动势力进行了有效的斗争。在会上通过了和平建国纲领、关于政府组织问题、关于宪法草案问题、关于国民大会问题、关于军事问题等 5 项协议。这些协议在各种不同程度上否定了国民党的独裁制度和内战政策，是有利于人民的。但国民党对政协会议毫无诚意，一直组织特务蓄意进行捣乱和破坏。

为了防止国民党反动派进行捣乱、破坏，确保会议顺利成功，中共重庆地下组织在会议期间，发起并领导了以重庆大学学生为首的包括有各校师生参加的万人大游行。浩浩荡荡的游行队伍走遍了大街小巷,歌声和“政协会议只许成功，不许失败”的口号声响遍了山城。65 岁的马寅初教授，斗志昂扬地走在游行队伍的最前面……

31 日旧政协会议闭幕后，重庆大学学生爱国运动会即刻开展了实现政协决议的宣传活动。马寅初应邀在全校作报告。他向大家主讲政协会议与中国前途的关系，告诉同学们要警惕反动势力对政协决议的破坏，并对官僚资本做了进一步的揭露和谴责。

演讲结束后，他向学生爱国运动会建议，请周恩来同志和中共代表团到学校来作演讲。2 月 7 日下午周恩来应学生邀请到校演讲。这次演讲提高了学生对当时政治形势的认识，进一步推动了和平民主运动的开展。

重庆大学演讲以后的第四天，在热烈的掌声中，马寅初教授又登上了中央大学的讲台。2000 多人的雷鸣般的掌声，经久不息，以致使他一时无法开讲。马寅初向大家挥手致意，会场才慢慢平静下来。

“我今天演讲的题目是：《新公司法与官僚资本》。”马寅初声音洪亮地说：“现在先解释一下我今天演讲的题目。”他说：“什么叫‘官僚资本’呢？靠做官搜刮或侵吞国营事业而发财的，就叫官僚资本。”

“什么叫《新公司法》呢？它和‘官僚资本’有什么关系呢？要回答这个问题，就得多说几句。”

“众所周知，实行训政17年的结果，若干官僚们由穷光蛋一变而成为大富翁。他们的财产像天文数字，多得难以计算。今天政府既要还政于民，首先就应该没收这些官僚资本，这是对付官僚资本的一个办法。这次立法院通过的《新公司法》，就是从法律上限制官僚资本的发展。这是打倒官僚资本的另一种方法。”

他在作完题解以后，便滔滔不绝地讲了起来。整个会场静悄悄地没有一点声音。

马寅初愤怒指出，丧心病狂的特权大官僚们，通过国防最高委员会，取消了《新公司法》中对他们限制的条文，勾结外商，在中国以经商名义，从中大发横财。

马寅初号召说：“我们大家一定要团结起来，坚决反对少数官僚操纵国防最高委员会，强行取消《新公司法》中对外商营业的限制，以使他们的阴谋不能得逞。”

他的这次演讲不仅得到听众的一致拥护和好评，而且在社会上引起了强烈的震动。次日，重庆《商务日报》以大字标题刊登了马寅初演讲的消息，并以专论的形式发表了这篇演讲的全文。2月6日，重庆《民主报》又以《打倒官僚资本，热烈响应马寅初的呼吁》为题，专门发表了社论。

1946年2月10日上午，重庆阴暗而寒冷。一大清早就从四面八方拥来较场口广场的各界群众一万余人，高唱着：

民主，好比那
东方的太阳，
照耀着全中国
好呀好光明。
没有民主哪会有和平！

整个广场旗帜如海，标语似云……

这是重庆市各界人民在举行庆祝政协会议成功大会，并借此抗议蒋介石撕毁“停战协定”。这是一个反对内战、争取民主的大会。

九点半钟，在全场热烈的欢呼声和掌声中李公朴先生宣布开会。坐在主席台上的郭沫若、马寅初、陶行知、施复亮、章乃器、柳亚子等向全场挥手致意！

突然，一伙身穿黑衣、头戴黑帽、身藏暗器的人们冲上主席台，夺去了扩音器，乱喊乱叫，向主席团的成员大打出手。

很显然，这是国民党当局事先预谋的破坏活动。

刹那间，大会的总指挥李公朴已被特务围住：一面打，一面拖下主席台，直打得李公朴头破血流；郭沫若见状前去阻拦，被另一伙特务迎上来，团团围住乱打：他的胸部被踢，左额上被打起了一个核桃大的疙瘩，眼镜也被打落在地上；施复亮被打得遍体鳞伤……

计划在会上发言的马寅初，无例外地遭到特务殴打，雨点般的拳头落在他的身上，礼帽给打掉了，额部被打出了血，衣服被撕破，连准备下午为人证婚穿的马褂及长衫也给暴徒抢去。

特务暴徒们打完主席团成员后，还举起台上的木凳向人群中乱扔……

整个广场都响起了：“打倒特务！”“打倒法西斯！”“要民主,要和平！”的怒吼声。

这就是中国近代史上闻名中外的“较场口事件”！

这一事件充分暴露了蒋介石破坏政协会议协议、坚持独裁内战的反动面目。重庆各界参加庆祝会议的团体，专门发表文章揭露较场口事件的真相，声讨国民党反动派镇压人民的罪行。

第二天，重庆《新华日报》在题为《较场口暴行》的社论中指出：

“昨日陪都各界庆祝政治协商会议成功大会，被有指使的有组织的暴徒捣乱，大打出手，致主席团李公朴受重伤，郭沫若、马寅初、施复亮……受伤，《新民报》记者和《大公报》记者被殴，其他不知姓名被殴者尚有多人。结果，会被打散，暴徒霸占主席台，为所欲为，令人悲愤不已……”

重庆大学学生爱国运动会主席许显忠得知“较场口事件”后，当天立即到马寅初家中探望。

“马先生，伤势如何？”

“没有什么，伤口已经包好！”马寅初气愤地说：“他们用特务来捣乱，真是无耻。吓是吓不倒我们的。我怕死就不讲话，讲话就不怕死。”

“较场口事件”的第二天，一些进步报纸的记者到重庆大学马寅初的家里，对马老表示慰问，并进行了采访。

“在经历‘较场口事件’以后，你有何感想？”记者问马寅初。

马寅初愤然回答：“对这个政府（指国民党政府），原来我主张改革，现在我主张推翻。”

“怎样推翻呢？”记者又问。

“商人罢市罢税，学生罢课，工人罢工，连倒马桶的都罢工，臭死他们。”马寅初滔滔不绝地说。

马寅初的伤还未愈，就又应各校的邀请去作演讲了。他在国立艺术专科学校和四川省立教育学院，大讲“为什么要庆祝政协成功”，有力揭露国民党破坏停战协定的阴谋和蒋介石发动内战的罪行。马寅初每次讲话时总是强调说：

“蒋介石一心想消灭共产党，但共产党是消灭不了的。中国的真正希望在中国共产党。”

第十七章 “马首是瞻”

“较场口事件”以后，国民党反动派又加紧了对马寅初的迫害和控制。他们竟公开宣布了原来对马寅初内部掌握的3条秘密禁令：不准任公职，不准演讲，不准发表文章。同时，便衣特务也开始秘密监视他的行动。

马寅初对此，只有一个回答：坚决同国民党反动派继续斗争！他照例撰写文章，找进步报刊发表；照例到处发表演讲，揭露四大家族的罪行。

眼看着马寅初在重庆的处境越来越危险，中国共产党在重庆的地下组织经过慎重研究决定；让他携带全家即刻离开重庆前往上海。

重庆的高等学校没有人敢聘请他任教，来到上海也一样。蒋介石的禁令，像一条无形的绳索，紧紧地套在马寅初的身上。中华职业教育社的黄炎培却不怕违犯禁条，他把老友马寅初聘请到了中华工商专科学校担任经济学教授。

马寅初又开始了一种新的生活：他一面在学校教学，结合实际研究当时中国的经济问题；同时在蒋管区的上海、杭州、南京等地，积极参加反蒋爱国的学生运动和反对内战、争取和平和民主的伟大斗争。在两年多的时间里，他不为强暴所屈，不顾个人安危，以大无畏的豪迈的气概，在中国人民反对蒋介石独裁统治的斗争中，写下了光辉夺目的新的一页。

这两年，马寅初全家住在中华工商专科学校教工宿舍三楼的两间房子里。他把大间作为卧室，只有八九平方米的小间作为书房兼写作间。这时，他的长子马本寅正在上海复旦大学念书，次子马本初也由重庆大学转学于

右图为 1946 年，马寅初在上海。

左图为 1946 年，马寅初在上海中华工商专科学校宿舍阅报。

浙江大学。这小小的斗室，哪里能容纳得下马家的许多人呢？马寅初只好请人把阳台装修成一间房子，供儿子回家时居住。

1946 年，马寅初在这间斗室里校阅、修改，出版了他的经济问题专著《货币新论》，先后研究并撰写了有关物价、金融、外汇、土地税、内战、黄金黑市等十几篇经济论文，发表于报刊。

“马寅初是经济学家，写文章应该就经济论经济，而不要去讲政治、物价、法币……”有的人看了他的文章后，这样批评他。

“这种说法是完全错误的。如果按照这种荒谬的逻辑，世界上根本就不可能有经济学。”马寅初反驳说：“哪里有研究经济的，可以不谈物价、外汇、金融、内战……我这个经济学家就是要研究并力图解决这些问题。这是我的责任，是我向人民负责的具体表现，也是所有正直的学者应该担负的一种神圣职责。”

这年 6 月，马寅初由上海回到了久别的杭州。抗日战争爆发后，他被迫从庐山转移重庆，颠沛流离，历经苦难；但万万没有想到，经过八年浴血抗战，中国人民赶走了日本侵略者，蒋介石却勾结美国人，准备发动反共反人民的全面内战。战争的阴云密布全国，刚刚结束战争的中国大地，又将要被卷入一场新的战争。

他刚到杭州不几天，就听说：伪行政院要“开放内河航行权”，美国兵舰可以横冲直闯地开到我国内河，帮助蒋介石运送武器，全面发动内战。

对此，马寅初无比愤怒。他说：“我绝不能保持沉默！”虽然他多年未回杭州，但这次回来他却无暇去拜访熟人旧友，也无暇去欣赏西湖美丽的景色和风光，更不顾杭州市保安司令不准他参加学生集会游行的通知，勇敢地投入了反内战、反独裁的民主运动。

6 月 13 日下午，杭州阴云密布，天气闷热。全市 20 多所大中学校的上万名学生集会游行，抗议蒋介石同美国签订卖国的《中美商业条约》，反对蒋介石发动内战。

在游行即将开始的时候，马寅初令人意外地出现在主席台上，并发出了像雄狮一样的怒吼："中国现在为什么会弄得这么糟？就是因为没有正气。老百姓没有饭吃，是那些发了胜利财、发了接收财的大员们，为了保护他们已发的财，梦想将来还要发更大的财的大员们，要发动内战的结果。"他讲到这里，全场群众报以长时间的热烈的掌声。马寅初喝了一口水，揪揪结在白衬衣上的紫红色领带继续说：

"我坚决反对内战，主张用政治协商的方式解决问题……"

"今天大家出来维持正气，反对内战，机会非常难得，我虽没有什么大用，但绝对要跟着大家走。"

讲话结束后，马寅初站在学生游行队伍的最前列，用慷慨激昂的声音，带头振臂高呼：

"打倒官僚资本！"

"反对内战！"

"反对独裁！"

游行大军在此起彼伏、震耳欲聋的口号声中，按预定的计划开始游行。浩浩荡荡的队伍，宛如开闸的江水一样，奔腾而下，一泻千里，势不可挡。

正当游行队伍走到中途时，突然狂风大作，雷鸣电闪，乱云飞旋，倾盆大雨铺天盖地浇了下来。沿街观众看见白发苍苍的马寅初教授，在滂沱大雨中，精神矍铄地走在队伍最前列，无不为之感动！

上海《文汇报》记者在题为《马寅初作狮子怒吼》的报道中，详细记述了他在这次游行中的英勇表现，并高度评价了他所起的重大作用。《新华日报》也在6月15日的第二版上，刊登了题为《要求全面停止内战，实现民主，杭州学生举行反战游行》的报道。这则消息中有一段这样写道：

"杭州学生为要求全面停止内战和争取民主实现，于13日下午举行游行……游行的时候正下着大雨，但队伍在大雨中仍昂扬前进，情绪悲壮。最令人感动的是刚返杭州不久的学者马寅初先生，他冒着大雨，站在队伍的最前面，领导大家前进。”

中国编年史的历史学家们，把马寅初教授在1947年的反蒋爱国斗争活动载入了史册……

这年元旦下午，国民党刚刚公布宪法，上海学生界为了抗议美军强奸北京大学女学生沈崇的暴行，在全市进行了声势浩大的示威游行。马寅初情绪高昂地参加了这一活动。在上海异常寒冷的季节，他身着天蓝色的薄棉袍,光着脖子走在游行队伍的第一排,振臂高呼:“中国不是殖民地！”“美国兵滚回去！”等口号，并且对此公开发表谈话：

“这是对中国的一大侮辱……我们绝不能忍气吞声。各界应该联合起来，要求美国退出中国。对犯罪的美军必须进行严惩！”

他还说:“现在有人仗义执言，有人就说是‘尾巴’。我是大学教授，我就是愿做学生的尾巴，做人民的尾巴，所以才站出来说话。倘若为外国人掩饰过失，做外国的尾巴，那才可耻！”

一个多月以后，在2月9日上午，马寅初又登上了上海劝工银行大楼的讲台。当他正准备发表提倡用国货，抵制美货的演讲时，突然，一大批歪戴呢子帽，手持铁尺、木棍等凶器的国民党便衣特务闯了进来。这群家伙进来以后，首先将礼堂大门关死，然后在全场用凶器到处打人。

“你就是马寅初，让我找得好苦！”一个特务上台看见马寅初后，眼睛睁得老大老大地说:“我叫你今天去见阎王！”话音未落，铁尺就向马寅初打来，马寅初见此赶忙将身一闪，铁尺将他的棉袍罩衣，划破了一块。特务由于用力过猛，也扑倒在地上，马寅初的鞋也给踩掉了一只。马寅初见特务摔倒了，趁机赶紧打开身后通向阳台的一扇门，跑到了屋外的阳台上。然后将门从外边锁上，选择脱险路线。特务从地上爬起来以后，直向门的方向扑来，当特务发现门打不开，便打破窗户玻璃来到阳台。这时，马寅初正要跳到另一个阳台，这家伙赶忙伸手去抓，但只撕下了他用铁尺划破

1946 年 12 月 24 日，北平爆发北大女学生沈崇被美军士兵强暴事件。1947 年元旦，马寅初（前排左二）参加上海学生抗议美军暴行大游行。

的那块棉袍罩衣，马寅初却挣脱而去。

这次“爱用国货，抵制美货”的运动及“爱抵会”成立大会是由中共上海地下党组织领导的。国民党特务进行捣乱破坏时，有一名职工当场被打死，重伤十几人，轻伤数十人，造成了后来历史上称为的“劝工大楼血案”。马寅初被撕袍而后脱险的壮举，在人们中被广泛传颂。

国民党特务的毒打、凶杀，并没有吓倒马寅初。他在撕袍脱险之后，又投入了上海学生“反饥饿、反内战、反迫害”的游行示威斗争。5月20日南京、上海、苏州、杭州等地的学生代表在向国民党政府请愿的途中，遭到毒打。上海学联为声援“五·二〇”惨案，决定5月23日在全市进行罢课。马寅初教授当日就贴出了庄严声明：“本教授遵照上海市学联决定罢教一天。”

这年暑假期间，南京中央大学举行校庆活动。借此，南京学联邀请马寅初到校作揭露国民党发动内战罪行的报告。但这一消息，却被国民党特务机关获悉。国民党特务直接出面威胁马寅初：“你不能去南京中央大学演讲！如果要去，我们就打死你！”

“这样的威胁、恫吓，兄弟已不只听到一次！你们真是卑鄙无耻！”马寅初愤怒地对特务说。

马寅初的朋友和学生，听到特务要加害于他的消息后，不少人都前来劝他不要去南京。他自己也知道，1946年7月中旬，仅仅在五天的时间内，李公朴、闻一多教授在昆明先后遭到国民党特务的暗杀！去演讲，确实非常危险！但不去，反蒋斗争就会受到极大的影响。特务们会说，连马寅初都怕死不敢动了，你们还闹什么？马寅初想到这里，毅然做出决定：前往南京中央大学演讲。行前，他做好了被捕或牺牲的准备，并将写好的遗书交给了家属。

演讲的那一天，马寅初身穿蓝布长衫，大义凛然地登上了讲台。他一开头就说：

“中国人平均寿命只有 36 岁。我今年已经活过 65 岁，远远超过了，我‘赚’了。我的财产只有一些书箱，已经给子女立下遗嘱，后事也安排好了。我无所畏惧，讲话不怕死，怕死不讲话。站在下面的特务先生们，你们要开枪就开吧！我马寅初在此专门恭候。”

他讲完这段话，台下身上暗藏手枪的特务们，个个面面相觑，不敢动手，全场却爆发出了雷鸣般的掌声。

“你们不动手，我就要发表演讲了。”马寅初等掌声平息之后，平静地开始了他的演讲。他用大量的事实揭露了国民党反动派不顾人民死活，决心要发动内战的罪行。当他讲到物价飞涨时，指名道姓地抨击“草字头”说：

“你蒋委员长行伍出身，只会立正、稍息那一套。你喊一声立正，你的部下官兵不敢稍息。打内战你内行，可搞经济就是外行，你那一套就吃不开。这个‘物价’偏不听你委员长的命令，你喊立正，它还是要跑步走。”

马寅初接着强调说：“由于国民党政府滥发钞票，结果使得物价就像断了线的风筝一样，不断飞涨……”

他举例说：“国民党政府发行纸币的数量：1945 年是 2 万亿，1946 年年底已达 7 万亿，1947 年春为 14 万亿，1947 年 7 月最低估计已在 16 万亿以上。”

“物价情况如何呢？”他说：“如果以抗战前夜的物价为标准，那么日本投降前夜的物价已上涨了 1800 倍，而 1947 年 7 月的物价则上升到 6 万倍。1947 年 1 月上海的头等米每担为 6 万元，5 月即上涨至 36 万元，四个月就上涨了 5 倍。……所以我们必须反内战，反饥饿……”

马寅初的这次讲话，极大地鼓舞了青年学生的斗争精神，有力地推动了国统区爱国民主学生运动的开展，充分表现了一个民主战士的铮铮铁骨，不仅在当时闻名中外，受到各界人士的高度赞扬，而且将永远成为鼓舞人们争取正义、反对邪恶的巨大力量，成为中华民族子孙后代学习的光辉榜样！

当时著名电影演员、有远见的电影工作者赵丹，及时把马寅初教授在上海、杭州、南京等地参加学生集会游行的活动，都拍成了新闻电影纪录片，而且在正式放映前，还特地为他演了专场，让其亲自一观。

当时上海各界人士曾联合起来，赠送给马寅初教授一块上面写有“马首是瞻”的大横匾。

“马首是瞻”的称号，对马寅初来说确实是当之无愧的！

第十八章　第二次“失踪”

继1940年12月第一次“失踪”以后，马寅初在八年以后的1948年的同一个月，又一次“失踪”了。

“我们该找的地方、该问的地方都去过了，谁都不知道他的下落！”马寅初的夫人王仲贞，焦急地向来看她的一位朋友叙说着马寅初的失踪：“你看急人不急人，自他丢了以后，我们家的门口经常有些不三不四的人在来回走动，有时还有人按门铃进来找他，问他到哪里去了。”她说着说着，鼻子一酸便抽噎起来。她向来客询问道：

“你说，他是不是出事了？要不，为什么哪里也不知道他的情况呢？”

“请你不要过分着急，马先生不会出事的，我们一定想办法帮你找马先生。”来客对王仲贞安慰说。

马寅初到底到哪里去了呢？

说来话长。

自从马寅初由重庆来到上海以后，他的行为就引起了国民党特务机关的注意。

1948年初冬的一天深夜。国民党的特务分子闯入中华工商专科学校逮捕进步学生。马寅初从睡梦中惊醒后，立即赶到现场，愤怒无比，对特务进行严厉地声斥：

“你们的老头子蒋介石我也当面训斥，还怕你们，你们现在统统给我滚出去！”由于特务被马寅初教授的正气所震慑。刹那间，一个个便都溜走了。

还有一次，马寅初正在郭沫若家中吃午饭，忽然听到从外面马路上传来了游行队伍的高呼口号声和敲锣打鼓声，他二话没说，放下碗筷就从屋子跑出去参加“反饥饿，反内战，反迫害”的游行。在国民党反动军警的水龙和“狼牙棒”面前，马寅初和学生们手挽着手，毫无畏惧，昂首挺胸地走在队伍的最前面,并和青年学生一起高唱：“坐牢算什么,我们骨头硬！放出来还要干……”

“抓住他，这次是他自己送上门来的！”特务们认出马寅初以后，大声喊叫着。他们几次想冲散队伍,逮捕马寅初,但都因学生们机智勇敢地保护，不得下手。马寅初终于脱险。

然而马寅初在上海的处境也越来越困难了。他不但难以抛头露面活动，就连他的住所也经常有人盯梢。在 1948 年的下半年，他只好把妻子儿女由上海送回杭州法院路27号的旧宅居住。他自己返上海以后也另外找了住处。

这年 12 月中旬的一天晚上，马寅初由上海突然回到杭州的家里。

窗外狂风怒吼，寒流袭人。

夜已经很深了，他还毫无睡意。“我可能要离开上海一个时期，无法与你们联系。”马寅初思考很久后，终于对妻儿说：“桌上这上百块银元，留给你们作生活费用，如果用完了，还可到杭州农工银行去透支。”

紧接着他又对次子马本初说：“时间不早了，你去休息吧，我明天一早就要离开家里，你母亲还要为我收拾行装。如果你们以后有事，可到上海找包达三先生联系。”

就这样，马寅初在第二天一早便离开了家……

一个月过去了，没有他的音讯；两个月过去了，还没有他的消息，眼看要过春节了，仍无来信。王仲贞急得茶饭无心，夜不能寐，对儿子说：“本初，你到上海包达三先生那里去一趟，打听打听你爸爸的情况。”

“好，我这就去！”

1949 年 1 月淮海战役取得了伟大胜利。国民党反动派统治的中心——

南京、上海已处于中国人民解放军的直接威胁之下，国民党反动统治集团完全陷入了土崩瓦解的状态。

23 岁的大学生马本初，奉母亲之命来到上海。但上海已是一片慌乱。他按照父亲临别前给他的地址，去找包达三先生，家人回答说：包先生在半个月以前已经因事离开上海，何时回来不得而知。

马本初怀着失望的心情，毫无目标地在上海街头漫步。往日繁华的上海，如今简直变成了一座兵营。抓人的警车不时在街上急驰，发出一阵又一阵令人毛骨悚然的尖厉鸣叫；全副武装的巡逻军人，从江北溃退下来的国民党士兵像洪水一样，漫遍全城；通往机场、码头、车站的一辆接一辆运送国民党要员东西的货车，常常堵塞了交通；黄浦江也被寒冷的狂风吹起了汹涌的波涛，发出了巨大的吼声……

本来天气就冷，马本初看了这一切，连心都冷了。在这兵荒马乱的上海，茫茫的大千世界，他到哪里去找到他的父亲？！几天的奔波、辛劳，都一无所获。该找的地方都去了，该问的人也都问了。下一步该怎么办？马本初边走边想，想到他未婚妻的父亲唐文献，是马寅初的同乡好友，在上海金山饭店任协理。平时，马寅初常去看唐文献。

马本初拖着沉重的步伐，来到上海金山饭店。他未来的岳父热情迎接了他。

本初问起父亲的去向，唐文献说："你父亲去年年底由杭州回来后，曾在我这儿住过两个晚上，后来就一直不知去向。"

又是失望！

马本初的上海之行，毫无结果。他只好回家将实情禀告母亲。王仲贞听后，心急如焚，一筹莫展。

大年三十，马寅初一家无心过年。人人愁云满面。

马本初由于疲劳很早就去睡觉了。怎么？他突然觉得飘飘忽忽，一下又来到了上海街头。他正在马路上走着，突然一辆囚车从他面前驶过，车上拉的都是带着手铐和脚镣的政治犯。他隐隐约约听到身后有人说，这又是拉去枪毙的。这个人的话音刚落，第二辆囚车又来到他的面前。他仔细一看不禁一惊：“囚犯”中有一人蓬头垢面，满脸怒气，手脚被镣铐紧紧锁着。原来这个人就是他的爸爸马寅初。

“爸爸——爸爸——”他使劲地高喊着。

听到马本初的喊叫声，她母亲赶快走进房间来看他。

他已从床上坐起来，才知道自己是做了一个噩梦。

“你怎么啦？”母亲问马本初。

“我做了一个噩梦，没什么。”马本初未敢将梦的内容告诉她母亲，又接着解释道：“大概因这几天太累的缘故。”

啊！马寅初，你此时此刻，到底在哪里？

第三部

岁寒青松

（一九四九年至一九六〇年）

第十九章 轮船底舱的“厨师”

1949 年年初，浑浊的黄浦江水在狂风中汹涌澎湃。

即将开往香港的轮船，正在上海港迎接它的乘客……

码头上林立的国民党警察，多如蚂蚁的便衣特务，对每一个上船的人都不轻易放过：检查证件、搜身、盘问；他们对男的例行公事，对女的则有特殊的兴趣……

“你出来！”一位见了漂亮女人就垂涎三尺的特务说：“站在这里！”而且边说边在这位非常迷人的小姐身上摸了起来。这家伙刚开始耍流氓，一记响亮耳光就“啪”地一声打在了他的脸上。特务扭头一看，他的顶头上司满脸怒气地站在他的面前。

“有什么吩咐！”特务尽管十分恼火，但仍毕恭毕敬地说。

“你竟敢在太岁头上动土！”这位上司怒不可遏，“真卑鄙下流。”说完向特务的另一边脸上又狠狠地抽了几下。

那位迷人的小姐见她的情夫来了，便一头扎在这个特务头子的怀里，抽抽噎噎地说：“这个家伙，还伸手摸我的下面……”

“你给我跪下！”特务头子对特务说，“再胡来，老子就毙了你……”

乘此良机，一位中等身材的老年厨师，经检查后快步登上轮船，一直下到底舱，找了一个谁也不会注意的角落，悄悄坐了下来。直到轮船行驶出了吴淞口，他才松了一口气，极其紧张的心情才渐渐平缓下来。然后，他从底舱走上甲板，望着已经渐渐远离的上海和迷迷朦朦的高楼大厦，望着永远看不到边的水天相连的茫茫大海……

轮船飞速地前进，被风吹起的水花，不时落在他沾有油污的白色厨师工作服和工作帽上……这位老年厨师好像在说着什么，又好像在深思着什么……

他，就是第二次“失踪”的马寅初，就是家人和亲朋们要找的、又到处找不到的马寅初！

此时，他正由中共上海地下组织派专人护送前往香港。

1948 年下半年，马寅初在国民党统治区的上海，处境已异常危险。为了他的安全，在周恩来同志的具体指示和关怀下，中共上海地下组织与马寅初联系，希望他能秘密离沪，假道香港，先去东北解放区，再去北平参政。马寅初听后，欣然同意。为此，他在年底由上海回杭州，对家里稍作安排，就离开了家。为了绝对保密，他没有把真情告诉自己的妻子、儿女。

马寅初由杭州返回上海后，按照中共上海地下组织的安排，住处、行踪经常不定，最后是在包达三（解放后，曾任政务院财政经济委员会委员、浙江省人民政府副省长）家里，由地下组织的同志给他化装成厨师，才巧妙地躲过国民党特务的视线，登上了由上海开往香港的轮船。

马寅初一到香港，就受到了中国共产党在香港的工作人员和他的许多老朋友的热烈欢迎。先于他到达香港的柳亚子、黄炎培等先生，都兴致勃勃地祝贺他平安地脱离了国民党的虎口！

马寅初在香港作短暂的停留之后，按照中国共产党的事先安排，登上了去东北解放区——大连的轮船。

解放区的天是明朗的天，
解放区的人民好喜欢。
…………

马寅初来到大连以后，听着这悦耳的歌声，心里有说不出的高兴！他

1949年3月，在中国共产党的安排下，一些民主人士由香港经大连到北平参政。上图为马寅初（二排右一）与陈叔通、柳亚子等乘坐华润公司"阿尔舟"号苏联货轮时的留影；下图为马寅初（前排右五）、沈钧儒和柳亚子等途经山东烟台时，在岸上的合影。

完全赞成中共中央在1948年5月1日发布的关于“各民主党派，各人民团体及社会贤达，迅速召开新的政治协商会议，讨论并实现召集人民代表大会，成立民主联合政府”的号召。他兴奋，他激动，浑身充满了使不完的劲，他像一团燃烧的火……

当轮船离开大连，穿过烟波浩渺的渤海湾，到达山东的烟台港时，马寅初、沈钧儒、柳亚子等20多人，面对大海心情异常激动。他们不顾乘船的疲劳，登上烟台的码头后，竟在海边散步，让海风轻轻地吹拂。这批应邀到北平参政的著名的民主人士，还面向北方，背靠大海，在新中国诞生前夕，在此合影，留下了一幅珍贵的历史镜头！

马寅初到北平之后，在1949年3月25日，以无比喜悦的心情，与黄炎培、沈钧儒等先生共赴北平西郊机场，参加迎接中国人民解放军的隆重的入城仪式。当毛泽东同志乘坐的第一辆吉普车、周恩来同志乘坐的第二辆吉普车，在西郊机场检阅部队经过马寅初的面前时，他激动了。啊！这是一个多么庄严的时刻！人民终于胜利了！马寅初此时此刻再也无法克制自己，竟不顾会场秩序，跑向第二辆吉普车，大声向周恩来同志说：“遵照你的指示，我已平安来到北平。”

周恩来同志从车上弯下身来，亲切地和马寅初握着手说：“欢迎你同我们一道为新中国工作！”

两天以后，马寅初又满面春风地应邀出席了北平军管会主任叶剑英为他和黄炎培等其他民主人士到北平参政举行的盛大欢迎宴会。

马寅初身着藏青色的中山装，兴高采烈地同黄炎培交谈，同柳亚子握手，向所有的熟人问好……

“首先，我代表北平军管会，向各位到达北平参政的民主人士，表示热烈欢迎！”在中国人民的解放事业中屡建战功的叶剑英，此时风度潇洒地高举酒杯说：“让我们为即将诞生的新中国干杯！”

……

1949 年 3 月 25 日，马寅初（前排右一）与沈钧儒、黄炎培等民主人士共赴北平西郊机场，欢迎毛泽东、周恩来、朱德等中共领导人进入北京。

在蒋介石国民党统治的地方，马寅初是被拘捕、通缉、暗杀的对象；在共产党的天地里，他却成了贵宾、座上客、国家的主人。对此，他感慨万千，心潮起伏。他在宴会上暗暗下定决心：一定要为新中国的诞生，做出自己的最大努力！他是134名新政治协商会议筹备会的成员之一，为迎接新中国的诞生，他精神焕发，情绪饱满，夜以继日地操劳和工作着。

1949 年 6 月 15 日，筹备开国事宜的新政治协商会议筹备会第一次全体会议在北平中南海举行。图为出席会议的马寅初（第二排左二）与毛泽东、朱德、周恩来、林伯渠等人合影。

第二十章　出任浙江大学校长

马寅初参加完新政治协商会议筹备会第一次全体会议，就奉命南下，笑声朗朗地出现在上海大厦。

他对来看他的老朋友兴奋地说："我终生梦寐以求的理想即将实现，一个强大而为人民拥护的新中国就要诞生！"

为了急于回到解放了的家乡，尽早走上党和政府给他安排的工作岗位，为解放了的国家和人民服务，马寅初不顾长途乘坐汽车的辛劳，更不怕国民党撤退时在沪杭公路上埋下的许多随时都有爆炸危险的地雷，竟然在炎热的 7 月由上海驱车，返回杭州。

"马寅初先生是坚强的民主斗士，曾赤手空拳同国民党反动派进行过生死搏斗，因为他一直跟人民一道，所以也终于和人民一同胜利。马寅初先生英勇斗争的光荣，是中国人民的光荣，是马先生自己的光荣，也是浙江大学的光荣。"

1949 年 8 月 26 日下午两点，浙江省人民政府主席谭震林，在浙江大学隆重举行的欢迎马寅初担任校长的大会上，向浙大全校师生这样介绍马寅初校长的光荣事迹。

接着在热烈的掌声中，马寅初校长发表就职演说。他声音洪亮而又十分激动：

"过去，在国民党统治下，我是连到浙大教书的机会也被剥夺了的。在 1946 和 1947 两年间，竺可桢校长曾亲自到舍间两次，聘请我来浙大任教，但都因被国民党反动派阻挠而未成。做个教授尚如此之难，何况做校长呢！”他镇定了一下自己的情绪，以铿锵的声音继续讲：

“现在，由于毛主席的英明领导，人民解放军的英勇斗争，打败了帝国主义，铲除了国民党的反动势力，所以我才能被任命为浙江大学的校长。”

他还强调指出：“今后的浙江大学，要在人民民主的总方针下，大家学习新的思想，确定为人民服务的立场，要与建设相结合，努力培养切合实际要求的专门人才，在人民政府领导下，响应毛主席的号召，同心协力，建设新浙江，建设新浙大。”

师生员工们听了马寅初校长的就职演说，心里有说不出的高兴。整个会场即刻响起了“欢迎马校长！”“建设新浙大！”的此起彼伏的口号声。

数学家苏步青教授代表全校教职工登台发言：“马校长给我们带来了新的思想和新的方向，在马校长的领导下，我们一定能够确定为人民服务的思想，并努力培养能与实际结合的专门人才！”学生代表也表示决心：“在马校长的领导下，努力学习，把自己培养成祖国需要的合格人才，并为建设好新浙大贡献力量！”

从这天就职视事起，马寅初便开始了他在浙江大学的校长生涯。

浙江大学的前身，最早是求是书院，创建于 1897 年。后来随着历史的变迁，曾几经更名，到 1928 年才正式定名为国立浙江大学。从抗日战争开始到解放前夕，我国著名的气象学家竺可桢一直任该校校长。他提出以“求是”两字作为校训，提倡学生毕业后工作“不求地位之高，不谋报酬之厚，不惮地方之辽远和困苦”，以自己的学问和技术，为国家民族做出最大的贡献。

这期间，浙江大学的爱国师生在中国共产党的影响和领导下，从未间断过反对帝国主义和国民党反动派的斗争：1945 年，他们首先发表《促进民主宪政宣言》，发起组织全国学联；1946 年，政治经济学教授费巩公开抨击国民党政府的法西斯统治，被国民党反动派暗杀；1947 年，国民党反动派为镇压当时正在开展的反饥饿、反内战、反迫害的革命群众斗争，又残杀了时任浙大学生自治会主席的于子三。浙大爱国师生以他们自己的实际行动，在中国革命历史上写下了光辉的一页，曾赢得了“民主堡垒”的光荣称号。

浙江大学是一所综合性大学，当时全校设有26个系、10个研究所，在校生达1600余人，有教师400余名。

马寅初在出任解放以后浙江大学的首任校长之前，就与浙江大学有很深的感情。早在1936年5月，当竺可桢校长上任后的一个月，马寅初就先后两次来浙大演讲。他演讲的《中国金融问题》和《非常时期中国之财政问题》，对当时国民党政府中贪官污吏的假公济私和受贿舞弊等行为，进行了深刻的揭露和有力的鞭挞。抗日战争期间，马寅初被蒋介石软禁在重庆歌乐山的家中时，竺可桢校长曾代表浙大师生到他的家里看望。1946年4月22日，马寅初又受浙江大学学生自治会的邀请，来浙大的健身房发表《中国目前经济之危机》的演讲；同年5月，他还亲自率领浙大等杭州高校学生，冒雨进行示威游行；当浩浩荡荡的游行队伍到达梅花碑国民党省府大门前时，马寅初面对伪省府正门发表了揭露国民党反动派破坏和平、发动内战罪行的演说。所有这些举动，都曾有力地推动了当时的“反饥饿、反内战、反迫害”的学生运动。

如今，浙江大学回到了人民的手中，党和政府又把建设新浙大、为国家培养专门人才的重任交给了他。他思绪万千，心潮起伏，决心竭尽全力大干一场。

他在就职视事的当天，就提出了办校方针。他说：“办好学校，一要靠党的领导，二要有师生员工的真诚团结，三要发扬民主。”

他经常深入到学校的各个基层单位，了解情况，亲自解决问题，他广泛发动师生员工以主人翁的态度来共同努力创造新浙大；他充分发扬民主，要求“人人提提案，个个想办法”，对学校的组织、行政、学制、课程内容、教学方法、师生关系、职工生活等方面，以知无不言、言无不尽的精神献计献策。结果，发动全校师生员工对如何尽快办好新浙大提出近1000项提案，并首创校代表大会的形式，在职工代表大会上让代表们认真讨论、研究和落实这些办好学校的建议。

他工作非常繁忙，但仍然关心学生的健康成长：不仅抽时间亲自为他们授课，教他们学习方法，而且特别注意对他们进行形势教育和思想教育。在青年团浙大总支成立的大会上，马寅初语重心长地给青年学生讲学习方法："读书必须与马列主义结合，要打倒封建思想的学习方法，要打倒死读书。"在对浙大解放后首届毕业学生的致词中，他号召大家要服从政府有计划、有步骤的统一分配，勉励同学们"要多学习政治，学习党的方针政策。通过政治学习，建立起新的为人民服务的观点"。

平时，他还常常对学生进行爱国主义教育和革命传统教育。为了使大家提高思想觉悟，每逢节日，他总要发表热情洋溢的关于国家大好形势的演说；为了使同学们增加学习的动力，树立崇高的革命理想，他曾先后五上西湖之滨的凤凰山，祭扫中国人民的优秀儿子、青年学生的光辉榜样、浙江大学原学生自治会主席——于子三烈士的坟墓。他含着热泪，在烈士墓前号召全校师生员工学习于子三烈士坚贞不屈为人民服务的优秀品质。

"杜鹃花发处，血泪染成丹。"他深情而严肃地说："于子三烈士为了争取中华民族的独立解放，为了追求真理，在我们的面前牺牲了。他的这种坚毅不拔与恶势力斗争的可贵精神，我们一定要继续发扬光大；今天，我们对烈士最好的纪念，就是要继承他未竟的事业，把新中国建设成为富强的国家。"

至今，当年浙江大学师生还清楚地记得马寅初校长为他们的两次题词：

一次是为了号召全校师生员工，帮助国家克服财政经济困难，他曾这样写道：

“有困难，不隐瞒；有办法，就要做；有希望，要大家加倍努力！”

还有一次是为了勉励大家在思想品德修养方面，能够取得更快的进步，他特意挥毫：

正其谊，
不谋其利；
明其道，
不计其功。

当岁月的车轮，在历史的长河中向前转动了30年以后，大家虽然各自经历了不同的遭遇，但却仍然没有忘记马寅初校长的这四句话。这一题词给浙大师生留下了非常深刻的永远难以忘怀的印象。

1981年5月2日下午，浙江大学等四校联合在浙大为马寅初举办百岁寿辰庆贺会时，人们还将马寅初从前勉励大家的这四句话，端端正正地写好，挂在会场的正中，仍像当年一样以马寅初先生的题词共勉。

第二十一章　开国大典

1949 年 9 月下旬，古都北平好像发生了神奇的变化：天空突然显得格外高远，每日总是万里无云；蔚蓝色的天幕，就像广阔无垠的平静的大海，使人心旷神怡，给人鼓舞和力量。高悬在天空的太阳，也似乎比过去明亮、灿烂了许多，她照得京郊的稻谷金黄，棉桃雪白，梨果香甜；她照得城内秋菊盛开，桂花飘香，月季怒放，美人蕉和一串红像火一样地相互掩映；她照得天安门广场喜气洋洋，天安门城楼焕然一新。那新粉刷的朱红色的宫墙，翻修过的金碧辉煌的琉璃瓦屋顶，油漆得金光铮亮的门窗，谁知吸引了多少游人的目光？！她更照得人们满面春风，心花怒放……

啊！你这历史悠久的古都，你这被历代封建君主统治过的城市，八国联军掠夺了宝物，焚烧了圆明园，日寇侵略军炮轰了芦沟桥，你受尽帝国主义列强的奴役、蹂躏和践踏。如今，怎么这样容光焕发？！

历史这样回答：那是因为在北平，在全中国的上空，升腾起了新的太阳，这太阳就是毛泽东，这太阳就是中国共产党。

在中国共产党和毛泽东主席的领导下，此刻，古都北平正在发生翻天覆地的大变化：9 月 21 日至 30 日，中国人民政治协商会议第一届全体会议在北平隆重举行，662 名全国和海外各方面的代表，聚集中南海共商建立中华人民共和国的大事。会议通过一系列的决议案，其中之一就有中华人民共和国定都北平，改名北京。会议选举了毛泽东为中央人民政府主席，朱德、刘少奇、宋庆龄、李济深、张澜、高岗为副主席，还选举了陈毅、贺龙、李立三、林伯渠、叶剑英、何香凝、林彪、彭德怀、刘伯承、吴玉章、徐向前、彭真、薄一波、聂荣臻、周恩来、董必武、赛福鼎·艾则孜、饶漱石、陈嘉庚、罗荣桓、邓子恢、乌兰夫、徐特立、蔡畅、刘格平、马寅初、陈云、康生、林枫、马叙伦、郭沫若、张云逸、邓小平、高崇民、沈钧儒、沈雁冰、陈叔通、司徒美堂、李锡九、黄炎培、蔡廷锴、习仲勋、彭泽民、张治中、傅作义、李烛尘、李章达、章伯钧、程潜、张奚若、陈铭枢、谭平山、张难先、柳亚子、张东荪、龙云 56 人为中央人民政府委员会委员。

历时十天的中国人民政治协商会议第一届全体会议，于 9 月 30 日胜利闭幕。散会后，马寅初即乘小车从中南海出来回家。当车行至天安门广场时，他告诉司机要在这儿稍停一会儿。车停后，他慢步来到天安门广场的金水桥上。此时，整个广场的华灯早已齐放，粉刷翻修一新的天安门城楼，在夜色中显得更加庄严雄伟；金秋的夜风，轻轻地抚摸着他那由于激动而显得有些红润的面庞。他的耳边似乎又响起了刚才散会时向全国同胞发出的庄严的宣言声音：中华人民共和国现已成立。全国同胞要进一步组织起来，建立独立、民主、和平、统一、富强的新中国！

半个多月前，他在浙江大学接到新政治协商会议筹委会的通知，要他来北平参加第一届全体会议。会议期间，他是代表提案审查委员会的委员，为讨论修改《中国人民政治协商会议共同纲领》、《中华人民共和国中央人民政府组织法》和《中国人民政治协商会议组织法》等有关建国施政方针的文件，整日操劳，献计献策；会上，他又被光荣地选举为中央人民政府委员会委员。这是党和人民对他的信任，给他的荣誉，也是新中国赋予他的重大的历史使命！

他置身金水桥上，想着近半个月来发生的这些事情。桥下，金水河的水静静地流着，在明亮的灯光映照下，宛如一面镜子；桥北面，天安门城楼上高悬的宫灯在微风中轻轻摆动，城墙上两条大型标语——“中华人民共和国万岁”、“中央人民政府万岁”——醒目地展现在人们的眼前；桥南面，天安门广场上汇集着解放了的首都人民，正在笑逐颜开地谈论着新中

1949 年 9 月，马寅初（第四排左六）与毛泽东、朱德、刘少奇等部分中央人民政府委员会委员合影。

国美好的前景……

看着眼前的这些令人欣喜的情景，马寅初好像突然又想起了什么。他用手摸摸上衣口袋，中央人民政府邀请他明天登上天安门城楼，参加开国大典的请帖仍被揣在他的胸前。望望天安门城楼，再望望宽阔的天安门广场，一股神圣的感觉油然产生：他感到了中国共产党和中央人民政府搁在他肩上的历史重任的分量。在这美好的秋夜里，在首都的中心，他好像听到了在中国共产党的领导下，中华民族前进的历史脚步声！

他兴奋，他激动，他大步从金水桥上下来，要司机开车。

他的黑色小轿车，穿过长安街，到东单向北拐，再进入向东的一条弯弯曲曲的小巷，最后终于在东总布胡同62号（现改为32号）的门前停了下来。

这里，就是马寅初由香港北上，经大连到北平后，中国共产党的有关部门为他安排的一座安静的住宅。

1949年10月1日。北京秋高气爽，晴空万里，灿烂的秋阳照耀着沉浸在欢乐和幸福中的全体人民。

这天下午三点钟，首都北京30万军民在天安门广场集会，隆重举行开国大典。

马寅初满面红光，身穿崭新的藏青色的中山装，应邀登上天安门城楼。中央人民政府委员会秘书长林伯渠宣布典礼开始以后，中央人民政府主席、副主席、委员会委员就位。

庄严、雄壮的国歌奏过之后，马寅初亲耳聆听到毛泽东主席向全世界宣告：“中华人民共和国成立了！我们中国人民从此站起来了！”亲眼看见第一面鲜艳的五星红旗在天安门广场上空徐徐升起。

当在军乐声中，54门礼炮齐鸣28响的时候，马寅初感到无比的激动。他仰望高空，蔚蓝蔚蓝的天幕，洁净如洗，红日金辉，直泻大地，接受检

1949 年 10 月 1 日，马寅初（二排右四）与其他中央人民政府委员会委员一起登上天安门城楼，出席举世瞩目的开国大典。

阅的空军的飞机，正在天空显示着神威；俯视城下，旗林花海、群情沸腾，载歌载舞，无处不是欢乐的世界；所向无敌的中国人民解放军陆、海、空三军受阅部队，此时正以排山倒海之势，通过广场……

看着、看着，他的眼圈湿润了，视线模糊了。他被这辉煌的胜利、历史的伟大转折，激动得热泪盈眶。他情不自禁地同大家一起振臂高呼：“中国共产党万岁！”“中华人民共和国万岁！”他亲自感受到解放了的中国人民的欢乐和骄傲!

他参加完开国大典，回到家里对亲人们说：“这是我一生中最欢乐最幸福的时刻。”他抚今追昔，感慨万千。

他，经历过清政府闭关自守，腐败无能，任人宰割的时代；经历过军阀混战，烽火四起，生灵涂炭的时代；经历过国民党反动派独裁统治，中国人民苦难深重的时代。

他，从青少年时代起，就立志要强国富民。为了学习强国富民的本领，实现这一崇高理想，他曾远涉重洋，到大洋彼岸的美国，勤工俭学，苦读近十年；学成以后，不顾西方优裕的物质生活和工作条件的诱惑，竟毅然返回祖国，寻求强国富民道路，力图施展才能，腾飞中华。30多年来，他先后在“教育救国”、“振兴经济”的道路上探索，但残酷的现实，总使他的理想化为泡影……

今天，伟大的中华人民共和国已经崛起在世界的东方，各族人民永远告别了受奴役、受压迫的过去，并将逐步摆脱贫困与落后，历史翻开了新的一页。他半个世纪以来梦寐以求的理想，在中国共产党的领导下，终于实现。他这位在蒋介石统治时代的阶下囚，在新中国竟荣任了中央人民政府委员会委员，他怎么能够不激动无比？！

此时，马寅初虽已年近古稀，但他却决心要在新的历史进程中，为新中国的繁荣富强奋斗、出力。

由于今天晚上特别高兴，他这位平时不大接触诗歌的人，也竟然吟诵起了曹操《龟虽寿》一诗中的名句：

老骥伏枥，
志在千里；
烈士暮年，
壮心不已。

夜已很深，举着红灯游行的群众像火龙似地正在穿过北京全城，整个首都完全沉浸在狂欢之中……

第二十二章　在京、沪、杭之间奔忙

马寅初从来没有像现在这样高兴和繁忙。

开国大典以后，他被中央人民政府任命为政务院财政经济委员会副主任；接着又担任了华东军政委员会副主席的领导职务；加上原有的中央人民政府委员会委员、浙江大学校长，他的担子确实不轻；而且他所担负的工作，又分别在北京、上海和杭州三个地方。所以，从此他就开始在京、沪、杭之间，为建设新中国辛劳奔波。

1949 年 10 月 19 日，中央人民政府委员会第三次会议，正在中南海古色古香的勤政殿举行。会上，通过一系列任命事项。其中有一项是任命陈云为政务院财政经济委员会主任，薄一波和马寅初为副主任，李富春等 50 人为委员。

马寅初对党和人民政府对他的信任，使他能为新中国出力感到莫大的荣幸。自从任职以来，他无时不在竭尽全力协助陈云同志为建国后的经济恢复，为国家财政经济的好转而奋力工作。他出谋划策抑止通货膨胀，千方百计稳定物价。

当政务院财政经济委员会的工作就绪以后，他便抽空前往杭州，处理浙江大学的校务。当他 10 月 31 日乘火车到达杭州时，已是深夜，但第二天一早，便精神饱满地出现在校长办公室里；晚上七点，又登上主席台为全校师生作关于新中国财政经济政策的报告。

马寅初兴奋地说："我们经济政策的基本精神，就是毛主席所说的'发展生产，繁荣经济，公私兼顾，劳资两利'，再加上'城乡互助，内外交流'。

1949年10月21日，中央人民政府政务院财政经济委员会成立。陈云为主任（前排左六），薄一波（前排左五）和马寅初（前排中坐右五）为副主任。图为马寅初同出席成立大会的中财委委员合影。

在新民主主义经济中，民族资本主义经济处于国营经济领导之下，它的存在是没有危险的。”

这年11月中旬，马寅初由杭州来上海办事。一天晚上，他正在上海大厦的房间翻阅当天的报纸，陈毅同志突然登门拜访。

“马老，你好！我侦察到你晚上在家，所以就来了个突然‘袭击’，你不反对吧？”陈毅一进门就风趣地说。

“欢迎，欢迎，你这大忙人，想见都见不到，今天有空来，我真高兴。”马寅初紧紧握着陈毅的手说。

“想同你摆摆龙门阵，想征求一下你对华东地区工作的意见。”

“不敢当，陈市长有什么指示，我一定照办！”

两人亲切地交谈一阵之后，便言归正传。

“中央人民政府决定，除华北以外，很快在全国各大区都要设立大区一级的行政机构。”陈毅作了一个手势说，“当然，华东地区也一样，我们准备成立华东军政委员会，并请你马寅初同志担任华东军政委员会的副主席。你有什么意见？”

他看了一眼马寅初感到有点意外的神情后，进一步认真地解释道：“我刚才所谈，是向你传达中央对你工作的安排，并专门前来听取你的意见。之所以这样安排，是考虑到你对华东地区的情况比较熟悉，在这里工作可以发挥更大的作用。这就是说，你以后工作的重点要放在华东，来上海办公，杭州与北京的工作还同时兼任。”

“中国这样地大物博、人口众多的国家，成立大区一级政权很有必要。如华东的一个山东省，在欧洲就是一个大国，急待加强领导。因此，我完全赞成中央人民政府的决定。”

马寅初听完陈毅所谈，兴奋地表示自己的意见：“中央这一决定非常正确，一定会收到很好的效果。”

“你对担任华东军政委员会副主席有什么意见？”

“我年事已高，精力和能力都很有限，最好不再担任这一职务，以免有负中央的期望。”马寅初谦逊地说。

“你身体很好，又是著名经济学家，解放前在华东地区一向很有影响和威望，中央相信你一定会把工作做好。望马老愉快地担当起这一任务，并祝你成功！”

经过这次谈话以后，马寅初在12月初就被正式任命为华东军政委员会的副主席，并搬来上海工作，住在永嘉路563号。

马寅初来沪出任华东军政委员会副主席的消息公布以后，他的亲友、故旧和学生纷纷来信来访，向他提出了安排工作的要求；重庆大学校友会还组织在沪师生80多人，在上海新雅饭店为他举行欢迎茶话会。他工作虽然繁忙，但还是应邀出席与大家见面。在热烈的掌声中，马寅初即席讲话。他兴奋地说：“我首先告诉大家关心的一件事情：就是现在毛先生、周先生的身体都很健康，他们都很关怀我，都对我很好！”正当大家都分享着马寅初带来的欢乐和幸福时，他又说：

“在中国共产党的领导下，我们终于推翻了压在头上的三座大山，中国人民获得了解放，中华民族获得了新生。现在百废待兴，我衷心希望校友们在各自的岗位上，安心为新中国工作，努力为人民服务。我和大家一样，只是一个人民的公仆，承诸位盛情欢迎，十分感谢！至于人事，我对亲友、故旧和学生，一个不带，完全由党和政府安排。”

他讲到这里，又诚恳而严肃地指出：

“新社会与旧中国是完全不同的。共产党历来坚持按组织原则和人事制度办事，反对把私人关系凌驾于组织原则之上。”

“所以，过去凡给我写信要求调整安排工作的同学、亲友，恕我直言，都不能办。特此说明，希望大家谅解。”

他的讲话引起了到会师生的热烈的掌声；他在工作中坚持以党的原则办事，模范遵守政府规定的各项处理人事问题的制度，不以权谋私的高尚革命情操，更使大家深受感动……

“直言不讳，说到做到”，是马寅初性格中最宝贵的东西之一，也是他为人处事的一大特点。他在茶话会上讲话以后，就把那些亲友要求安排或调动工作的来信，一封一封地认真作了回复，一个人一个人地进行解释和说服工作，取得了谅解。

12月17日下午，马寅初正在他的办公室研究上海、杭州、南京等地报来的有关财政经济情况，准备向政务院财政经济委员会写出报告。忽然，秘书将一份从北京来的急电放在他宽大的办公桌上。马寅初打开一看，是陈云和薄一波同志给他来的电报。

这份电报叙述了陈云、薄一波和周恩来总理共同研究的关于对原大华民航公司问题的处理意见，告诉马寅初：为了解决明年全国各地的缺粮问题，政务院在12月16日通过救灾指示，中财委正在北京召开农业会议、粮食会议和城市供应会议。中财委并决定从东北、华中调运粮食，及时组织运输到需粮的华东、华北等地。

给马寅初的电报还说：“公债条例昨日政务院已通过，即可于报上发表。各方反映，目前经济虽有困难，但发行公债是较好之一招。沪杭反映如何，便中乞告。”

这份电报也谈到中财委所管各部之专业会议的情况：关于茶叶、鬃毛、油脂、海关、税务、盐务、水利、煤炭、航务、公路、铁路等方面的专业会议已开过了。关于粮食、城市供应、钢铁、邮务等方面的会议正在召开。关于财政、机械、有色金属、电业、石油、纸张、电讯等方面的会议即将召开。

电文强调：其中，最重要者为财政会议。由于各大行政区在中央人民政府通过概算之后，需集会讨论，故中财委所召集的各大行政区财经领导人会议，须于1月下旬召开。陈云、薄一波在电报中对马寅初特别提出，希望他届时“能来京出席则最好。专业会议所定要点，当陆续奉告。”

电报在向马寅初介绍完全国铁路修复进展较快的情况后，在最后一段说："上述均系您离京后财经工作的要事，希望您把对中财委工作的意见以及南方所反映的意见，随时告诉我们。"

马寅初读罢陈云主任和薄一波副主任给他来的电报后，心中十分高兴。他为新中国刚刚成立，就能够如此迅速地在恢复财政经济工作中打开局面，取得成就感到欣慰和自豪；他决心为此做出自己最大的努力，他将电报放入公文夹之后，随即拿起笔，在一张印有"华东军政委员会用笺"的信纸上写道：

陈云主任、薄一波副主任：

来电收到，阅后我非常高兴！关于华东财经情况，我正在给中央和你们起草报告，近几日内即可电告。

马寅初

12 月 17 日

他让秘书照此向北京发出电报后，便继续伏案疾书有关华东地区财经情况的报告。

1949 年年底，马寅初在上海永嘉路 563 号新居，处理完了几件手头的紧急公务之后，便匆匆赶到杭州，与浙江大学师生共庆新中国建立后的第一个元旦，深入基层宣传、落实中央人民政府关于发行公债的意义和任务。

1950 年 1 月 1 日上午 8 点，马寅初在浙江大学校内的广场上用洪亮的声音，饱含激情地发表新年祝词，向大家讲述当时的形势。他说：

"我首先向各位拜年，这个拜年是有重大意义的。因为中华人民共和国和中央人民政府的诞生，今天是第一个周岁，大家吃红蛋，是特别高兴的时候，现在母亲临盆生产的痛苦业已度过了。"

"但目前在我们面前仍然存在着困难。因为我们一方面要将解放战争进行到底，另一方面又要担负起建设新中国的责任，我们目前还存在着财政收支不平衡的困难。但这些困难是一定有办法克服的，发行人民胜利折实公债，就是解决办法之一，希望大家竭力完成这项光荣任务。”

作为著名经济学家、中央人民政府政务院财政经济委员会副主任的马寅初，非常了解国家发行公债并完成认购任务的重大意义。他清楚地记得，1949 年 12 月 2 日，他在北京参加中央人民政府委员会第四次会议时，在会上一致通过了《关于发行人民胜利折实公债的决定》的情景，从陈云主任给他的电报中，他又知道了 12 月 16 日政务院已经通过了第一期在全国发行一万万份公债的发行条例，正式发行从 1950 年 1 月 5 日开始，给华东的任务是：完成发行总数的 45%。

他深知“开头好就等于成功的一半”，所以他在白天发表了风趣生动的新年祝词以后，晚上接着让浙大学生会召开紧急会议，他又亲自到会动员组织学生开展关于宣传认购公债的活动；并且决定，他自己也要同大家一起行动。

过去，在国民党统治杭州的年代，马寅初为了中华民族的利益，曾置个人安危于不顾，多少次与爱国师生走上街头，参加游行，发表演讲，给杭州人民留下了永远难以忘怀的印象。今天，在解放了的新中国，在共产党领导下，他作为新中国的主人，中央人民政府的高级领导干部、大学校长、著名教授，为了我们自己用流血牺牲换来的江山和人民的切身利益，为了我们自己的千秋大业，他又不顾年事已高，重新走上杭州街头，为中华民族做出新的贡献。

“我首先向各位拜年……”1 月 2 日上午，马寅初站在杭州大街沧洲饭店门口的一张桌子上拉开嗓门说：“……政府发行人民胜利折实公债具有重大意义，我希望各位父老兄弟姐妹都能节衣缩食，踊跃认购……”

“是知名人士马寅初在发表演讲，得听听。”

“他讲得真好！”

“解放前我在这里听过他骂蒋介石的演讲。”

……

当人们认出和听出来，是马寅初在发表演讲时，你一言，我一语地这样议论着。霎时间，从四面八方涌来的听众，越聚越多，把整个街道堵得水泄不通。

马寅初讲完一处，又到一处。

他洪亮有力的声音，响遍了杭州的许多大街小巷，他魁伟壮实的身材，在人民群众中留下了永远难以忘怀的印象。

马寅初亲自率领浙大师生上街宣传公债的活动，像春风一样，一下就吹遍了杭州。许多没有听到演讲的群众，无不感到遗憾，浙江省人民广播电台，为了满足听众的要求，特邀请马寅初在公债正式发行之日，1 月 5 日中午，向全市人民发表 50 分钟讲话。他在题为《光荣属于杭州市人民》的广播演讲中，又进一步详细讲解了发行公债的重要意义，并号召大家踊跃认购。

马寅初不仅宣传发行公债的重要意义，而且首先在浙江大学带头认购公债 150 份。在他的带动下，很快，浙江大学、杭州市都出现了自觉积极认购公债，为国分担困难的爱国热潮。

20 天后，当他得知浙江大学完成认购公债任务时，即刻从上海写信给浙江大学校长办公室主任张令杭表示祝贺：

令杭先生大鉴：

接奉手书，籍悉吾校教职员工友响应推销折实公债，认购极为踊跃，认购总数已近万份，且可突破目标完成吾校光荣任务，寅甚欣慰……

专此即复，顺颂大安

弟　马寅初　启

1 月 25 日

在新中国发行人民胜利折实公债的过程中，马寅初既是政策的制订者，又是政策的宣传者和贯彻执行者，同时还是公债的积极认购者。但这仅是他以自己的实际行动，为新中国的财政经济恢复工作所作的许多努力中的一例。

这一时期，他以上海为基地，经常往返于北京和杭州之间。他既为国家大事和华东地区的大事操劳，又对浙江大学的校务和培养人才的问题极为关心。有时实在忙不过来，不能亲自前往学校，就通过书信提出意见指导工作，处理解决问题。至今在浙江大学的档案室里，还保存着马寅初校长当年指导校务工作的许多珍贵手迹。

公务之余，他还常常在晚上，在他的上海家里的安静而宽大的工作间，结合华东和全国的财经实际，联系古今中外的经济发展历史，进行经济科学的研究，撰写文章，著书立说，指导推动实际工作，宣传新中国的财政经济情况、政策和成就。仅1950年，他就先后在《展望》杂志和《经济导报》上，发表了《中国现阶段统一财经工作的轮廓》、《新民主主义的经济》，以及《革命政府的经济政策与反动政府经济政策之比较》等一批经济学论著。

进入1951年，他更以无比兴奋的心情，撰写文章歌颂新中国所取得的巨大成就。他在《光明日报》上发表的一篇题为《看得见的成就看不见的成就和想不到的成就》的文章中，一开头便写道：

"自1949年10月1日中华人民共和国成立以来，共产党领导中国人民进行国防、政治、经济、文化各方面的建设工作，获得了辉煌的成就，使国家和人民生活的面貌焕然一新。兹把这些成就分为：(1) 看得见的成就，(2) 看不见的成就，(3) 想不到的成就三种……"

他在文章中还特别强调："十几年来的通货膨胀忽然停止了。这一点足以令人骄傲！""300多年来始终没有平衡过的财政，今日已接近平衡。""在短短的一年多来的成就已经如此之大，再过三五年，其成就更非吾人能想像。""进步为什么这样快？根本原因在于上面领导得好，下面团结得好。"

1951 年，华东军政委员会副主席马寅初，在上海举行的欢迎中国人民志愿军代表团的大会上作报告。

第二十三章　重返北大

35 年前，在 1916 年，他怀着“强国富民”的理想，为中华民族培养经济建设人才的决心，登上了北京大学的讲台；35 年后，在 1951 年，他又肩负着历史所赋予的神圣使命和中央人民政府给予的光荣而艰巨的任务，迈着坚定的步伐，进入北京大学民主广场，出席就职大会。

他身穿藏青色的中山装，满面红光，在北京 6 月灿烂阳光的照耀下，精神显得格外振奋，魁梧的身材，简直就如艺术家雕塑的英雄、壮士一般。同从前相比，他虽已七十高龄，有了“将军肚”，但步履仍十分矫健。他刚刚登上主席台，会场上几千名师生，就响起了经久不息的掌声……刹那间，“热烈欢迎马校长”的一条巨大横幅标语，醒目地竖起在广场的师生中间。

这是 1951 年 6 月 1 日，北京大学在为马寅初举行就任校长的欢迎大会。

当时任教育部部长马叙伦、副部长钱俊瑞等同马寅初在主席台上就座以后，钱俊瑞向北京大学全校师生郑重宣布了中央人民政府任命马寅初为北京大学校长的决定。他介绍说：“马寅初校长，过去曾在北大任教十年。他一向疾恶如仇，绝不讲情面；他的治学精神和正派作风，给人们留下了深刻的印象。他的行动表明，他坚持和发扬了北大的民主传统。”

在热烈的掌声过后，马寅初首先激动地说：“北京大学是我的娘家，回到了娘家，见到了红楼，我心中就有说不出的感情。”紧接着他就开始发表就职演讲。他说：“我认为建校方针是中央所定，一个大学校长只有工作任务，没有建校方针；一个校长应以执行中央的政策，推动中央的方针为任务。”

上图为 1951 年，马寅初在出任北京大学校长时发表就职演说；下图为北京大学师生在欢迎新中国成立后就职的第一任校长马寅初。

“我希望全体师生都能以团结一致的精神，发扬北大光荣的革命传统，保持学术地位，并配合国家建设工作的开展，为国家造就大批建设人才。

“我还希望大家把身体锻炼好,这是建设国家的本钱。我虽然年纪大了，每天还是坚持洗热冷水澡，经常爬山，我争取再活 30 年。”

从此，他就走上了新中国成立后就职的第一任北京大学校长的领导岗位；继从 1916 ~ 1926 年在北大十年的任教生涯之后，他又开始了一生中在北京大学的第二个十年。

马寅初重返北大以后，心中有说不出的高兴，浑身有使不完的力量。他不负众望，竭尽全力，千方百计把党和国家交给他的北京大学办好。

他在学校召开的各种会上，反复阐述他的教育思想：学校培养人才一定要服从国家经济建设的需要；教师是学校工作的中心人物，必须发挥他们在教学中的主导作用；全体教职员工要以全面发展的观点去教育青年学生，不仅要使他们有丰富的科学知识，而且要使他们有高尚的思想、强健的体魄和办事的能力。他认为中国的教育一定要有中国的特点，改革教育，要理论联系实际，实事求是，学习外国的先进经验，也必须从中国当前的实际出发，与中国的实际情况相结合……

为把北京大学办成第一流的学府，他还当面向毛泽东主席请示工作，要求主席批准他为北大“调兵遣将”的计划。

“要兄弟把北大办成第一流的学府，主席您就得支持我的工作。”一次，马寅初在中南海开会时，向毛主席提出请示。

“马老，您要怎样的支持呢？”毛泽东笑着问。

“不要别的，只希望主席能够批准：兄弟点名邀请谁到北大演讲，就请不要拒绝。”

“这个好办，我批准了。”毛泽东高兴而风趣地说，“马校长，我给你这个尚方宝剑！”

马寅初得令后，便立即行动起来。他一方面向北大师生传达这一好消息；同时，名正言顺地到处点名请人到北大给全校师生作报告。从此，从各界著名的专家、学者，到政府的部长乃至总理，都先后登上了北大的讲坛。

为了帮助师生提高思想觉悟，进一步了解和认识中国共产党，马寅初就请中共中央组织部副部长安子文到校给大家讲党的基本知识课。

为了使大家对新中国的财政经济以及金融货币形势能有一个全面的了解，马寅初就请中央人民政府政务院财政经济委员会副主任薄一波、中国人民银行总行长南汉宸等分别到校作报告。

薄一波在报告开始前说："我今天是被点名来北大的，我的办公桌跟马老的摆在一起，马老抬头就看得见我，所以我很快就被点名来北大……"

"北京大学教师学习会和马校长，要我给他们作一个报告。"1951 年 9 月 29 日周恩来总理在北京、天津高等学校教师学习会上作《关于知识分子的改造问题》的报告时，一开头便这样说："我想，既然给北京大学讲，也就应该给别的大学讲。因此，我同教育部商量了一下，这个报告会就以北京大学为主，把北京、天津其他大学的教师和同学代表也请来了。"

……

周总理在台上滔滔不绝地演讲，马寅初在一旁，不但认真听讲，而且还仔细作笔记，不只听周总理讲话时这样，每次请外面的人来校作报告时，他都如此。

马寅初请名人到校演讲的办法，给北大带来了生机和活力，受到了全校广大师生的热烈欢迎，为办好北京大学做出了不可磨灭的贡献。

根据中央人民政府的决定，1952 年，全国高等学校进行院系调整。在院系调整过程中，北京大学的工学院并入了清华大学，清华大学、燕京大学的文、法、理各系科以及辅仁大学、浙江大学等校的有关系科并入北京大学。这样，经过院系调整后，北京大学全校共设有 12 个系和 33 个专业，以及负责讲授“中国新民主主义革命史”的中国革命史教研室和马列主义基础教研室、华侨学生先修班与外国留学生中国语文先修班等教学单位；从此，北京大学就成了一所中外闻名的社会主义文理科综合性大学，校址也由沙滩等处迁至西郊原来的燕京大学。

随之，马寅初的办公地点也由红楼的校长室，搬到了原燕京大学的办公楼 201 房间 3 号。

这是一间大约有 20 平方米的木板地的工作间，在闪亮的枣红色的油漆地板上，摆着一个很大很大的呈深棕色的办公桌，上面放着一块大玻璃，桌子的前面有一把皮转椅。外间是校长办公室秘书们的工作地方。

就是在这里，马寅初整整度过了辛勤办学的十个春秋。他坐在皮转椅上批阅文件，在写字台上回复来信，在地板上踱步思考问题；他约请教师前来谈话，会见学生交谈思想；他既不抽烟，又不喝茶，桌上总是摆着他喜欢饮用的凉白开。

他经常从这里走出去，深入到师生中间，亲自了解情况，发现问题，解决问题。他是中外著名的经济学家、政府部门的高级领导人，一校之长，但却从来不摆架子，一向心直口快，平易近人，与师生亲密无间。他到朗润园、中关园、蔚秀园等处看望教授，同他们谈心；他到教室听课，到学生食堂和宿舍倾听意见。总之，为提高教学质量，改进学校工作，他徒步校园，无处不到。就连最普通的教师结婚，他也赶去祝贺。一次，中文系的一位名叫郭良夫的教师在临湖轩举行婚礼，他不仅前往参加，而且还发表讲话。“我想请新娘放心，”他风趣地说，“因为根据新郎大名——‘良夫’，他一定是位好丈夫。”大家听了他这幽默诙谐的谈吐，无不发出愉快的欢笑。

他有时身着中山装，精神饱满地陪同中央领导、外国政要视察或访问环境优美、建筑典雅的北京大学；有时还身着西装，风度翩翩，在松竹环绕、鲜花飘香的临湖轩设宴招待外宾，会见中外著名的教授、学者和各界名流。

他每年总要应邀登上天安门城楼，参加国庆观礼，而且经常站在毛主

1957 年，马寅初（前排左四）陪同邓小平、伏罗希洛夫访问北京大学。

马寅初校长和北京大学师生在一起交谈。

席的身后。1951 年 10 月 1 日，当游行大军中抬红楼模型的北京大学学生通过天安门广场时，毛主席十分高兴，挥手向北大学生致意，并回头向站在身后的马寅初问：

“红楼还是原来的样子吗？有没有损坏？”

“一切还是原样，没有丝毫损坏。”马寅初回答主席：“而且，您和李大钊同志的工作室也对外开放了。”

他们交谈之间，突然下起了滂沱的秋雨。毛主席关切地说：

“马老，北大的学生淋雨了，我给你派人打电话通知学校给大家备好姜汤……”

“谢谢主席的关怀！”

游行结束后，当马寅初回到学校时，同学们正在喝已经熬好的滚热的姜汤。他兴奋地把天安门城楼上与毛主席谈话的情况告诉大家，同学们听后，议论纷纷，非常感动。许多人围着马寅初异口同声地说：今天的姜汤不同寻常，真是甜在嘴里，暖在心上……

马寅初看着同学们幸福的笑容，听着大家发自肺腑的言谈，他显得很激动，他大声地说：“希望同学们今后更加努力奋进，不要辜负毛主席的关怀，不要辜负党和人民的殷切期望！”

第二十四章　七十多岁的“小学生”

1950 年春天的一个早晨。

北京东总布胡同 32 号宅院，春光明媚。迎春花正在院内怒放，几只小鸟在海棠树上歌唱……

当这家会客室墙上的挂钟刚刚响过八点以后，一位黄头发、蓝眼睛、高个子的苏联青年女教师用流利的汉语说：

“今天先教俄文字母的发音，我先将俄文的 32 个字母念一遍，然后再将每一个字母念两遍，您也跟着念两遍，并注意我发音时的口形。每个字母多念几遍以后，我再讲它发音的特点。现在开始……”

……

一年之计在于春，一日之计在于晨。

从这天起，公务繁忙、七十高龄的马寅初开始学习第四门外国语——俄文；这位著名的教授又变成了一个“小学生”。

马寅初虽精通英文、德文，粗通法文，一直在阅读外文资料，不断更新自己的经济学知识，但马列主义的经济学理论和社会主义经济的研究领域，对他来说还是一个新的课题；特别是有关苏联的经济情况，因为他不懂俄文，所以从来都没有看到过来自俄文的材料；但他在政务院财政经济委员会的工作，却非常需要他能懂俄文。

马克思说过：外国语是人生斗争的一种武器。

世界上的不少伟人、先哲都曾讲过这样一类的话：

懂一门外文，就等于走进了一个新的世界，开辟了一个新的天地……

为了能够直接阅读俄文版的马列主义经典著作，从俄文资料中深入了解和研究苏联的经济情况，为新中国的经济发展服务，著名经济学家马寅初毅然下定决心：不顾七十高龄一定要学会俄文。乘这次从上海来北京开会，他专门请了苏联女教师教他学习俄文。在如此美好的春天，开始了他向新的目标的攀登……

俗话说，人生七十古来稀，到这样的年龄再开始重新学习一门外文，而且还要学会，谈何容易！对一般人来讲，别说决心下不了，就是下了决心，能否坚持下去也是问题，至于到最后学会还是学不会，就更难预计了；可是马寅初却不然，他从来就是一个说到做到的人。他相信法国昆虫学家法布尔所说的话："学习这件事不在乎有没有人教你，最重要的是在于你自己有没有觉悟和恒心。"他把英国作家狄更斯的话抄下来作为自己的座右铭："顽强的毅力可以征服世界上任何一座高峰。"

从这天起，一连三年，他都始终以极其坚强的意志和无比惊人的毅力，一步一步在攻克俄文这座高山……

他从北京返回上海的途中，在火车上学；到上海后，白天没有时间，就在晚上学；学会发音，又开始记单词，学会了简单的句型，又马不停蹄地进入语法的学习……

1951 年由上海调任北京大学校长以后，马寅初的学习变得更加勤快，即使工作再忙，他每天都要坚持三个小时的学习：从北京东城的东总布胡同家里，到北京大学去上班，小车在路上要跑 50 分钟，每次往返途中，都是他背俄文单词的法定的时间，晚上到家里便做书面作业。

"爸爸，你都这么大的年纪了，怎么又当起小学生来了？"女儿兼生活秘书的马仰惠看见马寅初戴着老花镜认真学习的样子，笑着说。她看看表，已是深夜 12 点多，又提醒道："快休息吧！爸爸你太辛苦了，中央（人民政府）政务院还通知你明天一早，要去开会。"

"没有做小学生的精神，是学不到任何知识的。"马寅初停下手中的俄语作业对女儿说，“研究学问的问题，只有一条捷径：就是老老实实埋头苦干，否则不会成功！我国战国时期的思想家、教育家荀况曾经说过：‘不积跬步，无以至千里；不积小流，无以成江海。’他还说：‘锲而舍之，朽木不折；锲而不舍，金石可镂。’你们应该好好记着。”

此时，深夜寂静，万籁无声，星星在天空中闪动着。那些辛勤地工作和劳动了一天的人们，正在床上香甜地酣睡。马寅初却仍在灯下苦读……

有时因北京大学的工作繁忙，他就不再回东城的家里，而是到北大燕南园 63 号他的校内公寓居住。

这是一座呈长方形的非常幽静美丽的院落，四周虽有青砖围墙，但终关不住满园的绿色。每当春夏，牡丹、芍药、紫丁香、玉簪等各种各样的鲜花，姹紫嫣红，在院内竞相开放，芳香扑鼻，香飘四方；还有那枝叶婆娑、树干高大的核桃树和榆树、槐树，终日遮阳蔽日，使绿草如茵的院里，经常洒下许多明亮的斑点，这更增加了这里的静谧气氛。秋去冬来，苍松翠柏，片片竹林，仍在门前屋后，相映成景……

就是在这里，一年四季，不论春夏秋冬，还是狂风雨雪，马寅初总是晚上在灯下做俄文作业，早晨在房间，或在院里大声朗读俄文……

就这样，他以锲而不舍、水滴石穿的精神，用了三年的功夫，终于在 73 岁的时候，学会了俄文：他不仅可以用俄语进行交谈，而且还能阅读俄文的原版书报。俄文原版的《联共（布）党史简明教程》、《政治经济学》、《辩证唯物论》他读了；列宁的《唯物论与经验批判论》、斯大林的《苏联社会主义经济问题》等等俄文原著，他也一一拜读和研究了……

一位革命导师曾经说过，伟大的目的产生伟大的毅力和伟大的行动。马寅初又一次证实了这一论断的正确性！

他获得了成功！

他实现了自己的诺言！

他攀登上了俄文这座大山的高峰！

20 世纪 50 年代后期，马寅初在北京大学燕南园 63 号公寓前留影。

苏联的青年俄文女教师被他的伟大精神深深感动，为他祝贺说："我从来没有见过 70 多岁的人这样认真学习，而且竟然获得成功！真是奇迹！不可思议的奇迹！"

时任教育部副部长钱俊瑞，在首都召开的一次高等学校干部会上，热情赞扬并大力表彰马寅初这种高龄苦学俄文的精神："中国有句古语说：'要活到老，学到老。'马校长为国家、为工作、为事业刻苦学习的精神，值得我们每一个人学习。"

"学习俄文，完全是因为工作和事业的需要。"当人们要马寅初介绍经验的时候，他这样回答说："我是用了九牛二虎之力才学会的。"

马寅初在年逾古稀的时候，仍然学会俄文的事迹，不仅鼓舞了北京大学的师生和首都教育界，为所有愿意学习和进取的人树立了榜样；而且至今仍被人们传为佳话……他的这种精神，将永远鼓舞我们中华民族的子孙后代奋进！

学会俄文，对马寅初这位著名的经济学家来说，真是如虎添翼。从此，在他的眼前又展现了一个崭新的世界，使他在对社会主义经济理论和实际问题的研究方面，取得了新的进展和新的成就。

这一时期，他总是一边阅读列宁、斯大林的俄文原著，同时对经济问题做大量的调查研究，通过实地考察掌握了我国经济建设和社会主义改造中的大量资料，先后发表了许多篇具有精辟见解的有关经济学论著。这些论著不仅热情歌颂了新中国的建设成就，而且对我国的经济建设、财政收支平衡、稳定物价和社会主义改造等方面，都做出了贡献。

中国经济学界的许多人士指出，马寅初这一时期写的《新中国货币制度的特点和优越性》、《我国资本主义工业的社会主义改造》等一大批经济学论文，在当时和今后，都对中国的经济发展和社会主义改造起到了很重要的作用。

第二十五章　和平使者

同别的民主人士、知名学者一样，马寅初 1949 年春天由香港经大连来到北平后，也住在坐落在王府井大街南口西边的北平饭店。

3 月上旬的一天下午，他在房间正专心致志地翻阅有关世界各国在战后恢复和发展经济的资料，准备撰写新中国如何才能尽快恢复和发展财政经济的论文。

就在这时，一位非常文静的女服务员领着一位穿黑呢大衣、中等身材的长者来到马寅初的住房门前。

服务员轻轻地敲过门以后，马寅初前来开门。

“马先生，这是你的客人！”

“董老，快请进！”马寅初一见是董必武光临，赶忙上前欢迎。

“马老，这几天考虑得怎样？”董必武脱了大衣，坐定以后说。

“经再三考虑，我觉得还是不要由我当出国代表团的团长，让郭沫若先生担任更好一些，我当他的副手。”马寅初十分谦虚、诚恳地说，“郭沫若先生多才多艺，在国内外的影响和威信都比我大，我衷心希望党组织能够考虑我的意见和建议。”

“我们本来决定让你担任中国出席巴黎世界保卫和平大会代表团团长，你是中外著名的经济学家、教授，英文、德文很好，又是闻名遐迩的民主斗士，在国内外享有盛誉，非常适合。”董必武拿起桌上的杯子喝了一口茶，有点动情地用湖北话继续说：“为此，我已同你谈过两次，今天到这里，已是第三次谈了。”

他爽朗地笑着说："我是三请马老出任团长，但马老谦虚豁达，诚心向中央另行推贤荐能，自己心甘情愿当副手。你的诚意和品质，使我十分敬佩和感动。我一定将你的意见向中央反映。"

结果，中央很快就决定了中国出席第一届世界保卫和平大会代表团的人选：团长郭沫若，副团长马寅初、刘宁一。代表团由各人民团体的 39 人组成。

从此，在新中国建国前夕，以及建国以后的 20 世纪 50 年代，马寅初在长达六年的时间里，不仅在国内为新中国的教育、财政经济事业和经济科学的发展奋斗、操劳；而且，他同时又是中国人民的使者，在国际上到处奔波、呼吁，为反对战争，加强和保卫世界和平而斗争。

42 年前，青年时代的马寅初为了学习繁荣富强祖国的本领，曾第一次出国，到大洋彼岸的北美洲，在美国留学近十年；42 年后，在 1949 年 3 月 29 日，为了保卫世界和平，他肩负着祖国和人民的重托，同郭沫若一起率领代表团，前往欧洲，出席第一届世界保卫和平大会。

第一届世界保卫和平大会于 1949 年 4 月 20 日至 25 日在法国巴黎和捷克斯洛伐克的首都布拉格同时召开。它是一个大会，两个会场，参加的国家总计有 72 个，代表 2005 人。由于当时的法国政府拒绝中国代表团入境，所以中国与别的 15 个国家的代表共 276 人在布拉格参加会议。

马寅初副团长和中国代表团一行，从乘火车离开北平前去开会，到大会胜利闭幕后，于 5 月 25 日返回北平，先后经过 50 多天，行程两万多公里。为了反对战争，争取和平，他不辞辛苦，不顾疲劳，穿梭似地在亚洲和欧洲活动……

出国前，火车经过天津、沈阳等地，马寅初每到一处，就下来向欢送的人民发表演讲，表示决心："我将竭尽全力，把全中国人民的声音向世界传播，团结全世界和平民主力量，为粉碎以美帝国主义为首的帝国主义集团的侵略计划而努力！”

4月中旬，当代表团乘火车由苏联进入捷克斯洛伐克的国土以后，捷克人民以极大的热情欢迎中国来的和平使者，火车每经过一站，都有乐队迎接，鲜花奉献……到达布拉格的那天，捷克人民还在火车站给中国的使者铺上了红地毯。郭沫若和马寅初健步踏上红地毯，把中国人民的友谊与热爱和平的意愿，带到了伏尔塔瓦河两岸、美丽的春城布拉格，带给了捷克斯洛伐克的人民。

第一届世界保卫和平大会，是全世界和平力量的大检阅，会议强烈地吸引了全世界一切爱好和平人民的注意力，全球的进步报纸都用显要的篇幅刊登大会的消息。我国代表郭沫若、马寅初、刘宁一、萧三被选为世界保卫和平大会常设委员会委员。

1949年10月，马寅初出席了在北京召开的中国保卫世界和平大会，并在会上被选为中国保卫世界和平大会全国委员会副主席。

1950年11月16日，马寅初又风尘仆仆地来到了波兰首都华沙，参加第二届世界保卫和平大会。在这次历时七天的大会上，会议通过了《告全世界人民宣言》和《致联合国书》两项文件，并选举组成了世界和平理事会，马寅初被选为理事。

马寅初，这位中国人民的和平使者，不忘人民给予他的神圣使命，从波兰回国以后，顾不上休息，就写文章，发表演讲，宣传大会的精神。

他在1950年12月19日《人民日报》发表的题为《我对第二届和大的感想》一文中写道：

“去年第一届世界保卫和平大会在捷克首都布拉格举行，鄙人也是代表之一，亲见和平空气之盛。回国之后，到处宣传，使爱好和平的中国人民知道第三次世界大战虽有可能，但由于和平民主阵营的力量非常强大，美帝要想发动第三次大战，困难也很多。”

“今年鄙人又参加了第二届世界保卫和平大会，看出和平力量比去年益

1950 年 11 月，马寅初（前排左一）和郭沫若（前排左二）在波兰华沙召开的第二届世界保卫和平大会上。

加强大，且发展迅速：去年举行第一届和平大会时，保卫和平只是一种抽象的理想，还没有具体的办法；今年举行第二届和平大会时，斯德哥尔摩宣言书上签名者，已在五亿以上，对于战争贩子们，这当然是一种极大的警告与威胁。这已不是抽象的理想，乃是具体的保卫工作。在远东这个保卫工作更加具体化；中国人民志愿军和朝鲜人民军并肩作战，把美帝及其仆从国家的侵略军打得落花流水……"

他在北京作短暂的停留以后，又披着北国的瑞雪南下杭州。

1951 年 1 月上旬，浙江大学全校师生在静静地听着马寅初传达第二届和大的内容与精神。他兴奋地说：

"这次和大取得了三大成就：一是 80 个国家爱好和平的人民空前亲密地团结起来了，已组成世界人民反侵略、争取和平的伟大统一战线；二是大会发表的两个文件代表了爱好和平人民的意志和决心，成为世界人民争取持久和平和反对侵略战争的伟大运动的共同纲领；三是大会产生了世界和平理事会，使世界和平运动有了强有力的领导机构。"

他还强调："为了争取和平的实现，全世界人民必须行动起来，反对侵略战争；目前，我们中国人民志愿军在朝鲜已给了美帝国主义侵略军以决定性的打击，这种抗美援朝的伟大行动，已对全世界的保卫和平事业做出了伟大贡献……"

1952 年春天。马寅初与宋庆龄、郭沫若、陈叔通、李四光、张奚若、刘宁一、蔡畅、茅盾、廖承志等人，作为中国的发起人联合发表了《亚洲及太平洋区域和平会议发起书》；同年 9 月 5 日，在亚洲及太平洋区域和平会议召开前夕，他还在《人民日报》撰文大声疾呼："紧密地团结起来吧！全亚洲及太平洋区域的人民，让我们为拯救本地区的和平、乃至全世界的和平而斗争。"紧接着，他又以由 30 人组成的中国代表团成员的身份，出席了 10 月 2 日至 12 日在北京召开的亚洲及太平洋区域和平会议。

1952 年 10 月，马寅初（前排左二）出席亚洲及太平洋区域和平会议。图为中国代表团在会上。

作为世界和平理事会的理事，在20世纪50年代中期，马寅初还曾先后去苏联莫斯科和德意志人民民主共和国的柏林出席理事会议。

在1954年5月24日至28日，在柏林召开的世界和平理事会特别会议上，马寅初作长篇发言，大声疾呼："为恢复印度支那的和平而努力！"

在为世界和平运动五周年而举行的世界和平理事会上，就国际安全、禁止原子武器和文化交流问题通过了决议，这些充分反映亿万和平人民普遍愿望的决议，给世界人民指出了在保卫世界和平道路上继续前进的明确目标。为了宣传会议精神，扩大影响，马寅初结合我国的具体实际，1955年2月18日在《光明日报》撰文，明确表明他坚决反对使用原子武器的立场，以极大的热情欢呼我国和平使用原子能的研究……

第二十六章　治学篇

北京。春末夏初的一天下午。

一辆黑色的吉姆牌小轿车，驶进北京大学幽静的燕南园 63 号。

“马校长，您请下车！”一位 23 岁的白白净净的姑娘，打开车门，微笑着用浙江口音的普通话说。

早已在此恭候马寅初回来的、北京大学党委书记江隆基紧紧握着他的手说：

“欢迎你从莫斯科凯旋归来！身体怎么样？”

“没问题！”马寅初回答道。

“马校长，我给你介绍一下，”江隆基进了马寅初的客厅以后说：“这位姑娘叫姜明，浙江龙游县人，今年 23 岁。在学校经济系曾整理过资料，很适合做秘书工作，是您的秘书人选之一。”

“欢迎，欢迎！”马寅初用浙江话说。

过了不久，姜明就成了马寅初在北京大学的秘书。从 1954 年到 1961 年，姜明在马寅初身边工作了七个年头。

马寅初在燕南园 63 号的住宅，是一座呈 H 形的高级平房公寓。院内栽种着鲜花、苍松、翠竹，还有杨、柳、榆、槐和核桃树。院内有一块空旷的草地，草地北端，有一大约 20 平方米的凉坪，上面设有用汉白玉雕成的圆的石桌石凳和长方形的石条。每当夏秋之际，马寅初学习或工作感到疲倦时，就在草地上散步，或在凉坪里休息。院子西南面有三间一套平房，是国务院专门为他修建的小会客厅，后来他的秘书姜明结婚以后，一家人住在里边。

他的H形的公寓，由一套坐北向南的房群组成；正门口有台阶，两根圆圆的水泥柱子支撑着一个宽大的走廊，步入正门后有三间宽大的房子：中间是客厅，西边为餐厅，东边是他的书房；从客厅后门出去，有一条走向北边房子的通道；通道西面靠南的一间是厨房，靠北的一间为他的带有卫生间的单人卧室，卫生间的那个宽大的白色澡盆，一年四季专供他洗冷热水浴之用；走到这个通道的尽头，再向东拐，即可进入北面的一套他与夫人居住的卧室。

马寅初的书房非常宽大。靠北边的墙上是一溜带有玻璃的书橱，里面有中、英、德、俄等文字的经济学著作和刊物，有他收集的准备撰写经济学论著的资料，在几个书橱内还摆有国内外朋友送给他的古玩、玉器以及各种纪念珍品。书房的中间，放有一张十分宽大的写字台，写字台上除了文具用品，还总是摆着一盆君子兰，放着一个插放鲜花的花瓶。花工经常给他采撷、轮换插放院内的浙江牡丹、河南芍药、北京月季以及洁白如玉、散发着芳香的玉簪花……

这就是马寅初治学的地方。

在这里，他总是每天早上学俄文，或翻阅外文书刊；晚上构思或撰写有关财政经济方面的论著，而且常常工作到深夜。

几十年来，马寅初在治学的道路上已经积累了丰富的经验，形成了自己独特的风格。他总是一面坚持教书、办学，为国家培养人才；同时，又在国家的经济部门或学术团体担负一定的实际工作；他还总是在实际中发现问题，研究问题，然后将问题上升到理论，再去指导实践。正如中国和世界的一些评论家指出的那样——

著名经济学家马寅初治学有两大特点：一是密切联系实际，针对现实存在的问题进行深入研究，提出解决问题的办法，并撰文立说公诸于世；二是高瞻远瞩，特别重视对未来问题的探讨，从眼前的现实出发，提出能够长远起作用的有利于国计民生的经济学理论或战略性的措施。

他的正确而严谨的治学方法，给他在经济学方面的研究工作，带来了巨大的成就。据不完全统计，从 1914 年他在美国用英文出版了《纽约市的财政》一书以后，到 20 世纪 50 年代中期，他发表的论文已有七八百篇，出版的著作达四五百万字。其中闻名中外的有：四卷本的《马寅初演讲集》（1923 ～ 1928 年）、《中国关税问题》（1923 年出版）、《中国国外汇兑》（1925 年）、《中华银行论》（1929 年）、《马寅初经济论文集》（1932 年）、《资本主义发展史》（1934 年）、《中国经济改造》（上、下集，1935 年）、《中国之新金融政策》（1936 年）、《经济学概论》（1943 年）、《通货新论》（1944 年）、《马寅初战时经济论文集》（1945 年）、《财政学与中国财政》（1948 年）、《新人口论》（1957 年）、《我的经济理论哲学思想和政治立场》（1958 年）。

夜已经很深了，北京大学燕南园 63 号仍然亮着灯光。只见年逾古稀的经济学家马寅初教授将喝完的咖啡杯子往写字台上一放，就从坐着的椅子上站起来，在屋中踱步……这是他多年来养成的习惯。

凡是思考重大研究课题，或在写作中遇到疑难时，他总喜欢边走边想。

自从 1953 年他学会俄文以来，马寅初在他的书房里已经读了许多俄文本的列宁和斯大林的关于经济学问题的论著，又重新研究了毛泽东的《矛盾论》与《实践论》，而且结合实际进行思考。渐渐在他的脑海出现了两个疑问：

（1）斯大林的书中和政治经济学中所说的经济发展规律（如综合平衡和按比例发展规律）是否在中国已经实现？要研究这个问题，不能专靠俄文的经典著作，还必须把国内各方面的社会经济活动，认真加以研究分析，才有可能解答这个问题；

（2）唯物辩证法和毛泽东的《矛盾论》告诉人们，宇宙内的事事物物都有内在的联系，都不是孤立的。如甲乙丙丁戊己庚辛壬癸十个环节于此，各个之间都有内在联系，故甲与乙、乙与丙、丙与丁、丁与戊、戊与已、已与庚、庚与辛、辛与壬、壬与癸皆有联系，最后癸与甲（第十与第一）也必有联系，结果形成了一个圆，形成了团团转的联系。中国的社会主义建设中的各个环节能不能这样联系起来，也形成一个圆圈呢?

马寅初在思考的海洋里扬帆远航，联想万千：理论、实际，中国、外国，历史、现状，问题、办法，成功、失败，等等，等等，都像输入计算机的数字一样，在他的脑海里迅速地进行着运算和处理……

他边走边进一步地思考：若把以上两个疑问并成一个问题，不就等于按团团转的比例发展规律，把所有主要环节联系起来，综合平衡起来了吗?这不就是中国计划经济的本质吗?

“我的这种想法对不对呢？”他反复这样向自己提出问题。

经过一段时间的深入思考、研究，在 1955 年初他终于下定决心：要试写一篇或两篇有关平衡论的文章，甚至连题目都想好了：《联系中国实际来谈谈综合平衡理论和按比例发展规律》。但当他开始写作以后，又碰到了有关平衡论、资本主义工业的社会主义改造、农业合作化以及中国的人口问题等一系列需要搞清楚和解决的问题。

鉴于这样，他不得不扩大自己的研究写作计划：先研究资本主义工业的社会主义改造，继而研究农业问题，然后进入有关平衡论的研究，最后再研究中国的人口问题。这是一个多么庞大的有关经济理论、哲学思想和人口问题的研究写作计划啊！它需要付出多少精力和心血？！

但年逾古稀的马寅初，在这一座座横亘在他眼前的高山面前，不仅毫无畏惧，并且知难而进。他以极大的勇气和无比坚强的毅力，一步一个脚印，百折不回地攻克着一座又一座经济理论和实际问题的大山！

经过几年的艰苦努力，他终于相继完成了他在全国解放以后撰写的主要著作：《资本主义工业社会主义改造》、《联系中国实际来谈谈综合平衡理论和按比例发展规律》、《我的经济理论哲学思想和政治立场》以及《新人

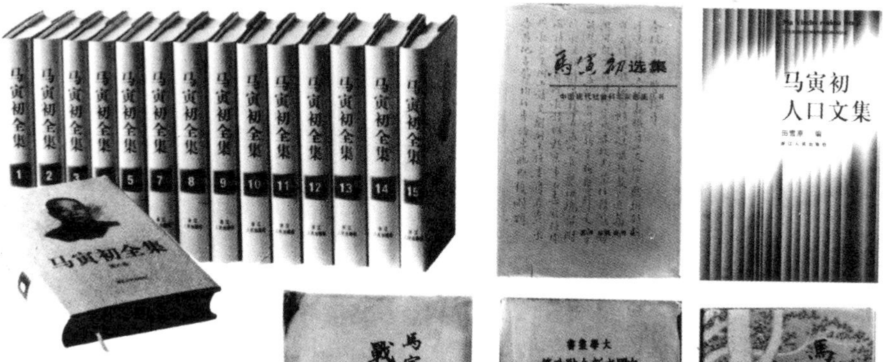
马寅初全集
馬寅初选集
马寅初
人口文集

馬寅初
戰時經濟論文集
大學叢書
中國之新金融政策
馬寅初經濟論文選集

马寅初的著作。

马寅初
经济论文选

口论》等。

马寅初从我国的第一个五年计划时期社会主义建设的实际出发，在这些著作中不仅正确地论述了中国国民经济综合平衡、有计划按比例发展和人口发展等问题，而且提出了许多有利于国计民生的可行的主张。

他写的《我国资本主义工业的社会主义改造》这篇论文，在1955年4月底完成以后，5月曾送请陈云副总理审阅指正。陈云副总理阅后给马寅初回信说：

“这篇文章中许多关于政府方面公布过的或讲过的政策，我看了之后，觉得符合情况。关于‘有所不同，一视同仁’的说法，后来我改了一些，改为‘既要有所不同，又要在一些方面一视同仁’。因为在一视同仁前面加‘在一些方面’几个字，更合乎事实些，决不可能在一切方面都一视同仁。所以加‘在一些方面’几个字，更合乎事实些，立论更牢靠些。”

马寅初接到信后，就按照陈云副总理的意见，把他写的“有所不同，一视同仁”的标题改为：“既要有所不同，又要在一些方面一视同仁”。

事过几年，马寅初在这篇论文中提出的全行业合营的主张和预见，都已变成为现实。为此，他极其兴奋地说：

“我平日喜欢读经济史，以史学研究者的身份，不能预见最近经济发展的趋向，则何贵乎有此史学研究者耶？”

马寅初一生的全部著作，在他1982年逝世的17年后，由浙江人民出版社于1999年以《马寅初全集》出版。

《马寅初全集》系国家“九五”重点图书出版规划项目之一，首次系统地收集整理和编辑出版马寅初先生的全部遗著文献，包括著作、论文、演讲、报告、日记、书信等，总计560多万字，分为15卷。

第二十七章 《新人口论》

1957年7月5日，《人民日报》第十一版以整版篇幅刊登的一篇文章，曾在国内外引起了极大的反响：

"这篇文章高瞻远瞩，切中要害，真不失为治国的良策！"

"著名经济学家，在人口问题研究方面，竟也有如此非凡才能和卓识远见！"

……

人们在议论什么？

《新人口论》！

这篇文章的作者何人？

马寅初！

原来，《新人口论》，是全国人大常务委员马寅初教授在1957年6月召开的一届全国人大四次会议上的一份书面发言；会议期间，马寅初把它作为一项提案，正式提交一届全国人大四次会议。因为这个发言，这份提案，无论在理论价值，还是实际方面都有着非常重要的意义，所以《人民日报》才将它全文刊出，奉献给全国和全世界的读者。

马寅初的《新人口论》全文共分十个部分：

（1）我国人口增殖太快；

（2）我国资金积累得不够快；

（3）我在两年前就主张控制人口；

（4）马尔萨斯的人口理论的错误及其破产；

马寅初的《新人口论》，1957 年 7 月 5 日在《人民日报》全文发表；1979 年，马寅初平反后，由北京出版社出版单行本，被抢购一空；1988 年，被中国经济学界评选为“影响新中国经济建设的 10 本经济学著作”（排名第二）。左图为北京出版社版的马寅初所著《新人口论》一书。

1957 年 6 月，马寅初在一届全国人大四次会议上发言，宣讲《新人口论》；并把它作为一项提案，正式提交一届全国人大四次会议。

（5）我的人口理论在立场上和马尔萨斯是不同的；

（6）不但要积累资金而且要加速积累资金；

（7）从工业原料方面着想亦非控制人口不可；

（8）为促进科学研究亦非控制人口不可；

（9）就粮食而论亦非控制人口不可；

（10）几点建议。

在这篇论文中，马寅初深刻地分析了中国人口增长和生产力发展速度的矛盾，正确地估量了当时中国人口的发展状况，科学地合乎实际地阐述了当时人口增长的速度和增长过快的原因。

《新人口沦》的中心论点是：在中国不仅要控制人口的数量，而且要提高人口的质量。为了实现这一主张，有效地控制人口的增长，马寅初还从中国当时的实际情况出发，提出了一整套基本可行的控制人口增长的措施。他建议国家要进行人口普查，制定人口政策；要节制生育、控制人口的增长；要提高人民的科学知识水平；要提倡晚婚、避孕，实行计划生育；政府要有具体措施干涉生育；等等。

马寅初在《新人口论》中尖锐地指出："人口多，资金少，也是一个很重要的矛盾。"因此，"控制人口，实属刻不容缓，不然的话，日后的问题益形棘手，愈难解决。""政府对人口问题若不早为图之，若再不设法控制"，就"难免农民把一切恩德变为失望与不满"，就"不免给政府带来很多的困难"。

在 20 世纪 50 年代中期，当人们还根本没有注意和重视中国人口问题的时候，马寅初却如长空惊雷，大声疾呼：中国的"人口非控制不可"，而且还科学地预见到了中国在未来 50 ～ 100 年人口发展的真实情况，并据此提出了解决的办法！

这是何等的难能可贵！

这是多么伟大的远见卓识！

有人曾粗略地做过计算：如果马寅初的主张和建议，在当时就得到实现，并且一直执行下去，中国20世纪80年代的人口至少将减少2.5亿。从这个非常惊人的数字，可以看出马寓初的建议，对国家和民族有无法估量的重大贡献！

然而，亲爱的读者，你们可曾知道：马寅初的这个具有战略意义的《新人口论》是怎样提出与写成的呢？

有人说，这是马寅初用五年时间，以自己的心血智慧，以及对党和国家的无限忠诚编织而成的献给祖国——母亲的一个闪光的花环，一桩多年来想了、而又未了、如今终于了却的心愿！

确实如此！

1953年，中国在全国范围内进行了历史上的第一次人口普查。普查结果表明，截至这一年的6月30日止，中国人口总共已达601938035人；并且估计，一般来讲，中国人口大概每年增加1200万～1300万，增长率为20‰。

从此，经济学家马寅初就对中国的人口问题，给予极大的关注，并且把它列为自己的重点科研题目。

这年秋天的一天下午，他在北京东总布胡同32号自己家中的一楼书房内，一边喝着咖啡，一边聚精会神地在翻阅和研究有关中国与世界各国人口增长的资料和情况。

看罢材料，作为经济学家的马寅初，在他的头脑里立即展开了一系列的分析判断。他一边在书房内踱步，一边想：

今天中国社会存在的最大矛盾就是生产力落后。要解决这个矛盾的最根本办法，就是发展生产力，高速度地工业化。而要高速度地工业化就需要大量资金。资金从何而来呢？资金主要靠国民收入中积累而来。但是，中国人口太多，本来有限的国民收入，被6亿多人口一下就吃掉了一大半。

这不就严重地影响了积累和工业化的发展吗？”

“如果，任中国的人口像过去和现在这样继续无限制地发展下去，那么中国生产力的发展，就必将受到极大阻碍。这一问题，必须引起严重的注意！”他反复地思考着。

当他想清楚了这个问题以后，便又重新坐在写字台前，拿起毛笔在一张纸上写下了这样一段话：

我怀疑，中国每年的人口增长率为20‰个数字，实际情况很可能被缩小了。根据我的研究和判断，中国人口的增长率肯定在20‰以上。人口问题是关系到中华民族前途命运的一件大事，必须引起重视，早为图之。但要向政府和全国人民提出这个问题，让全国上下都重视这一问题，并采取措施解决这一问题，就必须进行深入的调查，广泛收集有关资料，充分进行研究，并提出在理论上正确，在实际的生活和工作中可行，又十分有利于国计民生的有说服力的专题报告或建议。

从此以后，他不顾自己已进入年逾古稀的高龄，一直对这一问题进行了三年的调查研究。在浙江、江西、陕西、山东、上海、江苏南部和北京郊区，到处都留下了他的足迹。

1954年，马寅初出席《中华人民共和国宪法》起草委员会第一次会议。同年9月，在第一届全国人民代表大会第一次会议上，马寅初被选为全国人大常务委员会委员。这更加促进了他对人口问题的研究。

本来，他从青少年时代起就立志要“强国富民”，以后为实现这一崇高理想，曾一直奋斗不息。如今，他当了人民代表，又是人大常委，神圣的使命感和责任感，更加激励着他去实现多年来未曾实现的理想，为国出力！而他研究的人口问题，正好是可以“强国富民”的一项根本大计！所以，每当他想到这些，就忘记了年龄，忘记了疲劳，忘记了时间，而总是将自己的全部精力，投入到这一伟大的事业中去。

自1953年全国普查人口之后，马寅初曾三次去浙江深入调查研究人口

1954 年，马寅初（后排左四）出席《中华人民共和国宪法》起草委员会第一次会议。图为起草委员会成员合影。

问题。

1954 年，马寅初以全国人大代表的身份到浙江视察工作。他风尘仆仆地一口气跑了 10 个县市的 20 个农业合作社和一个渔业生产合作社；每到一个村子，就找当地的干部和老农座谈，详细询问他们这几年村里共生了几个娃娃，死了几个人，生死相抵，一共增加了几口人，以及粮食生产的发展和文化教育普及等方面的情况。

他在浙江农村见到儿童特别多，深感人口问题的严重性。他经过调查以后说："给我最深的印象是：人口出生率高得不得了，人口增长速度快得不得了，这样发展下去简直不得了！"他还强调指出：中国人口多，土地少，人口像现在这样一直发展下去，多少年以后，如果生产跟不上，国家就不能富强起来！这是一个迫在眉睫的必须解决的重大问题。

1955 年，他第三次来到浙江。这次他不仅向当地干部进行了调查，而且直接到农民家里去访问。当他回到嵊县浦口公社浦口大队，到他的一个叫马本纳的远方亲戚家里访问时，发现这个亲戚家已经有了 6 个孩子，生活十分困难，吃穿都成问题，经常靠机关补助过日子，但由于受了"多子多福"、"四世同堂"、"五世其昌"等封建思想的影响，还想继续要孩子。

见此情景，马寅初便对这位亲戚说："生孩子的问题，一定要有计划，不能盲目。你想，你祖父一个人，到我们这第二代就生了五兄弟两姐妹，变成了 7 个；到了你们这第三代，我算了算，儿子、女儿、侄儿、侄女儿，共生了 29 个；到了你们儿子这第四代，你再掰起手指来算算看，不是已经生了七十五六个了吗？从一个变 7 个，从 7 个变 29 个，从 29 个到七十五六个，这人口增长的速度和倍数是多么的惊人！"

"据我了解，"马寅初思考了一会儿说："解放以后，由于共产党和人民政府领导得好，粮食产量增加得很快。但如不控制人口，还是不行。"他举例说：

"像浦口，土改时只有千把人，每人有一亩八分左右的土地，有 750 斤粮食。现在人口已增加到 1250 人，每人只有一亩二分土地了。粮食虽然增了产，但跟不上人口增长的速度，结果每人平均只有 660 斤了。而且这些粮食还不能全部吃光，要缴农业税，要完成国家的购粮任务。”他讲到这里，拍拍坐在面前的亲戚的肩膀，语重心长地说：“你看，人口如果不控制，国家建设怎么搞得好？古人说，国家兴亡，匹夫有责。有国才有家，人人都应该爱国，人人做事情都应该想到全局。”

这天晚上，马寅初回到住处，在地上踱步沉思：

是啊，地大物博，人口众多，是古老中华民族历来引为自豪的优点。纯朴的人们认为：子孙满堂，人丁兴旺就是幸福，即所谓“四世同堂”、“五世其昌”。

是啊，连我们的政府也在鼓励生育，鼓励向苏联“母亲英雄”（生育子女多的母亲）学习，生育多的还可以得到一面奖旗：“人丁兴旺，五谷丰登。”

但此时，在马寅初的耳边又响起了他随同周恩来总理访问印度时，总理对他说过的一句话：“印度和中国这两个古老的国家都有一个人口问题。”难道不是吗？”

马寅初在思想上突然开朗后，自言自语说，“中国眼前的人口状况很不正常，亟待研究解决！”

从 1953 年到 1955 年，马寅初在三年中，先后三次到浙江对人口问题进行深入的调查研究，几乎走遍了浙江全省。他不仅掌握了浙江的人口增长、粮食生产和文化教育发展等各方面的资料，而且与此同时他还先后掌握了上海、江西、江苏、山东、北京等地的上述有关情况与资料。

1955 年春天，他从浙江回到北京以后，一次在他家的客厅里对邵力子、李德全等专家学者十分忧虑地说：“经我调查，浙江每年人口增长率平均是 2.5% ~ 3%，有的地方甚至高达 5%。”马寅初说到这，从写字台上拿起另一叠资料强调：

“其实，岂止浙江省是这样呢？全国许多省市都是如此。我发现中国人口增长率实在太高了，每年要增长22‰。以上，甚至可能达到30‰，这就是说中国每年净增人口已经达1300万之多。这是一个极大的问题。”

“如果不采取措施，长期任其这样发展下去，就会给国民经济带来极大的困难，人民物质文化生活就不能很快提高，新中国就会背上一个沉重的包袱（而）不能迅速向前发展！”

“为了我们国家和民族的利益，我想把我调查研究的材料，写成文章，在今年召开的一届全国人大二次会议上，正式提出在中国必须控制人口发展的主张！”马寅初最后带着征求意见的口气说。

“我们同意你的看法，希望你能早日拿出一个有利于国计民生的人口问题的主张。”邵力子、李德全几乎是异口同声地说，而且在后来召开的二届全国政协一次会议上又与马寅初讨论了节制生育问题。

从此，马寅初就进入了紧张地撰写有关人口问题论文的写作。他一个省一个省地研究资料，收集、研究完中国的材料之后，又开始研究世界各国的有关资料。在研究了古今中外的历史经验，又结合中国的具体实际情况，他终于写成了一篇题为《控制人口与科学研究》的有关控制中国人口发展的论文；而且准备在一届全国人大二次会上，以提案的方式，正式向人代会提出。

在开会以前，马寅初拿着这个初稿，到柳亚子、马叙伦、李达等一些著名学者处一一登门拜访，听取意见。他还不辞辛劳地征求了很多经济理论工作者对人口问题的看法。为的是集思广益，避免差错和缺陷！

但有谁能够想到，马寅初在一届全国人大二次会议期间，满怀希望和信心地在浙江小组会上就这一问题发言以后，听到的却完全是一片反对的意见。他甚至因此而遭到了围攻和批判：

“我们根本不能同意你的意见！”

“在社会主义国家是没有人口问题的，你却居然在人代会上敢谈人口问题。这简直是放肆！大胆！”

“你所谈的人口问题，完全是马尔萨斯的一套。还不赶快收回去！”

1958 年，马寅初（左一）在二届全国政协一次会议上与邵力子、李德全讨论节制生育问题。

“不，马寅初的说法与马尔萨斯不同。”也有的代表这样说，“但思想体系恐怕难免仍旧落到马尔萨斯的窠臼里。”

……

马寅初的命运怎么竟这样可悲？他正确的意见和主张，怎么一次一次总是遭到镇压和反对？！

在如此巨大的压力面前，他将怎么办？

也许他应该知难而退，但马寅初毕竟是马寅初，在遭人反对攻击的面前，在错误吞噬真理的关头，他坚强不屈，作了严正的发言：

“大家可以不同意我的意见。我也可以暂时收回发言稿件。但我认为：我的意见和主张是正确的，并不因为大家反对，我就改变自己的观点和主张。我将对这一问题继续进行调查研究，对自己的发言再行补充完善，下次人代会上，还将提出。”

“我为什么要这样讲呢？这完全是因为人口问题，对我们的国家和民族确实太重要了，我既然发现和认识到了这一问题的极端重要性，就一定要坚持到底，直到最后胜利！否则，作为一个经济学家和人民代表，我就没有尽到自己对祖国和人民应尽的责任！”

1957 年春天。北京中南海阳光灿烂。嫩黄的迎春花儿正在怒放，柔软的垂柳枝条随着阵阵和煦的春风，在湖边上、山石旁轻轻地摇曳……春风，掠过湖面、草坪、亭台，还有那一幢幢静穆的建筑物，一直吹到了人们的心里。空气中，弥漫着春天的万象更新和朝气蓬勃的气息。

此刻，在古色古香的紫光阁，毛泽东、刘少奇、周恩来等党和国家领导人，正在主持召开最高国务会议。整个会场静悄悄的，都在全神贯注地倾听马寅初关于“控制人口”问题的发言。

“人口多就是我们的致命伤。”马寅初声音洪亮地说：“我们只要研究一下中国人口的增长情况，就会感到人口问题十分严重。1953 年全国人口普查，才知道我国人口已经超过6亿，4年来又至少增加了5000万。我大概算了一下，如以净增加率2%计算，15年后将达8亿，50年后将达16亿；如以净增加率3%计算，15年后将达9.3亿，50年后将达26亿。到那时候，中国的人口将超过今日世界人口的总和。”

“我说的3%的净增加率，估计并不算高，可能还保守一点。”马寅初讲到这里，端起杯子喝了一口水，然后强调说：

“这个数字，说明我国人口问题将愈来愈严重，一定要实行计划生育，对人口的发展进行控制……否则，就会出问题。”

“我们的社会主义经济是计划经济，如果不把人口列入计划之内，不能控制人口，不能实行计划生育，那就不称其为计划经济。”

…………

马寅初的发言结束以后，整个会场响起了热烈的掌声。毛泽东、刘少奇、周恩来等党和国家领导人当即对他的发言表示赞同。

毛泽东同志笑着说：“人口是不是可以搞成有计划的生产，完全可以进行研究和试验。马寅初今天讲得很好！从前他的意见，百花齐放没有放出来，准备放就是人家反对，就是不要他讲，今天算是畅所欲言了。”

最高国务会议以后，马寅初受到很大鼓舞。他为党和国家开始重视人口问题感到高兴，更加紧了对人口问题的研究和写作。他还把自己对人口问题的看法和主张，同更多的人进行交谈，在更大的范围内征求意见。

在北京大学美丽的临湖轩，他接见新闻记者，大谈人口问题；在北京大学的校园内，他亲自张贴海报，发表关于人口问题的演讲。

这年4月27日上午，马寅初在北大登台演讲，全校几千师生在大饭厅，怀着极大的兴趣洗耳恭听。他的演讲受到了热烈的欢迎，引起了广泛的讨论。在这次公开演讲以后，他吸收了大家不少的建议和意见，对自己在演讲中的错误和不足，作了认真的改正和补充。

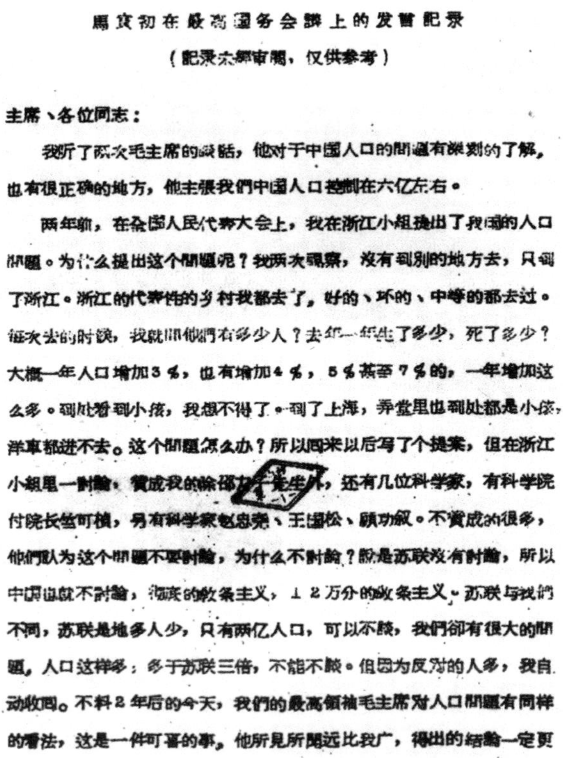

馬寅初在最高国务会議上的发言記录

（記录未經审閱，仅供参考）

主席、各位同志：

我听了兩次毛主席的談話，他对于中国人口的問題有深刻的了解，也有很正确的地方，他主張我們中国人口控制在六亿左右。

兩年前，在全国人民代表大会上，我在浙江小組提出了我国的人口問題。为什么提出这个問題呢？我兩次視察，沒有到别的地方去，只到了浙江。浙江的代表性的乡村我都去了，好的、坏的、中等的都去过。每次去的时候，我就問他們有多少人？去年一年生了多少，死了多少？大概一年人口增加3%，也有增加4%，5%甚至7%的，一年增加这么多。到处看到小孩，我想不得了。到了上海，弄堂里也到处都是小孩，洋車都进不去。这个問題怎么办？所以回来以后写了个提案，但在浙江小組里一討論，贊成我的除邵力子先生外，还有几位科学家，有科学院付院长竺可楨，另有科学家赵忠尧、王国松、顧功叙。不贊成的很多，他們认为这个問題不要討論，为什么不討論？就是苏联沒有討論，所以中国也就不討論，彻底的教条主义，12万分的教条主义。苏联与我們不同，苏联是地多人少，只有兩亿人口，可以不談，我們却有很大的問題，人口这样多，多于苏联三倍，不能不談。但因为反对的人多，我自动收回。不料2年后的今天，我們的最高領袖毛主席对人口問題有同样的看法，这是一件可喜的事。他所見所聞远比我广，得出的結論一定更

1957年3月12日，马寅初在中南海紫光阁召开的最高国务会议上畅谈控制人口问题，得到与会中共中央领导人毛泽东、刘少奇和周恩来等的赞扬。图为马寅初在这次会议上的发言记录稿。

就在这次演讲的基础上，马寅初又对他的讲稿做了一个多月的精心修改和加工，最后才撰写成了在人代会上的书面发言稿——著名的《新人口论》，并以人民代表的身份，将《新人口论》作为一项提案，正式提交一届全国人大四次会议。

亲爱的读者，请记住吧：这就是永远载入中国和世界史册的著名人口学家马寅初提出的《新人口论》的内容和整个产生经过！

为此，他曾不辞辛劳，走遍了祖国的许多城市和乡村；为此，他曾花费了5年的时间和心血！然而，他哪里知道：这一有利于国计民生、造福子孙后代的光辉著作《新人口论》，给他带来的将是灾难和不幸……

第二十八章 风云突变

许多历史事实证明：在人类社会的政治生活中，有时会发生风云突变的情况。而马寅初和他的《新人口论》，在1957年7月5日发表以后，正好遇到了这样的厄运……

他的《新人口论》本来就是一部难产的作品，从“怀胎”到“出生问世”，前后整整经过五个年头。开始是不准“出生”，后来经过他坚持不懈地努力奋斗，在最高国务会议上，冒着风险，为国为民，以诚直言，终获成功。问世以后，马寅初很高兴，国内外许多有识之士和广大读者都很高兴。在很短的时间里，他就接到大批读者称赞《新人口论》的来信，他们中有普通的工人、农民、战士；有教授、学者、学生；还有一般干部和党的高级领导干部，以及世界著名的人口专家、学者……

正当马寅初在广大读者和各界人士中倾听对《新人口论》的反映、意见，准备进一步研究、加工，使之更加系统和完善的时候，在中国社会的政治舞台上，一场大规模的反击右派的斗争全面展开了。面对如此的形势，马寅初的《新人口论》就注定了它在未来岁月中的悲惨命运！

1957年夏秋之际以后，随着反右派斗争在全国的深入发展，反右派运动明显地出现了严重的扩大化的错误：这场政治斗争的风暴越刮越猛，被卷进去的人也越来越多，许多教授、学者，民主党派人士、无党派人士、爱国人士，作家、科学家，国家党政干部，中小学教师和大学生等等，他们在整风中对共产党提的意见，连同他们以前写的文章有不少都被歪曲成“向党猖狂进攻”，“反党反社会主义”。结果，人被错划为“右派分子”，作品被打成“大毒草”。

马寅初也被卷入了这场风暴的中心。

“你的《新人口论》是配合右派向党进攻！”一位朋友到马寅初家里对他说：“社会上好像到处都流传着这样的说法。”

岂止是流传，白纸黑字的报纸已经登了出来：有一篇文章采用没有点名而点名的手法指出，有人借人口问题，在搞政治阴谋，这完全是“右派进攻”，必须追查！

还有人幸灾乐祸，讽刺挖苦说：“马寅初拍共产党的马屁没拍上，反而拍到了马蹄子上，把手给踩了……”

……

对于这一切，马寅初百思不得其解。《新人口论》怎么是右派向党进攻？！我对共产党一向是拥护和热爱的，而且有很深的感情！我对党问心无愧！党是了解我的，不会把我错划成右派的。因此，他便坦然了！他根本没有把那些传进他耳里的话，看在他眼里的文章，放在心上。他白天照样上班，在北京大学主持校务，夜晚还总是研究有关人口问题和国民经济建设的资料，撰写论文。

然而，事情并非如他所想像的。《红旗》杂志创刊号上发表了毛泽东同志于1958年4月写的《介绍一个合作社》，文章中有这样一段话：“……除了党的领导之外，6亿人口是一个决定的因素。人多议论多，热气高，干劲大。”人们读了这段话以后，有一种感觉：马寅初和他的《新人口论》恐怕要出问题了……

这种不妙的感觉，很快得到了证实。

5月，党的八大二次会议上，不点名地批判了马寅初和他的人口论。大会的工作报告中指出：

“某些学者甚至断定，农业增长的速度还赶不上人口增长的速度。他们认为，人口多了，消费就得多，积累就不能多。”

“他们只看到人是消费者，人多消费要多，而不首先看到人是生产者，人多就有可能生产得更多，积累得更多。显然，这是一种违反马克思列宁主义的观点。”

这次大会的前夕，5月4日，陈伯达在北京大学60周年校庆纪念大会上的讲话中突然说：“马寅初要对他的《新人口论》作检讨！”

从此，北京大学就对马寅初展开了点名批判。据统计，仅1958年下半年，在北京大学的校刊和学报上就发表了18篇批判马寅初的文章。同时，一批全国性的报刊，也都先后相继投入批判，很快就形成了一个全国性的批判马寅初的声势。

据了解，这一时期上阵参加批判马寅初学术思想的人，有200之多，全国发表的文章有58篇，集中批判他的《新人口论》、“综合平衡”和“团团转”。

这些批判文章给马寅初的《新人口论》冠以三顶大帽：说它是马尔萨斯主义，否认了“人多是好事”这样一个所谓的历史唯物主义的重要原理；说它否认了社会主义制度的优越性，因为“人口相对过剩”是资本主义特有的规律，社会主义制度下是不会出现多余人口的；还说它对6亿人口缺乏感情。等等，等等。

1958年，全国反右派斗争运动基本结束。但对马寅初和他的《新人口论》的批判斗争并没有完结，不仅没有完结，到1959年，当时的中央文教小组副组长兼理论小组组长、长期披着“理论权威”的外衣、极端阴险毒辣的康生直接插手、亲自指挥下，反而更加升了级，对马寅初开展了又一次声势更大的批判斗争。如果说，1958年对马寅初的批判，还基本上是在学术范围内进行的，那么这次批判就已扩大并升级到政治与一切领域了。

“马寅初最近很猖狂，给《新建设》杂志写了一篇《重申我的请求》，猖狂进攻。他的问题已经不是学术问题，而是借学术为名搞右派进攻。”1959年12月15日，康生在北京沙滩红楼中央宣传部的一间办公室，对应召而来的北京大学党委书记声色俱厉地说:“一定要从政治上把马寅初批臭。”他最后用手在桌子上一拍,下命令说:“马寅初已不能再做北京大学的校长,把他彻底批臭之后,将他调离北大!”

在康生的直接指挥和煽动下,一场大规模地围攻、批斗和迫害马寅初的高潮正在酝酿着……

12 月 24 日,康生给理论界的一些领导干部写信,命令他们在批判马寅初的《新人口论》时,要学习毛主席的六评白皮书,特别是《唯心历史观的破产》一文,要像批判帝国主义分子艾奇逊那样来批判马寅初。

当康生完成了他把马寅初的《新人口论》同艾奇逊的鼓噪相类比,把一位热爱祖国的仁人志士、著名学者、人大常委划归帝国主义的行列之后,便点燃一支烟,坐在沙发上一边吸着,一边得意地哈哈大笑起来……

在康生的策划下,从 1959 年 12 月中旬至 1960 年 1 月中旬,北京大学不仅举行了许多次的小会批判马寅初;而且曾先后召开了三次全校规模的大会批判马寅初,召开了一次有 200 人参加的会议,面对面地对马寅初进行批斗。这期间,批判马寅初的近万张大字报也像洪水猛兽般地向他袭来……

与此同时,各种报刊上又相继发表了 82 篇文章,对马寅初进行点名批判……

天哪,全国最高的文明学府,怎么一刹那竟变成了野蛮语言和政治帽子的制造工厂,党和人民的报刊,怎么一时间竟堆满了水平低下、语无伦次的辱骂文章,还有那不堪入目的肮脏语言……有的批判文章,说马寅初的《新人口论》是“马尔萨斯主义在中国的翻版”,“是反对社会主义革命和社会主义建设的”,“是借学术为名,向党向社会主义进攻”!

还有些批判文章说马寅初的“综合平衡论”是“攻击我国国民经济大跃进和高速度发展”,“攻击党的社会主义建设总路线和一整套两条腿走路的方针”,“攻击和污蔑人民公社”,“攻击社会主义计划经济,歌颂资本主义自由竞争”，“是法西斯‘全体主义’在中国的翻版”，“与党和马列主义争夺领导权”。

还有些批判文章说马寅初的“团团转”理论是他“反党反社会主义的理论基础”。还说马寅初“从解放前至现在一贯为帝国主义、封建主义和资本主义服务”，“历史上几十年一贯反对党、反对社会主义、反对马克思列宁主义。”等等，等等，不一而足。

好大的帽子和罪名啊！如此看来，马寅初简直成了十恶不赦的千古罪人！

年近八旬的马寅初老人啊！在如此可怕的恶运面前，你将如何行动：是能经得住这暴风雨和狂涛巨浪的吹打与袭击？还是被它们征服和吞没，葬身于这无情的风暴和大海之中？！

马寅初显然已经又一次变成了轰动全中国和全世界的新闻人物！多少人都在为他的处境和结局担心！

第二十九章　在权力与真理面前

1959年冬天，北京异常寒冷。

一夜的暴风雪，已经把北京大学变成了一片银白世界。此时，虽然天已大亮，但狂风仍在怒吼，大雪仍在铺天盖地而下……

坐落在学校办公楼东面、未名湖南面的临湖轩，在暴风雪中完全呈现出与往日不同的景象：厚厚的积雪堆满了青瓦覆盖的屋顶，无数的雪粒正在向院里和小径下落，在平缓的土丘上长着的竹林已被大雪掩埋了许多，院子里一株株拔地而起的苍松翠柏的枝头，都被压上了很厚很厚的一层积雪……

昨天晚上，马寅初一夜都不曾睡好。今天他一大早起来，从他的卧室——临湖轩的东厢房出来，刚刚在走廊上一站，一股强大的暴风雪就直接向他的面部袭来。他打了个寒噤，不由自主地说：“好大的暴风雪啊！”

本来，北京大学临湖轩的东厢房，是马寅初校长冬天在学校的临时住宅，这里共有两间房子：靠南的一间是他的办公室，靠北的一间为他的卧室。他在冬天几个月内，之所以住在这里，完全是为了给学校和国家节省烧暖气用煤。因为临湖轩的正屋，是一个非常宽大的古色古香的接待室，那里既可以作开会用的会议室，又可以接待外宾，在整个冬天都要烧暖气。马寅初住在这里，燕南园63号公寓就可以停烧暖气。这是他从小就养成的，并且一生都具有的勤俭节约美德的一种体现。

要是在往日，每逢遇到冬天下雪，他总喜欢出来在雪地里散散步，呼吸呼吸新鲜空气，观赏一番美丽的雪景。可是，今天他根本没有这种心情。

他返回房间，匆匆吃了早饭，便穿上他那件穿过多年的黑色的呢大衣，心事重重地步入了临湖轩——他经常召开校务会议的会议室——去参加一个批判他的小会。

会议室里静悄悄的。

参加这次批判会的大约有十几人，大家都围坐在一张长方形的桌边。一位批判者正在发言的时候，专程来参加会议的康生突然阴阳怪气地插话说：

“现在，我来说几句。”他清了清嗓子，操着浓重的山东口音接着讲：

“马寅初曾经说过，有人说他是马尔萨斯主义者，但他不能同意。他说马尔萨斯是马家，马克思也是马家，而他是马克思的马家。”康生陈述完马寅初的观点以后，恶狠狠地说：

“马寅初的《新人口论》，到底是姓马克思的马，还是马尔萨斯的马？我看这个问题，现在是该澄清的时候了：我认为马寅初的《新人口论》，毫无疑问是属于马尔萨斯的马家！”

康生的话音刚落，一顶顶政治大帽子又不停地飞到马寅初的头上：

“马寅初是中国的马尔萨斯！”

“马寅初一贯为帝国主义、封建主义和资本主义服务！”

“马寅初发表《新人口论》完全是想标新立异，出风头，要名要利……”

“马寅初对人口问题的看法，同毛主席唱对台戏，真是胆大妄为，我们绝对不能容忍！”

……

在批判过程中，受到无理批判的马寅初，一直愤怒无比，但他有口难辩，有理无处申，怒火一直在他的胸中燃烧着，但又不能爆发，他只好强忍着，再强忍着……

他本想说：“你们批我批得比批右派还厉害。但我这个人骨头硬，不怕这个。你们今天对我的这种无理取闹的批判，我是既不会接受，更是到死也不会服帖。有人说我是马尔萨斯主义者，但从他的发言中可以知道，他连马尔萨斯的书都没有看过，当然就不会知道什么是马尔萨斯，我只觉得这样的人非常可怜！这样的人才是货真价实的教条主义者，反列宁主义者。”

他还想说：“至于我马寅初，不但不是马尔萨斯主义者，完全相反，我是坚持批判马尔萨斯的。我提出的《新人口论》的要点是控制人口数量，提高人口质量，按计划生育，目的是为了改变我国贫穷落后的面貌；而马尔萨斯的人口论是主张用战争、瘟疫、饥饿来消灭现有人口，完全是反动荒谬的。从以上所述可以看出，我的人口论同马尔萨斯的人口论，是根本不同的。我的《新人口论》是正确的，我要永远坚持下去。但这些问题，现在与你们讲不清楚，可将来的事实和历史一定会来说清楚并进行公正裁判的，总有一天会证明我的理论和主张是正确的。”

但是这些憋在他心里的话，马寅初在会上一句也没有说。因为这些话：有的在此之前，他已专门写成文章发表过，有的在此之后，他在不同的场合，又曾反复谈到。他当时只针对康生的插话，声音洪亮地说：

“我马寅初是马克思的‘马’家！”

听了马寅初的这一响亮的回答，在场的人们无不露出惊奇的神情。

会散了。室外，狂怒的暴风雪仍在刮着、下着。院里几棵高大的青松枝头，积雪压得更厚了。当人们都离去以后，马寅初一个人才从会议室走出来。他良久地站在走廊上，一言不语，犹如一棵青松一样，任凭风雪吹打……

看到此情此景，不禁使人想起陈毅元帅写的诗句：

大雪压青松，
青松挺且直。
要知松高洁，

待到雪化时。

当马寅初被批判完回到家里时，血压竟升高到200毫米水银柱以上，家里人怕他出事，赶忙将他送到北京医院急诊。经医生检查后，当即收他住院观察治疗。

“今天大会的火力好猛啊！但是真理在我手里，我什么都不怕，我决心要为坚持真理斗争到底！”马寅初在病房里向一位老朋友说。

“真金不怕火烧，但先生年事已高，要特别注意保重身体才是。”同房的教授患者宽慰劝告马寅初说。

窗外，乌云低低地下沉着，狂风怒号着、呼啸着，狂风卷着大雪、漫天遍地飞旋，把整个世界都变得异常寒冷和惨白。病房里却温暖、安静，除了马寅初带的手表秒针的走动声以外，没有任何声响。同屋的病友早已入睡，但马寅初在床上却毫无睡意，他一生的往事就像开闸的江河一样，迅速地流过了他的脑际……

应该说，马寅初在已经走过的人生途程中，充满了坎坷和不幸，他驾驶着自己的生命之船，一直在惊涛骇浪中行进，曾几次翻船，险遭不测，但命运之神总使他化险为夷，渡过难关，继续前进。

当他还在青少年时代时，就遇到了人生的第一个十字路口：为了反抗家庭的封建礼教和拒绝继承父业经商，争取自由，上学读书，实现自己要强国富民的理想，他曾投河自尽以死抗争，但死神有眼并没有接受他前往报到，反而使他走上了一条贫穷的求学之路。在中学、大学，乃至到美国以后的留学期间，他始终处于异常的贫穷状况，但他并没有向命运低头，而是以无比坚强的毅力克服了重重困难。他以自己的行动，真正做到了“贫贱不能移”！

当他从美国学成归来，在进入中年时代以后，又遇到了人生的第二个十字路口：是升官发财，还是走治学救国之路？在高官厚禄的诱惑面前，他毫不动心，当他坚决拒绝了军阀政客的邀揽之后，毅然宣布“一不做官，二不发财”，义无返顾地应北京大学校长蔡元培先生的聘请，步入了北京大学的讲台。他的举动，曾使多少人发出齐声称赞：马寅初风华正茂，血气方刚，品节高尚，真正是“富贵不能淫”的典范！

往事像流水一样，一去永远不再回头。历史的回顾，使他感慨万千，对于他的过去，他感到欣慰；然而如今，在解放了的中国，在他当家作了主人的时候，他万万没有想到，他又被命运推到了人生的另一个十字路口：在权力与真理的面前……

1958 年，当对他的《新人口论》开始在学术范围内进行批判时，他既不理解，又不服气，起初他到处去说明、进行申辩，继之，他读了几十篇、上百篇的批判文章之后，又冷静地以真正科学的态度加以对待，他对批判文章中正确的可取的意见，虚心接受，以进一步补充、完善自己的观点；对无理的批判、荒谬的攻击，则以确凿的论证进行回击和反驳。他以一个真正学者的姿态，一方面到全国各地进行视察和实地调查研究，验证自己的理论；一方面以大无畏的气概，连续在几家报刊发表文章，进行论战。这年 5 月 9 日，他在《光明日报》发表《再谈我的平衡论中的“团团转”理论》，同年 7 月 24 日，他又在北京大学学报第一期发表《再谈平衡论和团团转》的文章，作为对批判者们的回答。

1959 年秋天，马寅初在《新建设》杂志发表声明。他说：

“去年有 200 多位批判者向我进攻，对我的两篇平衡论和《新人口论》提出种种意见，其中有些是好的，我吸取过来，并在小型的团团转综合平衡论中做了些修改（共七点），但是他们的批判没有击中要害，没有动摇我的主要的或者说根本的据点——‘团团转’的理论、‘螺旋式上升’理论，和‘理在事中’理论，也无法驳倒我的《新人口论》。”

他还说：

“在论战很激烈的时候，有几位朋友力劝我退却，认一个错了事，不然的话，不免影响我的政治地位。”

对此，马寅初作了明确的回答。

他说：“他们的劝告，出于诚挚的友爱，使我感激不尽；但我不能实行。”

马寅初声明：

“我认为这不是一个政治问题，是一个纯粹的学术问题。学术问题贵乎争辩，愈辩愈明，不宜一遇袭击，就抱‘明哲保身，退避三舍’的念头。相反，应知难而进，决不应向困难低头。”

他还说：“我认为在研究工作中事前要有准备，没有把握不要乱写文章。既写之后，要勇于更正错误，但要坚持真理，即于个人私利甚至于自己宝贵的性命有所不利，亦应担当一切后果。”

他清楚地记得，他的一位学者朋友在一家饭店请他吃饭时发生的那件事情：当马寅初接到这位朋友的邀请，前去赴宴时，他的朋友却又一次规劝他：要他在人口问题上认错，写检查。马寅初听罢，满脸怒气，一言未发，置一桌丰盛筵席不顾，竟拂袖而去……

但最使马寅初为难和痛苦的并不是这些，而是他最敬爱的一位领导同他的一次谈话。

至今他在病床上，一闭上眼睛，仍清晰地记起当时的情景。

那是1959年夏季的一天，马寅初以全国人大常委的身份去外地视察刚刚回京，因为种种原因，一位十分爱护马寅初的领导同志不得不同马寅初进行一次非常困难的谈话。

谈话以后，马寅初回到家里心中感到很痛苦，由于思想斗争激烈，竟使他整夜不曾入睡。

“到底写不写检讨呢？”马寅初反复思考着，“写检讨吧，违背自己的心愿，而且自己根本就没有错，检讨什么？不写吧，我没有接受他的真心诚意的劝告，而且后果一定不堪设想！”

“唉！”他在床上长长地叹了一口气，自言自语说，“真难啊！这该让我如何是好？”

世界上竟有这样的事情，他马寅初为了共产党把国家治理得更好，用几年功夫潜心研究提出解决中国人口问题的正确理论主张和办法，也曾得到党和国家领导人的赞同，但时过不久，他正确的理论、主张和办法，却遭到了全国性的批判，而且许多人都劝他写检讨，甚至连他最尊敬的人也这样说。

这是为什么？难道就因为他马寅初对人口的看法，有违于“人口多是好事”和“人多议论多，热情高，干劲大”吗？

也许是这样。如果真是这样可就不好办哪，甚至还会有危险啊！

但马寅初毕竟是马寅初，他最后还是下了决心，想出了解决问题的办法。

几天以后，他写了一篇文章，匆匆忙忙交给《新建设》杂志编辑部，要求在1959年国庆节前发表。后来发表出来的这篇文章，在《对爱护我者说几句话并表示衷心的感谢》的小标题中的最后一段这样说：

“最后我还要对另一位好朋友表示感忱，并道歉意。我在重庆受难的时候，他千方百计来营救；我1949年自香港北上参政，也是应他的电召而来。这些都使我感激不尽，如今还牢记在心。但是这次遇到了学术问题，我没有接受他的真心诚意的劝告，心中万分不愉快，因为我对我的理论有相当的把握，不能不坚持，学术的尊严不能不维护，只得拒绝检讨。希望我这位朋友仍然虚怀若谷，不要把我的拒绝检讨视同抗命则幸甚。”

马寅初真是多灾多难，学术批判还未了结，就又对他展开了全面的政治性的彻底揭发批判。这次“面对面”的批判只不过是这场战役中的小小一幕。因为他会上“负隅顽抗”，第二天，北京大学全校又向他发起了一场新的更大的攻势。一夜之间，几千张大字报就被命令生产出来，像这几天来一直不停地下着的暴风雪一样，洒满了校园，甚至连马寅初居住的燕南园63号、临湖轩的东厢房的门上，房间、桌上、床头都被贴满了大字报。

白纸黑字，条条挂挂，所写内容已不堪入目了。

马寅初在住院的第二天，就给《新建设》杂志编辑部打电话，要求赶快发表他送去的《重申我的请求》。他在文中对于对他发起的错误的批判，发表严正声明：

> “这个挑战是很合理的，我当敬谨拜受。我虽年近八十，明知寡不敌众，自当单身匹马，出来应战，直至战死为止，决不向专以力压服不以理说服的那种批判者们投降。”

他还在另外一个场合完全置自己于不顾地说：“人口问题，在中国是一个极大的问题，如果像现在这样不加控制，任其盲目发展下去，它必将给我们的国家和党带来很大的困难，造成完全被动的局面！这是直接关系到我们党和国家以及民族的前途命运的大事。我已经研究并发现了解决这一问题的办法，我有责任说出来，并坚持到底。为此，我不怕孤立，不怕批斗，在这个问题上，我只考虑国家和真理，从不考虑自己；为了国家和真理，我不怕冷水浇，不怕油锅炸，不怕撤职、坐牢，更不怕死……无论在什么情况下，我都要坚持我的人口理论。”

这是需要何等的勇气！发现真理需要勇气；坚持真理，特别是在困难的时候，在权力面前坚持真理，则需要更大的勇气！

马寅初在此人生性命攸关的严重时刻，大义凛然，临危不惧，他为了维护真理，竟置自己的政治地位、社会荣誉与身家性命于不顾，单枪匹马，挥戈上阵，舌战群儒、学阀，真正做到了“泰山压顶无惧颜，横遭围攻无返顾。”

他以自己的实际行动，为我国的学术争鸣开创了一代新风，为后来的学人树立了光辉的榜样！

马寅初啊！你真不愧为我们中华民族知识分子的骄傲和光荣！我们深

深向你致敬！

然而，他的抉择终于给他带来了不幸的后果。

1960 年新年伊始，就有好几个人先后来劝马寅初说：你要识时务呀！现在不辞职不行了，还是赶快去辞职吧！不然可能会更糟！马寅初完全明白这些劝说者的意思。

1 月 3 日，北京风雪漫天，街上行人稀少。马寅初被逼到西单大木仓胡同的教育部找部长谈话，口头向教育部部长提出辞去北京大学校长的要求。

1 月 4 日，他被迫向教育部写出正式的书面辞职报告。教育部部长将此事上报国务院，批准马寅初的辞职。

从此，马寅初就结束了他一生中第二次到北大的将近十年的教育工作生涯，他退掉了北大的住房，离开了坐惯了的校长办公室的棕色的皮转椅，回到他在北京东总布胡同 32 号的家里。

之后，很快他又被罢免了全国人大常委的职务！

在马寅初被罢免职务的同时，也被剥夺了发表文章的权利！

从此以后，在将近 20 年的时间里，人们再没有听到这位刚直不阿的学者的声音！

马寅初何罪之有？竟遭此悲惨下场？！

为了研究，提出《新人口论》，他不顾年迈古稀，先后历时五年，几乎踏遍祖国的城市和乡间；他深入实际调查，倾听人们意见，同专家学者交谈，翻阅古今中外文献，呕心沥血，辛苦万千！他对党对国家确实无限忠诚，赤心一片！他的《新人口论》是兴邦建国的根本大计，不仅有利于国计民生，而且能造福子孙后代。但他却无端遭到错误的批判和处置！

这真是历史的遗憾！

在中国的历史上，像马寅初这样被母亲错打错罚的事情所带来的严重后果和惨痛的教训，在若干年后人人都知道。就连母亲自己也在吞食由于她的严重过失给她带来的苦果！

第四部

小院春秋

（一九六〇年至一九七八年）

第三十章 寂静的小院

在异常寒冷而多雪的 1960 年早春时节，马寅初被迫辞去北京大学校长以后，怀着沉重的心情，回到了他在北京东总布胡同 32 号的旧居。

从此，他便在中国的政治舞台和学术舞台上消失了。在以后近 20 年的漫长岁月里，人们再没有听到这位刚直不阿的学者的声音和信息。

东总布胡同是北京市东城区的一条普普通通的小胡同，位于北京火车站的北面。这里的居民房舍大都是砖瓦木质结构平房，比较简陋、古老而又破旧。马寅初的住宅，座南朝北，门庭不大，外面也很普通，但却是一个独门独户的院落。在这个院子的当中，有一幢两层的中西式相结合的小楼。楼的前面，有几棵枝叶繁茂、不高不低的海棠树，周围是一条半环形的水泥小径。

在小楼的右边，这个院子的东南面，有一棵棵粗壮、高大的榆树、槐树和挺拔、苍劲的松柏；在离马寅初一楼卧室窗户不远的地方，还有一棵他十分喜欢的腊梅，一架美丽的龙爪槐，一个圆形的花坛，一片绿茵茵的草地……所有这一切，都使得这小院更显得寂静幽雅。

在这个寂静的小院的西南角上，还有一排与楼房不相称的相当考究的砖瓦结构平房。这是国务院机关事务管理局专门为马寅初修建的防地震用的住房。据说，钢筋水泥已把整个房子浇铸成一体，这种结构的建筑可抗八级以上地震。

当人们进入 32 号的小小木门以后，沿着一条由水泥方砖铺成的小路，向南而行，走不到百步，即到了院内小楼的门前；在此，向右一转，再登

马寅初在北京的故居：东总布胡同 32 号宅院。

二、三级水泥台阶，便可进入小楼。楼内全是油漆过的木质结构的红色地板。在不同的房间，陈设有做工精美、不同形式的中国楠木桌椅。一层是比较宽大的会客室，也有几间卧室；二层全是卧室。

马寅初和他的妻子、儿女一家人，就都住在这里。夏天，马寅初住一楼；冬天，他住二楼。

本来，马寅初的这所住宅，一年四季总是电话不断，人来客往。到他这里的，有他的学生，有他在教育界的同事，经济界的专家、学者，也有政府部门的领导人，以及各界知名人士和他的老朋友。

但是，自从他被“批倒批臭”、罢官回到家里以后，就再没有人敢来问津。桌子上的电话不响了，客厅里总是空荡荡的，小院也显得更加寂静，甚至门可罗雀。

对此，马寅初不仅难以理解，而且百思不得其解：他一向热爱共产党，拥护共产党，并且真心实意地为共产党治理好国家献计献策，可到头来，他的关于解决中国人口问题的正确理论、主张和办法，不仅不被采纳，反而遭到批判，最后竟因此撤职、罢官，被赶回家里“养”了起来，遭此孤独和冷落……“这是为什么？”马寅初苦苦地思索着，“难道是我错了么？不！绝对不是！那又是为了什么呢？”他真想大声地喊叫：“有谁能对我讲清楚这个问题！我真要诚心诚意地感谢他！”

正当马寅初在他空空荡荡、宽宽大大的会客室，独自一人苦思这一问题的时候，门上的电铃突然响了起来。他家里的人去开门迎接客人，原来是陈毅同志登门探望。

“谢谢你来看望我！”当陈毅在他的会客室坐定以后，马寅初激动地对陈毅说。

“马老，你不必客气，我们过去是在一起共同工作过的同志，记得刚解放不久，我在上海举行的一次盛大晚会上，曾向上海人民介绍过你的家庭。我说过，你的家庭是革命的家庭！”陈毅喝了一口咖啡，接着说：

“现在你受到了批判,所以我特地以朋友的身份来看看你。我个人认为,你马寅初提出的解决中国人口问题的理论、主张和办法是有远见卓识的,是对的。即便再过一万年,你马寅初在这个问题上也是正确的。”陈毅讲到这里,思考一会儿后意味深长地说:

“古往今来的历史早已证明,天王老子也会犯错误!望你保重身体!”

马寅初送走陈毅以后,觉得一股暖流流过全身,在精神上受到了极大的安慰!他坐在他的宽大的写字台前,打开抽屉,重新拿出他在受批判时,工人、农民、解放军指战员、学生、教授、干部,以至党的高级干部写给他的一封封充满同情、慰问,并坚决支持他的人口理论的来信。他边读边想,觉得自己并不完全孤立,在党内和人民中间,还有相当一批人了解和支持自己,这更加坚定了他坚持自己人口理论的信心和决心。

一天,他心情坦然地对家里人说:“过去的事情,已经永远过去了,已经一笔勾销。我在家里将重新开始自己的研究和写作。”

从此,78 岁的马寅初便在这个寂静的小院里,开始了他将近 20 年的默默无闻的读书、研究、写作、锻炼身体,以及同疾病进行顽强斗争的生活……

1960 年秋天错遭批判之后，马寅初在家中看书学习。

第三十一章　进亦忧，退亦忧

北宋时期著名的政治家和文学家范仲淹，在他所作的《岳阳楼记》一文中曾经写道：

“嗟夫！予尝求古仁人之心，或异二者之为。何哉？不以物喜，不以己悲。居庙堂之高，则忧其民；处江湖之远，则忧其君：是进亦忧，退亦忧。然则何时而乐耶？其必曰‘先天下之忧而忧，后天下之乐而乐’欤！噫！微斯人，吾谁与归？”

马寅初正是这样。

新中国成立以后，当他进“居庙堂之高”，一身兼负多种重任的时候，他无时不在为人民思虑：他在担任中央政务院财政经济委员会副主任时，为了制止物价上涨，尽快恢复经济，保障人民生活，曾有多少个日日夜夜都在看呀，算呀，写呀，呕心沥血为国为民操劳。为做好华东军政委员会和浙江大学的工作，他曾身居上海，经常在北京、上海、杭州之间奔波，曾有多少时日，他总是上了小车，就学习外文，下了飞机或火车，就进入机关或学校开始工作。

作为中国人民的和平使者，他曾多次从亚洲飞往欧洲，到波兰、捷克斯洛伐克、苏联、柏林和巴黎……去反对战争，争取和平。他在国内国外曾到处发表演讲，撰写文章，大声疾呼：反对使用原子武器，争取世界持久和平！作为中国人民的文化使者，他曾率领代表团出访保加利亚，为促进中、保两国的文化交流做出贡献！

作为新中国成立以后就职的北京大学的首任校长，马寅初为创建新北

1952 年 6 月，马寅初（第一排左二）率领中国文化代表团访问保加利亚。

马寅初（前排右三）访问保加利亚农村，考察农业发展情况。

大曾立下过汗马功劳！从他到任起，就坚决主张在北京大学乃至全国的高等学校都要进行科学研究。他说：高等学校既要进行教学，又要进行科学研究，二者不可缺一。只有这样，才能为国家培养出高水平的建设人才。但是，马寅初的这一意见，遭到了当时的中国科学院院长郭沫若的反对。郭沫若不主张在高等学校开展科学研究工作。两人意见针锋相对，又谁也说服不了谁，怎么办？马寅初坚持要把问题呈报到周恩来总理和毛泽东主席那里，让党和国家的最高领导者裁决。结果，周恩来总理和毛泽东主席赞成并支持了马寅初在北京大学和高等学校要开展科学研究工作的正确意见。

作为教育家和大学校长的马寅初，他深深懂得后勤和基建工作在高等学校的重要地位。他认为，学校要为国家培养人才，要使学生在德、智、体等几方面都得到全面发展，就必须把学校的食堂办好。为此，在北京大学，他经常到食堂去检查工作，察看伙食，还多次同学生在一起吃饭。

一次，他在留学生食堂吃完饭后，对伙食管理人员说；你们一定要努力做到既要使饭菜的味道好，又要使价格合理。

有一年的元旦，他在学生食堂吃完饭后，用浙江嵊县话风趣地向大家祝贺新年："恭喜发财！恭喜发财！"马校长接着解释说，"但我讲的发财，不是发个人之财，是指在新的一年里，国家要发展经济，人民走富裕的道路！"

……

当马寅初错遭批判，被撤职罢官，退"处江湖之远"时，他仍时刻惦念着党和国家大事。

"我认为 1957 年的右派划得太多了，很明显，他们中有的人是错划的。"马寅初在全国政协组织的学习小组会上发言说，"对搞错了的，就应该给他们平反。这样做，对他们本人、对党都是一件大好的事情。"

他的话音刚落，就有人立即起来反驳和批判，这位发言者警告说："你也不想想你是什么人？你这种人，必须老老实实地认错服输，进行脱胎换骨的改造，争取重新做人，才是唯一的出路。但现在你却不想自己的问题，还要为右派分子鸣冤叫屈，进行翻案！对于马寅初这种恶劣的态度和猖狂的反扑，必须进行批判！”

还有一次，也是在全国政协组织的学习小组会上，有一位委员说：“毛主席的话一句顶一万句。即使在1000年以后也是对的，我们要永远读毛主席的书，听毛主席的话。”

马寅初听了这个委员的话后，说道：“不能这样说，你这样说不对，不符合马列主义原理，革命实践告诉人们：马列主义的基本原理是放之四海而皆准的，是永远不会过时的；但无论是马克思、恩格斯、列宁、斯大林，还是毛泽东同志，他们的话或著作，特别是关于政策方面的言论，只能管一段时间，一个时期，并不是在百年、千年之后，或永远都是有用的。”

他最后非常诚恳地又说：“我相信毛泽东先生本人，如果听了你今天的发言，也肯定不会赞成！”

“你马寅初好猖狂，竟敢公然反对毛主席！”一个参加学习的委员说，“过去你在人口问题上就反对毛主席，大家批判你，你不服气，今天又发展到全面反对毛主席，真是罪该万死……”

本来，马寅初在1960年年初被罢官回家以后，无事可做，有点闲得发慌，所以全国政协组织的一些学习活动，他还去参加。但每次学习会上，他的发言都要受到批判，人们都把他作为一个对立面来打；而且全国政协的有关部门还准备专门组织对他进行批判，后因中共中央统战部不同意才作罢。

这样，到1960年年底，马寅初就决定再也不去全国政协参加学习；但他忧国忧民的心情并没有因此而改变。他家的小院，怎能锁住他的一片忧国之心呢？！他对20世纪50年代末60年代初，在中国政治生活中出现的个人崇拜现象极为担心，经过深思熟虑以后，终于在1961年年初上书党中央的领导同志，对学习毛泽东思想，防止个人崇拜，以及在社会经济生活中出现的唯意志论的倾向等问题，坦率陈词，提出诚恳的忠告。

马寅初遭到错误的批判和处理之后，实际上只给他留了一个全国政协常委的政治待遇，其他的一切职务均已免职或停止。只是由于三届全国人大还没有召开，所以他的二届全国人大代表还没有公开撤消。

1962 年 1 月上旬。北京朔风怒吼，大雪纷飞。

这天晚饭以后，马寅初在他家的客厅对妻子儿女说："最近，我计划到浙江省去看看，一方面对农业问题做些调查研究，供我写书之用；同时，作为一个人民代表，我要到下面听听人民群众对国家的意见，向全国人大常委会反映。"

子女们异口同声地说："爸爸，你最好不要去！一来，现在天寒地冻，你年纪已大，怕身体出毛病；二来，你现在这种情况，下去不方便。"

"不！我现在还是人民代表，还没有被除名，既然这样，就更应该对人民负责，更应该到人民中间去走走、看看，听听他们的呼声和意见。"

亲人们深知马寅初的脾气，他自己一旦决定要做某一件事情，就谁也无法改变。所以，他们只好为他准备行装，送他离京。

到浙江以后，马寅初才知道，他这次下来是一次多么艰难的考察！他跑了很多地方，但所到之处，所有接待他的人，都一反过去热情欢迎的常态，而完全代之以冷若冰霜的面孔，有的甚至爱理不理，答非所问。

但马寅初对此并不在乎，更不灰心，他依然按照自己的计划，一步一步进行。他在日记中写道：

看来他们对我的批判，似乎在群众中产生了不小的影响。我所到之处，无不受到慢待和冷落。我每到一处，刚一进门时，那些瞪大眼睛看着我的一副副冰冷的面孔，就像一桶桶冷水向我泼来。

泼冷水是不好的，但对我倒有好处。我最不怕的是冷水，因为我洗惯了冷水澡，已经洗了 50 多年了，天天洗，夜夜洗，一天洗两次，冬夏不分。因此，我不怕对我泼冷水；相反，我还欢迎对我泼冷水。泼冷水，使我获得了一个冷静的头脑，使我很适宜于做科学研究工作。

刚强不屈的马寅初，即使在如此困难的情况下，仍然对科学、农业、经济、干部作风等各方面的问题，做了大量的调查研究。他到浙江嵊县他的老家调查时，在一次基层干部的座谈会上曾反复强调："我国目前存在两个大问题：一个是人口太多，增长太快；另一个是科学技术落后。如果这两个大问题不加以解决，经济就上不去，人民生活也改善不了。"

虽然身处逆境，但马寅初的忧国忧民之心，却仍是如此强烈！

然而，马寅初毕竟老了。他这次在浙江农村考察期间，由于天气寒冷，住处又无取暖设备，在一次洗冷水澡时，不幸患了重感冒，而且很快又由重感冒转为急性肺炎，几经医治，见效甚少，病情仍在恶化。结果，不得不中断考察，抱病返京回家。

当他病好以后，就开始在家里整理从下边带回来的材料和意见，准备向中央反映。

子女们看了他整理的材料以后，劝阻说："爸爸，你还是不反映为好！你的观点和潮流不合，要挨批判！"

"我是人民代表，有责任把人民群众对中央讲的话、反映的情况，向上汇报，而无权将他们的意见没收和贪污掉！"

这样，马寅初就将他去浙江的所见所闻，整理成一本厚厚的综合资料，连同他忧国忧民的心情，一起呈送全国人大常委会参阅。

在报告中，他对社会生活中出现的唯意志论的倾向深感焦虑，对于少数干部中出现的特殊化、脱离群众的现象提出了尖锐的批评，对于人民群众在生活上的困难表示了极大的同情，并提出了解决办法……

但他送走以后，这个报告竟如石沉大海一样，再也无任何回音。

这是马寅初同全国人大常委会的最后一次关系。

1963 年，当他再一次拒绝到全国人大代表浙江组去作关于人口问题的检讨后，他的人大代表便被除了名。

第三十二章 长长的手稿

马寅初是一个意志坚强、心胸开阔、遇事能拿得起又放得下的人。

他自从被免职回家，停止一切政治社会活动以来，对于过去曾经发生的那些不愉快的事情，就下决心要把它彻底忘掉。

一天，他在日记本上写下了表达自己心愿的这样的一段话：

大江东流去，永远不回头！

往事如烟云，奋力写新书！

本来在20世纪50年代初，马寅初所制定的科学研究课题就有两个：一个是人口问题，一个是农业经济问题。但那时由于他公务繁忙，又在集中全力进行人口问题的调查研究和写作，所以对农业经济问题的研究，虽然也曾调查收集了大量资料，但并没有提到议事日程。

到20世纪50年代末和60年代初，当他的《新人口论》等有关人口问题和经济问题的理论遭到错误批判，特别是因人口问题在中国当代史上引起一场轩然大波以后，研究人口理论问题，在中国已经成了禁区。许多人对此都不敢问津，但马寅初却不然，他不仅坚持自己的正确观点，而且还继续补充和完善他的人口理论问题。然而这一问题，毕竟已不是他研究的重点。这个时期，他把主要精力和时间，都用在了对中国农业经济问题的研究方面。他认为，中国是一个有悠久历史的农业大国，农业问题解决得好坏，直接关系到国民经济的兴衰。

他抱着在晚年要为祖国农业经济的发展做出自己贡献的决心，以极大的兴趣，在农业经济科学问题上大做文章：如何才能尽快地发展中国的农业，怎样改良品种，还有开荒扩大耕地的问题等等，这些都成了他研究和写作的课题。

从 1961 年春天开始，马寅初就着手为他的《农书》写作做准备，他把过去已经收集好的湖南、湖北、吉林、海南岛等地有关农业经济的材料，认真仔细地进行整理，在整理过程中，还让他从前的秘书王克宥，不断从北京大学、北京图书馆借来国内外有关中国农业发展的新资料，加以补充。进入 1962 年以后，他又亲自到浙江农村，对农业问题进行了专门的调查研究，带回了大量第一手材料。

在先后将近两年的准备时间里，马寅初一直过着非常有规律的生活。他总是在白天阅读、研究有关农业问题的资料，晚上结合研究的问题看书学习。他的涉猎非常广泛：有政治、经济方面的书籍；有政治、历史方面的报刊；有中文的，也有英、法、俄文方面的原版著作……

每天早晚，是他法定的锻炼身体的时间：洗热冷水浴、散步、跑步……无论季节和气候如何变化，他都做到始终如一，终年不断。

每天中午，马寅初总要躺在他那个长长的藤椅上，睡半小时至一小时的午觉。马寅初还常常提醒家人说："午睡时间，概不见客，请为挡驾！"

他还有这样一个习惯：无论是看书，还是在写作时候，在宽大的写字台上，以及坐椅的后面，都摆有许多盆栽的鲜花：流丹吐翠的君子兰，火一样的一串红，红色的和粉色的月季，鲜艳夺目的牡丹，各种各样的仙人球、仙人掌，四季飘香的米兰，绿白相间的吊兰，像一柄柄刀剑插在盆里的龙舌兰，高大的夹竹桃，小枝细叶的浓绿色的文竹等，几乎都成为他亲密的伙伴。

他置身于鲜花芳草的世界，神思着中国的农业经济大事，常常忘了吃饭、忘了现实。

在《农书》的准备工作就绪以后，从 1963 年到 1965 年，他用整整三年的时间，一直在呕心沥血地进行写作：春天和冬天，他都在房子里写，夏天与秋初，则常常让家人把藤桌、藤椅搬到门前院内的那两棵枝叶婆娑的海棠树下，奋笔疾书。微风拂面，他似乎没有感觉；知了鸣叫，他好像根本就没有听到；他完全进入了角色，进入了中国农业经济科学的世界……

马寅初写作，有他自己独特的方式，他在写初稿时，从来不用印好的稿纸，而总是使用八开大的白纸。他还总是按照事先拟好的详细写作提纲，一章一章、一节一节，用钢笔工工整整地从右向左一笔一画来写，而且每写完一张，就用浆糊把它同以前写完的一张粘接起来。

人们可以看到：在他的写字台上，经常摆着他写完的一张张粘接起来的长长手稿；而且每到一个章节时，他就将这些长长的手稿卷起来，捆成一卷，然后把它放在他的专门存放手稿的藤箱里。

随着时间的推移，一卷一卷的手稿逐渐放满了藤箱。他怕手稿受潮和虫咬，就将藤箱放在通风的地方。

到 1965 年岁末，马寅初用三年的时间和心血，不仅已经将他的上百万字的《农书》初稿写完，而且还从头到尾做了一次修改。

这位年过 80、一向以治学严谨著称的教授，在修改稿子的时候，更是一丝不苟。他在原稿上做修改时，一般用蓝笔，特别重要的改动则用红笔。

他一生写作并出版了许许多多大大小小的著作，但写作那些作品时，都有明确的目的：发表或出版；写这本《农书》时，他明知写完既不能发表，也不能出版，但他还是以无比惊人的毅力，终于把它写了出来。这是他献给祖国母亲的一颗拳拳之心！他相信，党和人民终有一天会理解他的，他的《农书》终有一天会问世，为治理国家发挥效用。而《农书》问世之时，他在不在这个世界，却无关重要。因为他一向淡于名利。

当他完成了这一巨大浩繁的工程之后，心中充满了无限的喜悦。

1966 年春节以后的一天吃午饭时，马寅初说：

“你们大家分头抽时间帮我抄清《农书》的原稿。这部书现在虽然拿不出去，但抄清后总算了却我的一桩心愿！现在不能出版，并不等于永远不能出版。它是我十几年来的劳动成果，心血结晶！”

当家人们正要准备动手帮他抄清手稿的时候，北京和全国的报刊突然掀起了一个批判邓拓、吴晗、廖沫沙的“三家村反党集团”的高潮。

“唉！”马寅初看完报纸后，长长地叹了一口气对家人说：“《农书》的原稿，你们不必抄了！”

从此，马寅初写的有几十卷长长手稿的《农书》，便被放在那个藤箱里，睡起了长觉。

第三十三章　火与血

1966年，在中国的大地上，突然降临和燃起了“文化大革命”的灾难之火，而且这场人为的所谓熊熊烈火，竟一直燃烧了十年之久……

历史已经作出裁判：“文化大革命”是一场由领导者错误发动，被反革命集团利用，给党、国家和各族人民带来严重灾难的内乱。这场内乱来势凶猛，四处蔓延，乱得党组织完全陷于瘫痪；乱得学校停课，工厂停产，农田荒芜，国民经济遭受严重破坏；乱得内战四起，硝烟弥漫，人民互相残杀，死于武斗的无辜者何止千千万万，万万千千……毁坏的房屋、设备、珍贵资料、文物国宝更是无法计算；乱得人民被愚弄，志士仁人遭浩劫，千百万优秀干部被关进监狱，严刑拷打，妻离子散，有的甚至家破人亡……

这场内乱还带来了更大的灾难：它使奸臣当政，鬼魅登台，忠良被害，是非颠倒，人心涣散……

伟大的中华民族啊！你怎么竟如此多灾多难！在历史上，你曾经受尽了外来侵略者的多少次践踏和蹂躏；而现在，却是你不孝的子孙在自败祖业，自败家产，在发疯似地使我们中华民族的自身遍体鳞伤，鲜血淋淋，使祖国母亲外伤严重，内伤惨重，使中华民族的元气大损……

不幸的马寅初啊！在这场空前巨大的灾难和浩劫中，你将遭到何种命运？

全国报刊批判“三家村”时，马寅初就感到有点紧张。他常常想：会不会把自己又重新拿出来大批一通呢？

“你是‘死老虎’，肯定不会再重新揪出来批判你了。这次文化大革命的重点是整党内一小撮走资本主义道路的当权派，你请放心吧！”一位老友来看他时对他说。

马寅初听了将信将疑。但他决定停止对《农书》的进一步修改。

进入1966年的秋季，红卫兵的组织已如雨后春笋，遍地皆是，它的成员之多，简直无法统计。从十几岁的中学生，到白发苍苍的老干部、老工人，乃至街道居民，无论是男女老少，人人都穿一身草绿色的军装，戴一顶军帽，腰间扎一根宽宽的皮带，臂上套一个红袖章，这就是所谓的红卫兵。这样的装束，在当时的中国，简直成了革命的唯一象征。

开始他们只拿小红书念语录，高呼革命口号；逐渐便由“口头革命派”转为“真正革命派”。整天成群结伙，上街“破四旧”，在汽车站、电车站、十字路口，用剪刀剪妇女的长发和瘦脚裤，撕人家的裙子，到公园、名胜地砸烂历史文物，推倒几百几千年之前立的石碑，用炸药炸毁古庙。还有大批的红卫兵，不分白天黑夜，坐着汽车，手拿木棍刀枪、皮带钢鞭，以迅雷不及掩耳的速度，向他们既定的目标进攻……哪一家要碰上他们，这个家就会被抄得乱七八糟，说不定还被弄得家破人亡。因此，凡是“文化大革命”的“对象”，都谈“红”色变，闻声丧胆。谁都害怕这群恶魔撞进自己的家中，给全家带来灭顶之灾。

马寅初也是这样。

他一听家人、亲戚对他讲红卫兵到处抄家、打人的事情，就觉得很可怕，就觉得这一次真是“秀才遇上兵，有理讲不清”了，很可能过不去了，要大难临头。为此，他总是嘱咐家人每天都要把门关好。但这又有什么用呢？这只不过是一种无可奈何的表示而已。他明明知道那些“天兵天将”是会破门而入的。

开始，马寅初对红卫兵来抄家，还是一般地担心和害怕。深秋的一天，当他从子女那里听到红卫兵已经到他的好友邵力子、张治中家里转了几圈之后，就更加害怕起来。

“会不会很快就要来抄我的家呢？大祸会不会马上就要降临呢？”马寅初正在客厅想得出神，突然一阵大声的叫骂把他惊醒：

“告诉你，马寅初！我今天要造你的反！”马寅初回头一看，原来是国家派给他的那名年轻的工作人员，怒气冲冲地进入了客厅。他双手叉着腰，左臂上戴着一个“红卫兵”袖章。

“你这个资产阶级反动学术权威，我现在正式警告你！”这名红卫兵开始了他对马寅初的批判：

“过去你反对毛主席，大肆贩卖什么《新人口论》的黑货，早就罪该万死，现在你还过着地主、资本家的生活。你洗澡，要我给你烧锅炉，整天饭来张口，衣来伸手，臭架子还真不小。”

“马寅初你听着：你是老牛鬼蛇神，以后你要听我的指挥！如胆敢违抗，我定饶不了你。”

这名天然的革命者训斥完马寅初以后，将门一关，扬长而去。

马寅初听后，却呆若木鸡，长久地站在大厅的地上，不知如何是好！

马寅初是国家行政三级干部，在1960年错受批判和处理以前，国家给他配有小汽车一辆，司机一名，秘书两名，服务人员两名。在错受批判以后，他的职务被撤销了，但他身边的工作人员并没有完全取消。只是有事时，常常找不到司机，原来北大的秘书另行分配了工作，他的女儿马仰惠仍是他的生活秘书。两名服务人员中，有一名是保姆，一名是勤杂人员。

今天，以造反派的身份同马寅初说话的，就是这名勤杂人员。

从此，这名“红卫兵”、造反派，差不多经常都要找马寅初，进行面对面的批判和辱骂；并且，他还发动保姆罢工，要她不给马寅初做饭，要保姆系统揭发马寅初对她压迫和剥削的罪行；还扬言，要从外面引进红卫兵来，同马寅初算账，彻底破除马寅初家的“四旧”……

马寅初听了这一切，顿时感到不寒而栗。他只觉得有一块无形的巨大的东西，飞向他的胸口，压得他喘不过气来。

1966年冬天的一个夜晚。

北京的天空阴沉沉的像铅一样沉重，强大的西北风像发狂的野兽在咆哮。但是尽管风这样大，仍然压不住由街上传来的一阵阵尖利的抓人的警车鸣叫声，以及让“牛鬼蛇神”游街示众的敲锣打鼓声……

马寅初心惊肉跳地躺在床上，听着由街上传来的各种可怕的声音。他翻来覆去，怎么也不能入睡。大约到天亮时分，他迷迷糊糊地似乎听到一阵急促的敲门声，家人刚一开门，正好门口停着一辆绿色的解放牌的大卡车，一车的红卫兵，个个身着黄军装，臂带红袖章，从车上跳下来，涌入院中、房间。他们手执棍棒，一言不发，见东西就打、就翻、就抄。从一楼打到二楼，直把他的家闹了个底朝天。马寅初自己拿一把椅子，守坐在他的一个绿色的铁皮保险柜前，生怕他们连这个也给抢了去。

“你就是老牛鬼蛇神马寅初？”一名红卫兵气势汹汹地来到马寅初的面前训斥道：

“你坐在这里干什么嘛！在保卫你保险柜里的四旧？”

“不然，红卫兵小将，”马寅初回答说，“这里都是我在一生研究工作中收集的资料，还有党和国家领导同志给我的珍贵信件，它们不是四旧，望能给我留下！”

“他妈的，这老家伙还在狡辩。”另一名红卫兵说：“你赶快把保险柜的钥匙交出来，不然——”他将手中用橡皮包着的钢鞭，在马寅初头上晃了两晃，接着道：

“让你马上皮开肉绽……”

保险柜被打开了，所有的东西都被抢劫一空。

“我的资料！我的信件！……”

马寅初出了一身大汗，在床上大声喊叫。夫人王仲贞赶忙过来询问，才知道原来他是做了一个红卫兵抄家的噩梦。

自从做了这场噩梦以后，马寅初就毅然做出决定：与其等着让别人来抄家破四旧，还不如自己动手为好！

“现在我向大家说一件事情。”一天早饭后，马寅初让家里人都来到客厅说：

“近来我一直反复思考，但又犹豫不决的一件事情，现在终于决定了下来。这样做，虽然十分可惜，又非常痛苦；但不这样做，又有什么办法呢？今天，你们大家都不要出去，也不要干别的事情，我们全家自己动手来破四旧……”

根据马寅初的意见，全家只好含着眼泪动手破除“四旧”。

结果，令人永远遗憾的事情，竟在一天中相继发生：

多年来，国内外的朋友送给马寅初的各种各样的花瓶、瓷器和玉器制品被摔碎，当作垃圾处理了，家中的许多皮鞋以及款式新颖的衣服均被锯掉鞋底和剪成碎片，送进锅炉炉膛烧掉了。

马寅初的那个绿色保险柜也被打开，里边珍藏着毛泽东、周恩来、陈云等党和国家领导人给他的亲笔信件，何香凝等许多著名书画家赠送给他的字画，还有他多年积累的有关中国和世界的许多珍贵经济方面的资料，等等，都被拿去送进了炉膛；

他的那部用数年心血研究并写成的近百万字的《农书》，那个由几十卷手稿堆放满的藤条箱子，也被抬到锅炉房，一卷一卷送进炉膛化成了灰烬；

还有多少宝贵的书籍，也同样遭到厄运……

熊熊的炉火，整整燃烧了一天，随着火焰的升腾，马寅初的珍藏、手稿和一生的心血，都全部化为乌有……

苍天啊！你为什么这样不公平？

命运啊！你怎么总是在捉弄人？

一把罪恶的“文化大革命”的妖火，竟把马寅初一生的心血，都给烧尽！

马寅初在哭泣！他为自己的著作不能献给祖国和人民而痛苦！他的心在滴血！

整个中华民族在哭泣，她在痛惜利国利民的《农书》的毁灭！

甚至连强大的西北风，也在为老人呜咽和打抱不平，想以它自己的神威从中国大地上刮走“文化大革命”这颗祸国殃民的灾星！

第三十四章　医学史上的奇迹

1971 年春天的一个下午，马寅初上完厕所来到客厅对妻子王仲贞说：“真糟糕！最近几天我一直在便血。”

“快去医院看看是怎么回事？”王仲贞关切地说。

因为当时马寅初的儿子都被下放到干校劳动去了，所以王仲贞只好陪马寅初到北京医院就诊。

经过多次到医院检查化验大便，证明马寅初确实在便血，而且便得很多。不论大夫给开什么药，吃后还是经常便血。但为什么便血呢？却找不出原因。

这使马寅初非常忧虑。

“到底为什么总是便血呢？”马寅初经常想到这个问题，但就是得不到答案。

“你便血的原因我们找到了，是老年性的肠胃毛细血管出血。”9 月上旬的一天，马寅初又一次到北京医院就诊时，医生对他这样说，并给他开了一张诊断证明书。

但根据这个诊断服药后，马寅初的便血仍未止住。

到 11 月份，马寅初去医院就诊时，北京医院的另一位医生对他说：“你的病是痔疮出血，以后不必再来看了。”

但马寅初根本就没有痔疮！显然，这个诊断也不对。只是他渐渐觉得自己浑身无力，而且脸色也越来越黄，有时感到头晕，血色素已从正常人的 12 克下降为 6 克多。

疑云一直在马寅初和他的家人心中升腾着。

1972 年 4 月下旬的一天，预料中的事情终于发生了。

这天，马寅初由夫人王仲贞及家人陪同，又一次来到北京医院就诊。看完病后，医生让马寅初先回家去，把王仲贞及家人留下谈话。

“我们想同你们谈谈马寅初先生的病情，”北京医院的一位主治大夫对王仲贞等人说，“好让你们思想上有所准备。”这位大夫一边翻着病历档案，一边说：“经过多次诊断、研究，我们对马寅初先生的便血问题，已经最后确诊：他患了早期直肠癌。据检查，现在在马老的直肠上，有四分之一处发现了癌细胞。”这位医生将马寅初的病情诊断书交给王仲贞后，继续说：“马老已经是 91 岁的高龄，现在患的又是这种病，要不要将真实病情告诉他呢？请你们商定。”

王仲贞说：“恐怕必须告诉他，自他便血不止以来，他就怀疑自己患了癌症，现在既已确诊，我们就不好瞒着他。但医院准备怎样为他进行治疗呢？我希望你们能够进行一次会诊，等确定治疗方案后，我们连病情同治疗方案一起告诉他！”

“这样也好！”

很快，北京医院就召集首都和在北京出席全国学术会议的名医会诊。

按照常规，直肠癌患者，应当进行手术治疗，可是据医疗文献记载，八旬老人就不宜动手术了，何况马寅初在当时已是 91 岁的高龄；所以在会诊会上，大家的一致意见是要对马寅初采取姑息疗法：进行药物治疗而不做手术。

生活呀！你为什么这样不公平？！你为什么总是一次又一次地把打击和灾难降临到马寅初先生的身心？！为什么在他孤独和悲愤、心事未了的晚年，你还让死神来向他敲门？！

“癌症！”这是一种多么无情，多么残酷的疾病！它意味着身体的衰竭和死亡，意味着生命的崩溃和毁灭！曾经有多少人被它夺去了本来可能是辉煌的生命！在中国，在全世界，每时、每月、每年都有成百、上千、几万乃至几十万、几百万人的生命，被它张着血口所吞噬；在它的面前，无论你是总统、元戎、诗人、教授，还是一般平民百姓，人人都一律平等……

如今，命运之神，已把91岁的马寅初又推到了他人生的第五个十字路口，马寅初被癌症宣判了“死刑”。

可以毫不夸张地说：马寅初已经到了九死一生的时刻。这一次，他可能再也过不去了，恐怕要永远告别人生。

马寅初躺在北京医院的病床上，听罢妻子儿女陈述他的病情和医院的治疗办法以后，不仅没有丝毫的惊恐和异常，反而显得特别平静。

这种病，他早有所猜测和准备，现在只不过是得到证实而已。

难道就这样完了吗？不！我绝不能向癌症屈服。马寅初想完这个问题后，随即对家人说：

“直肠癌并没有什么可怕！你们不必为我担心。只要能进行手术，就不会有什么事情。你们是否去天津找金显宅教授一趟，向他请教关于为我进行手术治疗的问题。”

马寅初的女婿徐汤莘听了马老的意见，连“五一”节也顾不得休息，就急如星火地飞奔天津。

徐汤莘在天津人民医院找到了著名肿瘤外科专家金显宅教授和他的学生——该院胸科主任王德元大夫。

金显宅教授原是天津人民医院的院长，当时已经69岁，在徐汤莘去找他时，他刚刚结束了被监督劳动的所谓“反动学术权威”的非人生活。

当徐汤莘向他讲了马寅初的病情和近况以后，金显宅认真负责地说：“我认识马老，50年代为他治过病。当时的情景，我至今仍记忆犹新。”

“我认为给马老治病，最好的办法是进行手术。当然，给像马老这样91岁的老人做手术是有危险的。”金显宅教授进一步解释道：“但不能因为有危险，我们就不去积极进行治疗，而采取听之任之的、甚至放弃医治的办法。过去我曾给一位 86 岁高龄的患者做过手术，结果还是获得了成功。事实证明，给年龄大的患者进行手术，并非一律不行。事在人为，只要想想办法，我认为给马老做手术还是可以的。比如，马老的年龄大，他的手术可以分两步做：第一步先把大肠改道，即'腹部造瘘'（人造肛门），使马老能吃饭，能排泄粪便；第二步再切除肿瘤。"

这个办法到底行不行呢?

为了做到决断准确，金显宅教授还专程从天津到北京医院，假马寅初亲属之名，特地到病房探视了马寅初。当他看到马老思想开朗、情绪乐观、体质较好的情形时，就最后坚定了为他做手术的决心。

这样，马寅初及其家属便正式向北京医院提出进行手术治疗的要求，但得到的回答是：不可以。

院方的理由是：他们请金显宅教授来京会诊时，所有专家，包括金教授在内，一致认为：马寅初不能进行手术治疗。但这种说法却有意隐瞒了一个重要情况：即金教授在会诊时坚决主张分两步给马寅初做手术的意见，而且这种意见得到与会专家的一致赞成。后来因为医院当权者对金显宅教授一再施加压力说："这个手术，只能做好，不能做坏！"才使大家不得不放弃手术的意见。

然而，马寅初及其家属并不灰心。为此，马寅初的夫人王仲贞专门向总理写了报告，坚决要求为马寅初进行手术治疗，还特别提出要求金显宅、王德元主持手术。

很快，周恩来总理就在马寅初夫人的这份报告上作了批示：

> 病人本人有动手术的要求，家属又坚持手术，医务人员就应当从手术着想。由天津的金显宅、王德元主持手术，组织会诊，议后望告。

这个批示，当天就被送到了北京医院。

为马寅初进行手术治疗的方案，在周总理的关怀下，终于得以通过，并且决定，手术由金显宅进行指导，天津人民医院的张天泽担任主刀，王德元大夫和北京医院的周光裕医生当助手；与此同时，还由北京和天津的有关医院抽出了一些主任医师，组成一个包括内科、外科、眼科、麻醉等多方面的、水平较高的综合医疗班子，专门为马寅初的手术服务。

当为马寅初做手术的一切工作准备都就绪以后，原来北京医院一直反对为马寅初做手术的个别当权者又吹起了冷风：

“这个医疗组的胆子可真大，他们也未免太勇敢了！假如出了事儿怎么办？我看他们恐怕要吃不了兜着走！”

医疗组的同志听到这些涣散军心、瓦解斗志的话后，没有为之动摇，只是对准备工作一次又一次地进行了检查。当时他们最大的顾虑，就是怕马寅初手术后生肺炎。马寅初得知这一情况后，非常开朗和乐观地对医疗组的大夫们说：

“我都已经 91 岁了，你们还有什么好怕的。这次手术是向癌症进行的一次尝试性的斗争，是在向医学高峰攀登！我宁愿把自己贡献出来，努力配合你们治疗！既然决定要做了，就不要怕这怕那，更不要怕东怕西。”说完，他发出了爽朗的笑声，还反问道：

“你们说是吗？”

是的，马寅初说的极是！医疗组的人员听到他的这些话后，都深深地受到感动，更增加了他们对手术的信心！

终于，一场同死神搏斗，向癌症发起冲锋，创造世界医学史上奇迹的艰难战斗打响了。

1972 年 5 月 31 日上午，静静的北京医院外科手术室已经摆开了战场：为马寅初进行手术的所有医务人员，早已各就各位，无影灯柔和的灯光把屋里照得一片雪白……手术室的门开了，情绪乐观、神态自若的马寅初被推了进来，抬上手术台……

经过三个多小时的紧张工作，马寅初的第一次手术顺利地获得成功，而且手术的情况竟然出乎意料得好：在腹部造瘘的当天，他的饮食和排便就已正常，人还可以像平时一样活动。

真是苍天有眼，竟然保佑他在向癌症这一魔鬼进行的斗争中，旗开得胜，首战告捷！

两个星期以后，在6月14日的上午，按照原订的治疗方案，马寅初又被推进了静静的北京医院外科手术室，进行第二次手术。

如果说第一次是比较小的手术的话，那么第二次同第一次相比，就是一次很大很大的手术了，甚至可以说是一次担着极大风险的手术。但金显宅教授胸有成竹，主刀张天泽医生、助手王德元、周光裕大夫密切配合，有条不紊……结果，切割患有癌症的直肠手术又进行得相当顺利，只用了一个多小时就结束了。

但这次手术后，马寅初躺在病床上不能活动了，一度还出现过轻度肺炎，并微有胸水、发低烧。

在此情况下，北京医院原来反对手术的个别当权者，似乎又找到了“根据”，他们对医疗组时而冷嘲热讽，时而幸灾乐祸……

但是，这些手术的反对者们，确实高兴得太早了。马寅初在手术后曾经出现的这些病症，经过医疗组精心严格的治疗，没有几天工夫就完全好了。

马寅初手术后，天津人民医院的王德元大夫，继续留在北京照顾马老，亲自为马老换药，一直到三个月以后，马老的伤口愈合，出院回家，他才离京返回天津。

马寅初直肠癌手术成功的消息，像春风一样，吹遍了北京、天津乃至全国各地，受到了医学界人士的广泛赞扬。但是，原来北京医院的个别反对者仍然不放弃他们的观点，他们说："马寅初的这次手术成功与否，现在评论还为时过早，最好五年以后再作结论！"

事实的发展如何呢？

自1972年8月中旬，马寅初手术成功出院后，天津人民医院的王德元医生每年都要到北京马寅初的家里，为马寅初进行手术后的检查。结果，马寅初在手术后的情况一直很好，到10年以后，癌细胞都没有转移，癌症都没有复发。

事实无可辩驳地证明：马寅初在配合医生同癌症作斗争的过程中，真正获得了全胜！他战胜了癌症的病魔，赶走了敲门的死神，一举推翻对他宣判的"死刑"，又整整活了10年！

这是中国医学史上的新纪录，也是世界医学史上的奇迹！

在同癌症作斗争的战场上，马寅初又一次为人们树立了光辉的榜样！

第三十五章 练身篇

马寅初 90 高龄时身患癌症，91 岁进行了手术治疗。结果，他不仅神话般地活了下来，成了世界医学史上高龄手术成功的罕见人士；而且在 10 年之后，当他 100 岁时，癌细胞并未转移、扩散，癌症一直没有复发。

这是马寅初在人生道路上创造的又一奇迹！

这样的奇迹，既可以说完全出乎意料，也可以说亦在情理之中。它的奥妙就在于马寅初坚持锻炼了一生。体育锻炼使他的体质和抵抗疾病的能力得到了极大的增强，为他在身体方面创造人生的奇迹，打下了坚实的基础。

现在，就让我们来看看：马寅初一生中是怎样进行锻炼身体的？就让我们来探索一下他强身长寿的秘诀吧……

亲爱的读者，你们大概还记得吧，本书在第一部的《在大洋彼岸》一章中，曾详细记述了马寅初在美国耶鲁大学留学期间，从一位长寿医生那里，学会了“热冷水浴”的锻炼身体方法，从那时起直到终生，马寅初都一直在用他学到的“热冷水浴”的方法，坚持锻炼，几十年来从未间断。而且，他在实践中，还对这种方法有了创新和发展：即把学习时的每天做一次，发展成为每天早、晚各做一次；他不仅在家里做，还常常到江河湖海中去游泳。在杭州的浴场、北京颐和园的昆明湖，在苏联的黑海，都先后出现过他搏水斗浪的身影。即便在他 91 岁两腿都瘫痪以后，仍然坚持用冷水擦身……

1954 年 6 月，马寅初在苏联黑海进行游泳锻炼。

事实证明，这种“热冷水浴”的锻炼方法，给他的身体带来了极大的好处，使他的生命放射出了异常的光辉。

“你的身体非常健康，没有一点毛病，一定可以活到一百岁！”全国解放不久，马寅初在浙江的一家医院检查完身体后，一位著名医生对他这样预言说。

除进行“热冷水浴”外，马寅初每天还在睡觉后、起床前各做一次按摩。晚上，他按摩的部位是胸前的主动脉，这办法是从美国学来的；早上，他在头部、眼睛、眉毛、脸上进行按摩，这是学的清朝乾隆皇帝的健身法。

同时，马寅初也采用骑马、打太极拳、跑步、走路、爬山等多种办法来锻炼身体。他说：“对我身体益处最大的就是‘热冷水浴’与‘爬山’两项。”

早年，马寅初在美国哥伦比亚大学留学期间，每星期都要去爬一次纽约市中央公园的小山，从美国学成返回祖国以后，在 40 多年的时间内，他都一直坚持爬山锻炼。

在杭州 10 年，他每星期都要坚持去爬两次山。坐落在美丽的西子湖畔的玉皇山、宝俶山、棋盘山……不知留下了他多少足迹？！鲁迅先生曾经说过，地上本来没有路，走的人多了也便成了路。由于马寅初 10 年如一日坚持爬山，从桃园岭到北高峰，终于让他踏出了一条山间小路！

在山城重庆，他如鱼得水，凡外出总是自己走路、爬山，从不坐“滑竿”。有人见此对他开玩笑说：“你这个经济学博士，这样做到很‘经济’！”其实马寅初并不是怕坐“滑竿”花钱，而是在有意识地锻炼身体。即使在 1942 ~ 1945 年，他被蒋介石逮捕软禁期间，也从未停止过登山运动。

当时，马寅初的家住在重庆歌乐山半山腰的大木鱼堡 5 号，终日有国民党特务监视，不准外出，只允许他在规定的范围内活动。尽管身陷囹圄，但他仍然坚持锻炼：每天他总要从家里出发，沿着那云雾缭绕的崎岖山路，爬呀爬呀，一直登上六七百米高的歌乐山主峰——云顶寺。往返一次十华里，时间却不及一小时。他在登山时，总是以小跑的快速姿势行进，所以他常称爬山为“跑山”。每当朝霞染红东方天际时，他便在主峰上情不自禁地说：天就会亮的，黑暗就会过去，我要把身体锻炼好，为中华民族继续奋斗！

在北京，马寅初最喜欢爬的山是香山，爬颐和园的万寿山他总觉得不过瘾，所以每当爬万寿山时，他总要来两次；有时因时间关系不能去香山，他就在市内的景山公园爬景山。马寅初说景山山势低，要爬十次才能顶上爬香山一次。

20 世纪 50 年代，马寅初除任北京大学校长外，还兼任了几项国家的重要职务，他白天工作很忙，晚上又要从事科学研究、著书立说，越是在这样的情况下，他越坚持锻炼……

北京西郊的香山主峰，海拔 557 米，山势陡峭，山路崎岖，被人们称为“鬼见愁”。青年人登上峰顶，也往往累得汗流浃背，70 多岁的马寅初登“鬼见愁”，却健步如飞，呼吸均匀，中年的儿子还赶不上他。

在他将近八旬的一个金色的秋天，他又一次以矫健的步态登上了“鬼见愁”。他在顶峰上极目远望，心旷神怡。湛蓝的天空洁净如洗，那遍山的枫叶，那碧云寺的金刚宝座塔、玉泉山的青松、明镜般的颐和园昆明湖、黄瓦红墙的北京城、茫茫苍苍的河北大平原，全都收入眼帘。他尽情享受着大自然的美，完全沉浸在登山锻炼给他带来的愉快和幸福之中……就在这时，“咔嚓”“咔嚓”，摄影家拍下了马寅初的英姿，并将照片刊登在《新体育》杂志上。许多读者看了以后，都翘起大拇指说：

“嗬，这位老人家真像‘鬼见愁’上的一棵劲松！”

新中国成立以后，马寅初一直住在北京东总布胡同 32 号宅院。这是一个非常静谧的小院。他的住所是一幢两层的中西式楼房，两棵高高的海棠像哨兵一样，忠实地守卫在他的楼房门前。为了锻炼身体，马寅初亲自设计，让人专门在院里为他修了一条长 60 米的环形水泥跑道。每天下班回来，不论春夏秋冬，他总要在晚上跑三公里，一直坚持了 16 年。总计，他在自

上图为年近八旬的马寅初在攀登北京香山主峰“鬼见愁”；下图为马寅初带领北京大学师生认真做课间操，锻炼身体。

己的小院里进行了 1.7 万多公里的长征。

这，是在同时间赛跑，是进行意志的磨练，是在延长生命，延长为人民服务的时间!

1965 年夏末秋初的一天下午。马寅初正在他家小院海棠树下的藤椅上专心致志地读书。但当他读到一个段落要休息时，突然感到右腿非常疼痛，怎么也站不起来。后来他忍着剧痛，终于站了起来。当时活动一阵以后，好像再没有什么不舒服感觉，但他万万没有想到，从此以后他竟患了腿疼病，开始是右腿骨疼，一两年之后，便发展到坐着就站不起来，站起来就坐不下去的地步。一向刚强的马寅初，到 1968 年不得不拄着拐杖走路。从此，他的一条腿便基本瘫痪了，永远失去了爬山、跑步的能力。但他为了继续工作，仍然坚持锻炼，用超人的毅力同疾病进行斗争。

人们可以看到：马寅初每天在院子里，拄着拐杖，拖着一条不听使唤的腿，步履艰难地一边走，一边数着："1、2、3、……100……1000……"汗水顺着他的圆圆发红的脸庞淌了下来，洒在路上；汗水湿透了他的衣衫，他都全然不顾，直到走完 6000 步，他才罢休。

几年以后，他的腿病加重了，已经不能拄着拐杖走路。但他仍没有向困难和疾病低头。他总是用两手拄着一个一米多高的支架，咬紧牙关，在院里非常吃力地挪着步转圈子。为了帮助记数，他在上衣口袋里专门放了 50 粒蚕豆，每转一圈就取出一粒，放进另一个口袋，直到全部取完，锻炼才告结束。

就这样，冬去春来，年复一年，一步一步、一圈一圈，马寅初在他的小院里又整整坚持锻炼了六年；整整学习研究写作了六年。这是需要何等的决心和毅力？！静静的小路啊！你可曾知道：马寅初在你的身上到底洒下多少汗水，留下多少脚印……宽宽的书桌啊！你可曾知道：马寅初这些年来，到底研究了多少问题，看了多少书籍，写下了多少字迹？！

命运是无情的。继右腿瘫痪之后，他的另一条腿也瘫痪了。两条腿瘫痪，使他不得不停止过去所喜爱的各种运动，坐上轮椅。

可是即使在这样的情况下，他仍然没有向疾病屈服，仍在坚持力所能及的锻炼：他的两手仍在不停地运动。夏天，每天要搧几千次扇子，来活动两手和上肢；每天照例由自己用冷水擦身，还经常让家人推他到院子里，边呼吸新鲜空气，边做上肢运动……

锻炼结束以后，他每天照常看书、看报，研究经济问题，关心国家大事……

这样的生活，他又在他那个静静的小院里一直坚持了七年！

1981 年，当 100 岁的马寅初因病住在北京医院舒适、安静的北楼 303 号单人病房以后，每天在精神好的时候，仍坚持做上肢曲伸运动，一边做一边还数着："1、2、3、4……"尽管行动非常吃力，他每天还总要让人扶他从床上下来到沙发上坐坐，或者是坐在轮椅车上，让护士推着，在病房的楼道里走走。

有一次，屋外下着蒙蒙细雨，医务人员怕他着凉，没推他到楼道里去。他竟呼喊着要求出去：

"下点小雨算什么，大风大浪还要锻炼！"

就这样，他又在北京医院坚持锻炼了一年，直到 1982 年 5 月 10 日，永远离开了我们。

他，刚强不屈的马寅初，真正做到了生命不息，锻炼不止！

他，用自己的实际行动，为人们谱写出了一首锻炼身体的进行曲！

第三十六章　恩人周恩来

1976 年 1 月 9 日黎明，中国首都的人民仍在熟睡中。

北京铅灰色的天空下，刮着猛烈的阴森森的寒风……

清晨五点钟，中央人民广播电台突然播起了撕裂人心的哀乐，紧接着播音员即以沉痛的声调一句一句缓慢地宣布了一条震惊全中国和全世界的悲伤的消息：

“中国共产党中央委员会、中华人民共和国全国人民代表大会常务委员会、国务院以极其沉痛的心情宣告：中国共产党中央委员会委员、中央政治局委员、中央政治局常务委员会委员、中央委员会副主席、中华人民共和国国务院总理、中国人民政治协商会议全国委员会主席周恩来同志，因患癌症，于 1976 年 1 月 8 日 9 点 57 分在北京逝世，终年 78 岁。”

……

一颗伟大的巨星陨落了。

噩耗传来，整个北京刹那间都沉浸在无比巨大的悲痛之中：人们在哭泣，朔风在呜咽，国旗悲垂了一半；泪水湿透了衣襟；往日繁华的闹市全部换上了素装哀容，连天地间都充满了悲伤的气氛……

啊！敬爱的周总理呀，中国人民不能失去您……

这震惊世界的噩耗传到马寅初家里，马寅初的家人悲痛无比。但他们怕 95 岁的马寅初经受不住这意外的打击，所以当时并没有立即将这一不幸的消息告诉他，而是想慢慢向他透露。

但是这天大的不幸，又怎么能瞒得住他呢？

像往常一样，这天上午10点以后，马寅初照例坐在病榻上，用放大镜看当天来的报纸。当他看到有关周总理的逝世讣告后，便身子往后一仰，倒在床上，放声痛哭起来，边哭还边喊着周总理的名字……

家人闻声，赶忙前来护理。

过了好久，马寅初才止住哭声。他满脸泪痕地大声对家人说：“我一定要去向总理的遗体告别！请你们去为我联系安排。”

“爸爸，根据你的身体情况，最好还是不要去。医生曾再三嘱咐我们：不让你外出活动。”

“我一定要去！”马寅初再一次声明。

“参加向周总理遗体告别，要走路，要站着，你支持不了。”

“我死了也要去！”马寅初激动地说。

“爸爸，你大小便失禁，到那个庄严的地方，恐怕不方便。”

“这个，我自有办法！”

家里人深知马寅初的坚强性格和倔强脾气，多少年来都是这样：他一旦决定要做的事情，谁都无法改变。

1月10日下午，马寅初接到了11日下午去北京医院参加向周总理遗体告别的通知。为了避免大小便失禁引起的麻烦，他在11日的整整一个上午，不仅根本没有吃早饭和午饭，而且连水都没有敢喝一口。

周恩来总理的遗体被安放在北京医院一个大厅的苍松翠柏和鲜花丛中，由一面中国共产党的党旗覆盖着身躯。大概由于他长期同癌症进行斗争的缘故，所以他的面庞显得相当瘦削，嘴唇略见褪色，但是端庄的仪容与生前全无二致，态度依然非常安详，只是头发已经花白了许多。在他的遗体旁边放着夫人邓颖超的花圈，缎带的上款大字写着：“悼念恩来战友”，下款写着：“小超哀献”。

哀乐声中，当臂戴黑纱，川流不息的向周总理告别的人们走在他的遗体前，看到他那为中国人民劳累了一生的慈祥疲惫而瘦削的面容时，看到遗体旁邓颖超敬献的花圈和题字时，没有一个不心疼、不哭泣的。许多人在离开时都神色悲怆，泪流满面，有的还失声嚎啕大哭……

早已坐在轮椅上，静候向周总理遗体告别的马寅初，终于等到了自己进去的时机。他由儿子推进大厅，首先沉痛地向周总理行了三鞠躬。然后，围着周总理的遗体缓缓转了一圈。这位坚强了一生的老人，在周总理的遗容面前，竟然老泪长流，泣不成声！按规定，向遗体告别的人绕完一圈随即离去；但马寅初就是不肯走出去，并让儿子向工作人员提出请求：一定要再绕一圈。工作人员破例满足了他的心愿，马寅初边转边哭，并向他最敬爱的人，最后再献上三鞠躬。

马老的轮椅被推出了大厅，但他仍一步一回头，深情地望着静静地安详地长睡在那里的周总理……

街上，北风呼啸，寒冷异常，但马寅初好像没有任何感觉。他的心中空空荡荡的，一片茫然。只是脑海里反复浮现着这样一个概念：永别了，恩人周恩来！

这天晚上，首都人民在腊月的寒风中，目送总理的灵车前往八宝山，长安街上一片哭声……马寅初回到家里悲痛万分，夜已经很深了，他仍毫无睡意。他同周总理相识近40年来的往事，简直犹如昨天发生的一样，都一幕幕清晰地展现在他的眼前。

——他永远忘不了：周恩来同志1939年在重庆第一次接见他的那一天。那时的周恩来刚刚40出头，目光炯炯，雄姿英发，才气横溢，纵论风云。是他同马寅初仔细分析了当时国内的政治形势，讲明抗日战争的前途和共产党的主张、政策，以及在中国社会发展中所起的作用；马寅初才从迷雾中找到了方向，在孤独中得到了支持，从而告别了徘徊和苦闷的过去，坚决跟着共产党走上了革命的道路。

周恩来，是马寅初参加革命的指导者和引路人。

——1941 年农历五月初九，是马寅初的六十寿辰，但他却被蒋介石关押在贵州的息烽集中营。为营救马寅初尽早出狱，周恩来同志曾做了许多努力。他让党的报纸刊登揭露蒋介石逮捕马寅初真相的报道，发表社论呼吁释放马寅初；还指示重庆地下党开展营救马寅初的斗争。在重庆大学商学院举行“遥祝马寅初六十寿辰大会”时，周恩来和董必武、邓颖超还联合为马寅初送去了祝寿的贺联，为身陷囹圄的马老祝寿。

桃李增华坐帐无鹤

琴书作伴支床有龟

这是周恩来等同志借用南北朝著名文学家庾信《小园赋》中“坐帐无鹤，支床有龟”的典故，来祝贺马寅初教授健康长寿，赞扬他的临危不惧、顽强不屈的战斗精神；同时也表达了中国共产党对马寅初的深切关怀和巨大支持。

这是多么珍贵的生日贺礼！

马寅初日后将这珍贵的礼品，一直珍藏在身边，挂在家里，始终作为鼓舞自己前进的动力。

——全国解放前夕，当马寅初在上海蒋管区处境异常危险的时刻，周恩来同志又指示上海地下党送他离沪赴香港，并邀请他北上参政，为建设新中国奋斗。那是多么美好的时光：马寅初有多少次在中南海向周恩来同志汇报工作，有多少次在天安门城楼上同周总理亲切交谈，又有多少次在会场上、在大礼堂亲耳聆听周总理的教诲；在北京大学，他陪同周总理视察校园；在出国访问的时候，他又亲眼看到周总理把友谊的种子播种在各国人民的心间……

在十年内乱期间，周总理日理万机，处境艰难，在那场中国悲剧性的

1957 年，马寅初校长陪同周恩来总理视察北京大学。

历史灾难中苦苦鏖战，但他仍然挂记着他的老朋友——马寅初先生。

一天，马寅初居住地区的派出所所长来到马寅初家里，高兴地对他说：

“马老，我告诉你一个好消息：周总理指示，你的住宅不准任何人侵入、抄家，你的住宅受到我们的保护，以后家里如遇有事，可及时告诉我们。”

周总理想得多么周到、仔细！由于周总理的关怀，在“文化大革命”中，马寅初的家才免遭查抄和浩劫，马寅初本人也未受大规模的批斗和皮肉之苦。这真是不幸中之万幸！

——1972 年，当马寅初身患直肠癌，死神向他敲门的时候，是周总理亲笔批示，要北京医院为他进行手术治疗。马寅初得知后，感动地说：

“我不怕开刀！我虽然 90 多岁了，但身体素质好，我要与病魔坚决做斗争！”

当周总理得知马寅初第一次手术获得成功后，在马寅初要做第二次手术的前一天，他又让秘书给北京医院为马寅初做手术的医生打电话，再三嘱咐：手术前要做好充分准备；手术中要慎重细致；手术后要严防一切不良后果。

主持手术的几位医生听了周总理的指示，更增加了搞好第二次手术的信心、勇气和力量。结果，马寅初的第二次手术又获得了成功。由于周总理的亲切关怀，医务人员的精心治疗，马寅初终于得救了，终于被从死神的手里抢了回来，并且又整整活了 10 年。

1975 年 7 月至 8 月间，忧劳成疾、身患癌症的周总理病情已经日趋严重，但他即使在病魔缠身的情况下，仍惦记着三年前因患癌症做过手术的马寅初先生。他特地派专门给他看病的保健医生卞志强和北京医院的吴蔚然大夫，到马寅初家探望。

“马老，您近来的情况如何？”吴蔚然对马寅初说：“周总理派我来专门看望您的。”

“谢谢！”马寅初喜出望外、感动万分地说：“周总理重病在身，又操劳国事，还这样关心我……”

说着说着，马寅初便老泪长流地抽噎起来……

在这次探望时，马寅初的家人，向吴蔚然详细谈了马寅初的病情和生活情况。吴蔚然还给马寅初检查了假肛门。

“现在情况很好，癌症没有转移。一年以后我再来给您做险查。”吴蔚然告别马老时说。

吴蔚然从马寅初家出来，即驱车直接前往周总理办公室。

“马老的情况怎样？”周总理问吴蔚然说。

吴蔚然当即向周总理仔细汇报了马寅初的情况。

“马寅初先生现在吃什么药治疗？”周总理又问。

“这一点，我刚才没有问过。”吴蔚然抱歉地说。

“请你在我这里给马老家里打电话问问。”

“总理，您先休息一会儿，我打完电话，再向您报告。”吴蔚然说。

吴蔚然从周总理的房间退出来，到秘书的办公室给马寅初家打电话。

“喂，马本初在家吗？”吴蔚然拨通电话后问。

“我是马本初。”马寅初的次子在电话中说。

“我是吴蔚然，现在在周总理办公室。马老的情况，我刚才已向周总理作了汇报。但周总理要了解马老现在吃什么药？这一点，我刚才在你家时忘了问，希望你现在告诉我。我即刻要向周总理报告。”

吴蔚然了解清楚后，将马寅初吃药的情况，报告了周总理。

周总理说：“吴大夫，谢谢你！”

马本初接完电话，将情况告诉马老和他的全家。大家立即沉浸在无比激动和幸福之中……

“现在已经晚上 11 点钟了！你该吃药了。”妻子王仲贞走到马寅初的病床前，轻轻地说。

这一下才把马寅初从深沉的回忆中唤醒。他对妻子说："周总理对我恩重如山，情深似海，可惜他先我而走了。他为人民耗尽了心血，但他将永远活在人民的心中！千古不灭，万世长垂！我们全家要永远记住他，崇敬他！"

第五部

重见天日

（一九七九年至一九八二年）

第三十七章 他没有被遗忘

亲爱的读者，你们中也许有人会说：

“到 1979 年，马寅初在中国的政治和学术舞台上已经消失了将近 20 个年头，他大概早已被人们遗忘了。”

“不！”事实这样否认说：“他不仅没有被遗忘，而且还在受到人们的怀念。”

自从 1976 年 10 月粉碎“四人帮”以后，特别是党的十一届三中全会在公报中指出，要解决历史上遗留的冤、假、错案问题以来，国内外的许多人，都在热情地关心他，深深地怀念他。

“马寅初还在世吗？现在历史上遗留的党内的大的冤、假、错案都解决了，他也该重见天日啦！”

“他的问题是老人家亲自过问的，也许眼下还不好办。”

“马寅初的控制人口的理论是正确的，应该为他平反。”

……

当历史的车轮进入 1979 年春天的时候，不少人在私下这样议论着。

这年 2 月上旬的一天，中共中央办公厅信访局收到了这样一封群众来信：

中共中央：

马寅初先生是著名经济学家，已蒙“团团转”罪 20 年。

他是最早主张我国要节制生育的有识之士，这是反当时潮流的。我以为，不论其他罪名是否成立，这一点总是值得我们这一代中国人怀念的。

现在中央已着手解决党内的历史上遗留下来的问题，对党外人士的冤案也应切实、恰当地处置。

此致

敬礼

上海冶金所相德钦

1979 年 2 月 4 日

当天，中办信访局就以 159 号来信摘要的形式，送给了党中央的领导同志。2 月 10 日，中央的一位负责同志在此件上批示：

请任穷同志阅批。

在一个多月后，中共中央组织部于 1979 年 4 月 7 日为解决此事专门向中共教育部党组并北大党委发出文件：

"今年 2 月，上海冶金研究所相德钦同志致信中央，要求解决马寅初先生蒙受'团团转'罪 20 年的冤案问题。

中央负责同志批示：请任穷同志阅批。

经了解，马寅初先生 1959 年受批判是当时北京大学党委组织的，批判的内容属于学术方面的问题。因此，将中央负责同志对相德钦来信的批示复制件转去，请你们研究解决马寅初先生的问题。"

但是，此件发出以后，几个月过去了，马寅初先生的平反问题仍然没有结果。

除相德钦外，怀念马寅初先生的还大有人在。

五届全国人大二次会议在 1979 年 6 月中旬召开。会上在《政府工作报告》中提出了 10 项工作。第 10 项是："进一步做好计划生育工作，切实控制人口的增长。"参加起草文件的同志深切地感到，马寅初早在 22 年前的 1957 年，就在人代会上以提案方式正式提出这一问题，但后来不幸遭到批判。今天也是在人代会上，正式提出这一内容相同的问题，这不能不使人们想起马寅初和他的远见卓识。但马寅初却因此被打下去整整 20 年，至今仍未平反，历史的错误竟把功臣处置成了"罪人"，这实在太不公平！

十一届三中全会以后，不少到中国访问的外宾，更是常常向有关部门询问马寅初先生的情况。但有关部门却一无所知。

1979 年 5 月中旬的一天，新华社接到上级有关部门的指示：要派记者去采访马寅初先生，并要写出一篇包括他现在对人口理论问题看法的消息，在五届全国人大二次会议召开期间见报。

"现在派你去执行采访马寅初的任务。"新华社有关方面的负责人对新华社记者杨建业说：

"为什么要去完成这一任务呢？现在我简单向你介绍一下背景和目的。"这位负责人说，"最近不少来我国访问的外宾，总是问起马寅初先生的情况。五届全国人大二次会议上将要作的《政府工作报告》有计划生育、节制人口方面的内容。马寅初过去在人代会上曾经提出过计划生育、控制人口的理论和主张，但是后来遭到了错误的批判。现在要让他说说话、见见报，以便起到为他平反的作用。"

杨建业记者接受任务后，立即开始工作。他跑了不少以前马寅初曾经工作过的单位，但这些部门的有关人员并不了解马寅初的情况，只是告诉了马寅初家的住址和电话。

继之，杨建业记者同马寅初家里联系。

"20 多年来，马寅初不是早被人们遗忘了吗？你来干什么？"

马寅初的次子马本初在电话里义正词严地质问。

……

费了好大的口舌，马本初才答应让杨建业记者去他家一谈的要求。

但记者去了马家以后，马寅初不见记者，更不同意进行报道。

“你来了也好，我们想通过你正式向中央提出要求。”马本初对记者杨建业说：

“我父亲本人和我们家属迫切要求党组织对他落实政策，希望能尽快复查他的问题，公开平反，恢复名誉。”

“要对我父亲进行报道也可以。”马本初补充说，“但是，是在这些事情完成之后。”

家属的要求是不无道理啊！作为一名人民的记者，神圣的责任感和强烈的正义感促使他下决心对马寅初过去的问题进行认真的调查研究。在将近 20 天的时间里，他先后看了 20 年前各报刊批判马寅初的关于人口论的几百篇文章，以及马寅初反批判的声明和文章；还到北京大学、教育部、中共中央统战部、中共中央组织部、全国政协等单位进行深入采访，几乎找了所有应该找的人，看了所有应该看的材料。

在新华社记者杨建业了解马寅初情况的同时，《光明日报》、《文汇报》等首都和全国的一些新闻单位，也开始注意马寅初的问题。有的人还在报纸上发表文章：呼吁为马寅初的《新人口论》平反。

古今中外的历史早已证明：凡是给人民做过好事或有过贡献的人，人民就永远不会忘记他们。

马寅初就是这样的人！

第三十八章 中南海的春风

新华社记者杨建业经过一段时间紧张的工作之后，终于赶写出了一篇有关马寅初问题的调查报告。

这篇对马寅初平反起了极其重要作用的题为《马寅初的家属希望尽快为马落实政策》的报告，全文这样写道：

最近，马寅初先生的家属向记者谈及马寅初曾经在全国一些报刊被点名批判的情况。他们希望有关方面对马寅初的问题能够尽快进行复查，予以平反。

马寅初是我国著名的经济学家、教育家，也是最早主张我国要节制生育的有识之士。他现年98岁，因患有老年病，现在北京医院住院，但精神尚好，还可以讲话和阅读少量东西。马在早年曾留学美国耶鲁大学、哥伦比亚大学，获得博士学位；解放以后任过中央人民政府委员、中央人民政府财政经济委员会副主任委员、华东军政委员会副主席、浙江大学和北京大学校长等职；还是全国一、二届人大常委，二届政协委员，四、五届政协常委。

据北京大学党委和中央统战部四局有关同志说，1955年，马寅初在外出视察工作期间，发现农村人口增长过快，感到是个问题，当时他就主张节制生育；1957年5月，马寅初在全国人民代表大会浙江组就中国的人口问题作了发言；之后，他又发表了《新人口论》文章。1958年，党的八大二次会议上的报告中，不点名地批判了马寅初的节制生育的人口理论，说它是反马克思主义的。同年12月15日，康生把当时北大的党委书记叫到中宣部，布置在北大批判马寅初的事；还说批判之后将马调离北大。北大党委书记回校后召开常委会，传达康生的所谓指示说：马寅初最近很猖狂，给《新建设》杂志写了一篇《重申我的请求》的文章。他的问题已经不是学术问题，而是借学术为名搞右派进攻，要贴大字报把他拖住，不让他外出视察。北大党委常委会对此进行了研究，并于12月17日给北京市委大学部写了报告，提出批判马寅初的做法和安排。

这个报告说，要通过学术讨论揭发马寅初的政治问题，要对马寅初的学术、政治问题一起进行批判，要把马寅初的洋奴思想搞臭，还要彻底揭露马寅初的政治面目。具体做法是：以北大人口问题研究会、毛泽东哲学会、经济学会名义出面组织学术报告会，批判马寅初的“反动的人口论”、“综合平衡论”和“团团转”的谬论；然后动员群众贴大字报在校全面揭发批判，等等。

在康生的鼓动下，北京大学从1959年12月15日至1960年1月下旬，在全校先后对马寅初批判了40多天。与此同时，《光明日报》、《文汇报》、《新建设》等一些全国性的报刊也接连发表了北大批判马寅初的消息，并组织了200多篇文章批判马寅初。当时给马寅初戴的帽子有：“资产阶级代表人物、地主、资本家”、“中国的资产阶级经济学家”、“中国的马尔萨斯”、“经济学界的反动学术权威”。还说马寅初是“披着学术外衣，贩卖反动政治观点，向党向社会主义进攻”等等。但马寅初始终认为自己的学术观点是正确的，一直拒绝写检查。1960年1月4日，马寅初被迫向教育部（部）长上交了辞去北大校长职务的书面报告。3月18日教育部（部）长在给国务院的报告中，表示同意马寅初辞去北大校长职务。之后，

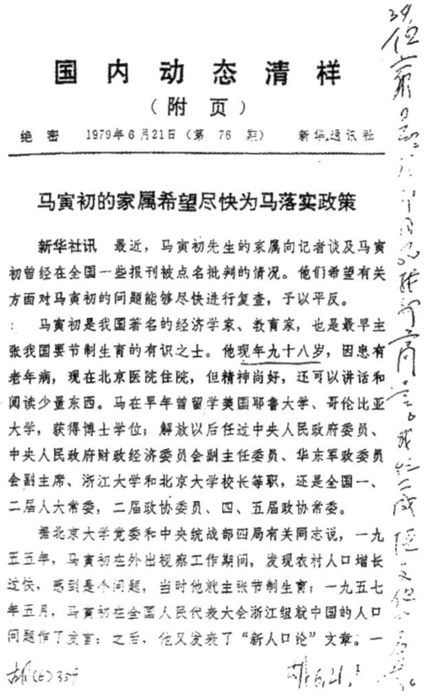

国内动态清样

（附　页）

绝　密　1979年6月21日（第　76　期）　新华通讯社

马寅初的家属希望尽快为马落实政策

新华社讯　最近，马寅初先生的家属向记者谈及马寅初曾经在全国一些报刊被点名批判的情况。他们希望有关方面对马寅初的问题能够尽快进行复查，予以平反。

马寅初是我国著名的经济学家、教育家，也是最早主张我国要节制生育的有识之士。他现年九十八岁，因患有老年病，现在北京医院住院，但精神尚好，还可以讲话和阅读少量东西。马在早年曾留学美国耶鲁大学、哥伦比亚大学，获得博士学位；解放以后任过中央人民政府委员、中央人民政府财政经济委员会副主任委员、华东军政委员会副主席、浙江大学和北京大学校长等职，还是全国一、二届人大常委，二届政协委员、四、五届政协常委。

据北京大学党委和中央统战部四局有关同志说，一九五五年，马寅初在外出视察工作期间，发现农村人口增长过快，感到是个问题，当时他就主张节制生育；一九五七年五月，马寅初在全国人民代表大会浙江组就中国的人口问题作了发言；之后，他又发表了“新人口论”文章。一

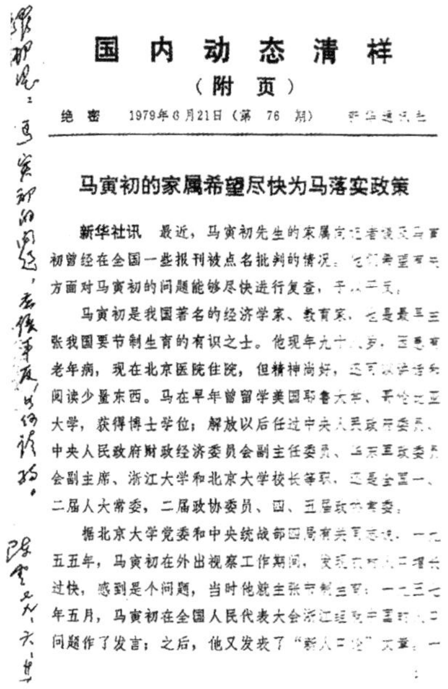

国内动态清样

（附　页）

绝　密　1979年6月21日（第　76　期）　新华通讯社

马寅初的家属希望尽快为马落实政策

新华社讯　最近，马寅初先生的家属向记者谈及马寅初曾经在全国一些报刊被点名批判的情况。他们希望有关方面对马寅初的问题能够尽快进行复查，予以平反。

马寅初是我国著名的经济学家、教育家，也是最早主张我国要节制生育的有识之士。他现年九十八岁，因患有老年病，现在北京医院住院，但精神尚好，还可以讲话和阅读少量东西。马在早年曾留学美国耶鲁大学、哥伦比亚大学，获得博士学位；解放以后任过中央人民政府委员、中央人民政府财政经济委员会副主任委员、华东军政委员会副主席、浙江大学和北京大学校长等职，还是全国一、二届人大常委，二届政协委员、四、五届政协常委。

据北京大学党委和中央统战部四局有关同志说，一九五五年，马寅初在外出视察工作期间，发现农村人口增长过快，感到是个问题，当时他就主张节制生育；一九五七年五月，马寅初在全国人民代表大会浙江组就中国的人口问题作了发言；之后，他又发表了“新人口论”文章。一

1979 年 6 月 21 日，中共中央副主席陈云在作者写的题为《马寅初的家属希望尽快为马落实政策》的新华社内参《国内动态清样》（附页）上批示：“耀邦同志：马寅初的问题，应该平反，如何请酌。”胡耀邦批示：“……我赞成恢复他的名誉。”

1979 年 9 月 11 日，党中央批准为马寅初先生彻底平反，恢复名誉。图为陈云、胡耀邦批示手迹。

马寅初又被免去了（全国）人大常委的职务，安排在全国政协。开始，马寅初还去参加全国政协的一些活动，但当他发言时，政协学习小组的人就批判他，把他作为对立面，后来他就不去参加活动了。

从1959年马寅初被批判而免去职务起，至今已20年。这期间，他一直闲在家里。他的家属也因他的问题受到影响和歧视。

中央统战部和北大一些曾经主管和批判过马寅初的同志认为：马寅初是国内外知名人士，他提出的“新人口论”、主张节制生育等问题，实践证明是正确的，当时对他的批判、处理是错误的。因此，对马寅初的问题应该尽快进行复查，予以平反，公开恢复名誉。这样做，不仅对马寅初本人和家属是落实党的政策的一件大事，而且在国内、国际上都会产生很好的影响。

1979年6月21日，新华社将这篇调查报告，以“绝密”级的内部材料，送到了中南海，送到了党中央负责同志的案头。

这份调查材料送上的当天和第二天，党中央的领导同志就在上面接连作了批示：

耀邦同志：

马寅初的问题，应该平反，如何请酌。

陈云

（19）79年6月21日

任穷同志：

请即同统战部商量。我赞成恢复他的名誉。

胡（耀邦）

6月21日

请野苹同志和干审局、宣传局阅，我赞成耀邦同志的意见。

转请中央统战部考虑（最好能快点着手解决）。

宋任穷

1979 年 6 月 22 日

春天的风可以吹得土地解冻，万物苏醒；春天的风是绿色的风，是给大地带来勃勃生机的风；中南海的风也是绿色的风，它可以给国家带来春天，把千年的积雪溶化；它可以给民族带来幸福，温暖人们受伤的心灵，它可以扭转乾坤，拨乱反正，使冤、假、错案，得到昭雪平反……

自 1978 年 12 月党的十一届三中全会以来，在党中央、中南海的绿色的春风吹拂下，多少历史上遗留的老大难问题都得以或正在得以解决，多少受伤的心灵已经或正在得到医治与温暖。

今天，在党中央和中南海的绿色的春风吹拂下，压在马寅初头上的这座近 20 年的冰山，也将顷刻化为春水。

自从党中央的领导同志对新华社记者杨建业写的关于马寅初问题的调查材料作了批示以后，中共中央组织部就立即召开有中央统战部、中央纪律检查委员会、教育部、中共北京市委、北京大学党委等单位负责同志参加的讨论关于如何落实对马寅初先生平反问题的会议。

在这次联席会议上议定，马寅初先生的平反问题，由有关单位分别进行：对马寅初先生的历史评价由中共中央统战部提供材料，北京大学党委为马寅初先生作平反决定，报中共北京市委转报中共中央审批。

鉴于马寅初先生年近百岁，身体又不好，为防万一，所以会议还决定，先由中共中央统战部副部长李贵，专程去看望马寅初先生一次，代表组织上向马寅初先生传达党中央领导同志对他的平反问题的指示，并通知马寅初先生：党组织将为他彻底平反，公开恢复名誉。平反工作正在进行。

第三十九章　轰动的新闻

1979年7月26日，在早晨六点半与七点的中央人民广播电台新闻联播中，广播了一条由新华社发出的特别令人注意的新闻。

这天上午，《人民日报》、《光明日报》、《解放军报》等中央和全国各地的报纸，以及香港地区同许多外国的报纸，都在显著地位刊登了新华社发布的新闻。

在极短的时间里，这条新闻就被全中国甚至全世界的许多人，亲耳听到并亲眼看到，而且成了人们谈论的中心。这真是轰动的新闻！

“想不到他还活着！而且头脑清醒！”

“中国共产党真有气魄，敢于公开承认并纠正自己所犯的错误。”

“这位老先生总算在自己的有生之年，得以平反。真是苍天有眼。”

“我得去看看他，向他祝贺！”

……

这条新闻的标题和全文是：

党组织为马寅初彻底平反恢复名誉

新华社北京7月25日电（新华社记者杨建业报道）：7月中旬的一个上午，往日静悄悄的北京东总布胡同32号宅院顿时热闹起来：中共中央统战部副部长李贵来到这里，拜访了98岁的著名经济学家马寅初先生。

会见在马老的卧室进行。马老坐在单人沙发上，在座的还有他的夫人和儿女。

李贵副部长说：“今天我受党的委托通知马老：1958 年以前和 1959 年（年）底以后这两次对您的批判是错误的。实践证明，您的节制生育的新人口论是正确的，组织上要为你彻底平反，恢复名誉。希望马老能精神愉快地度过晚年，还希望马老健康长寿。”

马老兴奋愉快地回答说：“我很高兴。20 多年前中国人口并不多，现在太多了。要尽快发展生产才行啊！”

李贵同马老谈到，五届人大二次会议的《政府工作报告》提出，要集中力量把农业搞上去，要做好计划生育工作，切实控制人口的增长。马老爽朗地笑了，他大声说：这个报告是对的，我完全赞成。这样看来，我这个老头现在还能有点用处！

马老的下肢虽然瘫痪了，上肢还能自由活动。圆圆的脸上气色很好，皱纹也不多，花白的眉毛下面是一双炯炯有神的眼睛。除了耳朵有点背，他的头脑是清楚的。

20 多年的是非终于澄清，冤案终于平反。实践宣布了公允的裁判：真理在他一边。

亲爱的读者，这条新闻是关于李贵副部长拜访马寅初先生的简明报道。要详细了解当时的情况，还需要对此进行一些注解和补充。

这则新闻报道中所说的“7 月中旬的一个上午”，指 7 月 16 日的上午。

这天上午，李贵副部长来到马寅初先生家里时，一开头就说：

“今天，我奉组织之命，特来登门看望您。”

“不敢当！”马寅初回答说。

“看望您是应该的。”李贵带着尊敬而又严肃的神情说：“一来看看您的身体怎样；更重要的是要向您报告一个好消息。”

李贵讲到这里，看看窗外，院里阳光灿烂；看看客厅里坐着的马寅初，以及他的妻子王仲贞、次子马本初、女儿马仰惠、女婿徐汤莘等人，个个都兴奋异常，面色红润，正在期待着他宣布喜讯。

“党中央的领导同志陈云、胡耀邦等最近对马寅初先生的问题，作了批示。”李贵声音洪亮地说：“他们说应该为马寅初先生彻底平反，恢复名誉。现在平反的具体工作，有关部门正在分别加紧进行。组织上还将对马老的一生做出全面的正确的评价。请马老放心，望马老健康长寿！”

马寅初和他的一家听完这一喜讯，无不激动和高兴。

党的十一届三中全会的阳光，刷地一下照进了马寅初的家里和心里。

这一轰动的新闻，不仅在国内、国际上引起了强烈反响，而且从此结束了马寅初近 20 年来孤独平静的生活。

自 7 月 26 日以后，雪片似的来信，从全国各地传来，一封封堆积在马寅初的案头，这些来自各界人士的信件，有慰问的，有祝贺的；有研究问题、探讨理论的；也有的是向马老索借资料的；更有许多是纯属慕名写信来表示敬意的。还有通过现代化的通讯手段，从世界各国发来的一份份英文的、法文的电报。马寅初的重新出现，使世界经济学界和人口学家们震惊、欣喜、欢呼。

马寅初的亲朋好友，同事学生，听了看了这一新闻后，不怕路途遥远，从百里、千里之外纷纷赶来北京，看望和庆贺他。

还有报纸刊物的记者、编辑们，对马寅初先生的事情，更是兴趣非常，紧追不放。他们纷纷登门采访、照相，撰写通讯、文章、报告文学，编选出版马寅初的著作……

只是忙坏了马寅初的妻子和儿女。

历史又一次使马寅初成了轰动中外的新闻人物！

第四十章　真理的胜利

北京的夏天，阳光灿烂。

那郊区的庄稼、果园，那山上的森林、植被，那公园里、大路边上的树木、花草，那千家万户阳台上的大大小小、红红绿绿的盆花等等，它们在吸足了雨露和阳光之后，便精神十足地抽枝、长叶、开花、结果……

此刻，在党中央的直接关怀和主持下，马寅初的平反工作正分头进行，逐项落实……

——经过近一个月的紧张、认真的复查之后，中共北京大学委员会已于 1979 年 7 月 23 日，向北京市委呈报了《关于为马寅初先生平反的报告》和《关于为马寅初先生平反的决定》。8 月 16 日，北京市委又将北京大学党委关于为马寅初平反的报告和决定，转报中共中央审批。

——当北京大学党委和北京市委在政治上为马寅初进行平反的时候，中共中央统战部在组织上也为他的平反做了充分准备和仔细安排。

1979 年 8 月 7 日，中共中央统战部的一份《关于马寅初先生安排问题的请示报告》，送到了中南海中央领导同志宽大的办公桌上。这个报告建议由马寅初先生的原选区浙江省补选他为全国人大代表，待次年召开五届全国人大三次会议时，再补选为全国人大常委，同时建议先任命马寅初先生为北京大学名誉校长。

当时的党中央秘书长胡耀邦在这个文件上写下：

请常委同志考虑，是安排北大名誉校长好？还是其他名誉职务好？建议小平同志批注意见。

胡耀邦

8月9日

数日之后，中共中央副主席邓小平明确批示：

似可同意安排为人大常委和北大名誉校长两个职位。

邓小平

8月15日

根据中央领导同志的批示，8月21日中共中央组织部即向中共教育部党组、北京市委并中共中央统战部发文：

中央批准，任命马寅初同志为北京大学名誉校长。

9月5日，中共教育部党组正式向北京大学党委下达《关于马寅初同志任职的通知》：

经党中央批准，任命马寅初同志为北京大学名誉校长。

——9月11日上午，由中共中央发出的一份加急电报，被及时地送到了北京市委第一书记林乎加的手上。

中共北京市委：

8月16日报告悉。中央同意北京大学党委关于为马寅初先生平反的报告及决定。

中共中央

1979 年 9 月 11 日

至此，马寅初先生已被彻底平反，并即将公开恢复名誉。

但请永远记住，这是十一届三中全会以后的党中央拨乱反正的结果；是中南海的春风的巨大威力；是胡耀邦、邓小平、陈云等同志体察民心，关怀同志，敢于以无产阶级革命家的伟大气魄，推倒“两个凡是”，打破20 多年的禁区，坚持马列主义实事求是、实践是检验真理的唯一标准的原则，及时英明决断的成果。中国当代史上的这一重大事件，将永远载入史册！

1979 年 9 月 14 日，是马寅初重见天日的时刻，也是真理胜利的日子。

按照党中央批准的《关于为马寅初先生平反的报告》规定，中共北京大学委员会于 9 月 14 日上午，在北京大学办公楼召开干部会议，为马寅初先生彻底平反，恢复名誉。

应邀出席会议的有校、系党政领导干部，知名教授，工会、学生会、共青团、各民主党派等各方面的代表，共 100 多人。

马寅初先生因身体不适，不能到校，特委托他的夫人王仲贞、女儿马仰惠和孙子马思一代表他参加会议。

教育部副部长、北京大学党委书记周林，在会上宣读了中共中央批准的中共北京大学委员会《关于为马寅初先生平反的决定》和教育部关于任命马寅初先生为北京大学名誉校长的通知。

会上，北京大学副校长季羡林、经济系主任陈岱孙、校工会副主席侯仁之、民盟北大支部副主委熊伟先后讲了话。大家一致表示，坚决拥护党中央批准为马寅初先生平反的这项符合人民愿望、深得人心的决定，热烈欢迎马老重返北大担任名誉校长；大家还异口同声地称颂和赞扬了马寅初先生坚持真理、不畏权势的崇高品德和不屈不挠的斗争精神。

会后，新华社在当天用中文和英、俄、法、西班牙、阿拉伯等文字播发了题为《经党中央批准，北京大学党委做出决定：为马寅初先生彻底平反恢复名誉》的消息，通过电台广播和报纸刊登，为马寅初在全中国乃至全世界公开平反和恢复名誉。

“决定”在充分肯定了马寅初在抗日战争时期、解放战争时期和社会主义革命与建设时期的出色表现和贡献之后指出：“马寅初先生的‘新人口论’的观点是正确的，许多主张也是可行的。他认为国民经济要综合平衡，各部门应有计划按比例地发展，也是正确的。强加于马寅初先生的‘借学术研究为名，向党向社会主义进攻’、‘一贯为帝国主义、封建主义和资本主义服务’、‘一贯反对党、反对社会主义、反对马克思列宁主义’等污蔑不实之词，应一律予以推倒。党委决定为马寅初先生彻底平反，恢复名誉。”

亲爱的读者，曾记否？在20年前的一个暴风雪的冬天的上午，在北京大学批判马寅初的会上，马寅初曾想说：你们对我的这种无理取闹的批判，我是到死也不会服帖的。我没有错，但现在同你们说不清楚，将来总有一天，历史和事实将会宣布我的理论和主张是正确的。

多少年来，他一直坚信这一天的到来！

今天，马寅初先生预言和盼望的这一天终于到来了。

今天，还是在北京大学，由北京大学党委主持开会，向马寅初先生赔礼道歉。这样做当然十分应该，但可歌可泣的马寅初先生，却为此付出了20多年销声匿迹的代价，中华人民共和国却因此多增加了2.5亿人口！

教训啊！这是多么惨痛的历史教训。愿我们的国家和人民能够永远记取这种教训，今后永不重犯！

9月15日，整整一天，马寅初都处在兴奋和激动之中。

上午10点多钟，他在看报纸的时候，一遍又一遍地阅读着首都各报刊登的新华社 14 日发的为马寅初彻底平反、恢复名誉的消息。紧接着，他又得知：北京大学的领导和师生代表下午要到家里来看望他；这使他更加高兴。兴奋之下，他竟然打破了自己多年以来午休的习惯。整个中午都没有睡觉，要家人为他做好北大师生到来的准备。

下午三点多钟，教育部副部长、北京大学党委书记周林、副校长张龙翔、经济系教授严仁赓、赵迺博，以及北大学生会副主席、学生代表赵桂云等一行十几人，专程来到马家看望和祝贺。

马寅初在他家的客厅同大家见面。他笑容满面地坐在轮椅上，同来人一一握手，亲切问好。此时客厅里花架上的米兰和桂花发出阵阵的幽香，火红的石榴在咧嘴笑迎来客，马老最喜欢的清翠欲滴的君子兰，好像也在向各位点头问好。整个客厅都洋溢着喜庆的气氛。

“马老，今天是你大喜的日子，我与全校师生员工的代表，特来登门祝贺。”周林一边高兴地握着马寅初的手说，一边将经党中央批准的北京大学党委《关于为马寅初先生平反的决定》交给马老。然后，当面向马老宣读了教育部关于马寅初任北大名誉校长的通知。

一阵热烈的掌声过后，北京大学学生会副主席赵桂云代表 8000 多名学生，向马老敬献美丽的鲜花，热烈欢迎马老任北大名誉校长。

一位学校的工作人员，此时还向马老宣读了当时正在青岛疗养的北京大学校长周培源于 9 月 14 日晚 10 点打来的加急祝贺电报：

“我衷心拥护中共中央为马寅初先生平反的决定，并热烈欢迎马寅初先生任北大名誉校长。”

面对此情此景，马寅初竟激动得热泪满面，放声大哭……

这是他多年来久盼的时刻，今天终于出现在他的眼前！

要哭，你就痛痛快快地哭吧！马寅初先生！在这大喜的日子里，在这重见天日的时刻！让悲的泪、喜的泪、悲喜交集的泪，把多年来积压在你心中的郁闷和尘埃统统冲走，统统洗净！

1979 年 9 月 15 日，教育部副部长、北京大学党委书记周林（前排左二）和北大师生代表，专程到马寅初家祝贺他彻底平反、恢复名誉，并向马寅初（前排右二）当面宣布教育部任命他为北京大学名誉校长的决定。后排右一，是作者当时在现场采访。

喜获平反消息后，马寅初（前排右二）和夫人王仲贞（前排右一）同周林（前排右三）等北大师生在马家的客厅留影。

乌云已经过去，灿烂的阳光正在照耀祖国大地，必将给你带来新的光明。

马寅初平静以后，满脸笑容，委托次子马本初代替他讲话。

马寅初说：

“一样东西平反过来是很不容易的事情，无论是学术问题还是政治问题，都是这样。这需要有宽阔的胸怀和巨大的力量。中国共产党能有这样大的气魄、这样大的力量，实事求是地为曾经批判错了的人平反，公开地改正自己的错误，这在中国历史上是没有过的。这说明中国共产党是大有希望的。我的问题能平反，更说明了我们的党不愧是伟大、光荣、正确的党。我愉快地接受北大名誉校长的任职。我对党中央表示崇高的敬意！”

马寅初表示：“我特别要感谢敬爱的周总理对自己长期关心、爱护和教育，终于使我在有生之年看到了自己问题的解决。”

马寅初说：“最近我先后收到许多来信，不少人希望我对人口理论问题再发表意见。对此，我现在特作说明：由于年龄过大，精力不够，所以我已经再没有可能进行这方面的研究。我衷心希望年轻的学者们要继续努力，不断在人口理论研究方面做出新的成绩！”

马寅初还说：

“北京大学是一个有光荣传统的学校，是一座国内外知名的学府，从‘五四’运动以来，每当中国社会发生变革的时候，它都走在运动的前头。我曾先后在北大工作将近20个年头，对北大有极其深厚的感情。我衷心希望今后的北京大学，能够在党委领导下，为实现四化做出新的更大的贡献！”

他最后说：“我很怀念北大，待身体允许时，我将要去学校看看。现在，请周林同志代我向全校的师生员工致意，问候！祝大家身体健康，工作学习进步。”

马寅初的问题平反了，真理胜利了。他的被打入冷宫的关于人口问题的文章也得以重见天日，获得新生，为国为民服务。

当中央领导同志对马寅初的平反问题，有了明确指示以后，中国社会科学院经济研究所的田雪原同志就立即着手搜集、整理马寅初的关于人口问题的文章、讲话和手稿。经过一段时间的紧张工作，马寅初的《新人口论》一书，终于在1979年11月由北京出版社出版。

《新人口论》是马寅初先生20世纪50年代就我国人口问题发表的一系列文章和讲话的汇编，全书共收有7篇文章、3篇附录和8幅照片，总计5.8万字。其中，《新人口论》、《我国人口问题与发展生产力的关系》、《为什么强调人口质量》等6篇文章，分析了我国人口增长过快同发展国民经济、改善人民生活之间的矛盾，阐述了“提高人口质量，控制人口数量”的主张和措施，是马寅初先生《新人口论》的代表作。《附带声明》和《重申我的请求》则是马寅初先生和他的《新人口论》遭到错误的批判与围攻时，他挺身反驳的两篇论文，它集中体现了马寅初先生实事求是、勇于坚持真理的科学精神。

新华社在报道《新人口论》出版的消息中指出，它的出版，对中国今天开展人口理论研究，推行计划生育，促进四化建设，仍具有重要的实际意义。

事实证明，马寅初的《新人口论》一书，一出版就受到广大读者的极大欢迎。出版社开始印1万册，顷刻售尽；续印10万册，几天之内也被抢购一空，后来又加印12万册，仍供不应求……

马寅初多年未见面的老朋友潘序伦，欣闻《新人口论》一书出版，但在上海到处都买不到，他只好写信到北京，求马寅初的女婿徐汤莘代买5册。而徐汤莘四处搜索，才只代买到4册。对此，潘序伦大发感慨说：

“我读《唐诗三百首》，其中有李商隐歌颂韩愈的《韩碑》一诗，诗中有四句云：‘公之斯文若元气，先时已入人肝脾。愿书万本颂万遍，口角流沫右手胝。’马寅初的《新人口论》，确实如唐诗所说已普遍深入人们的肝脾！有人还说：《新人口论》平反以后，已成为本世纪乃至下世纪的救世真言。我认为这种评论毫不过分。”

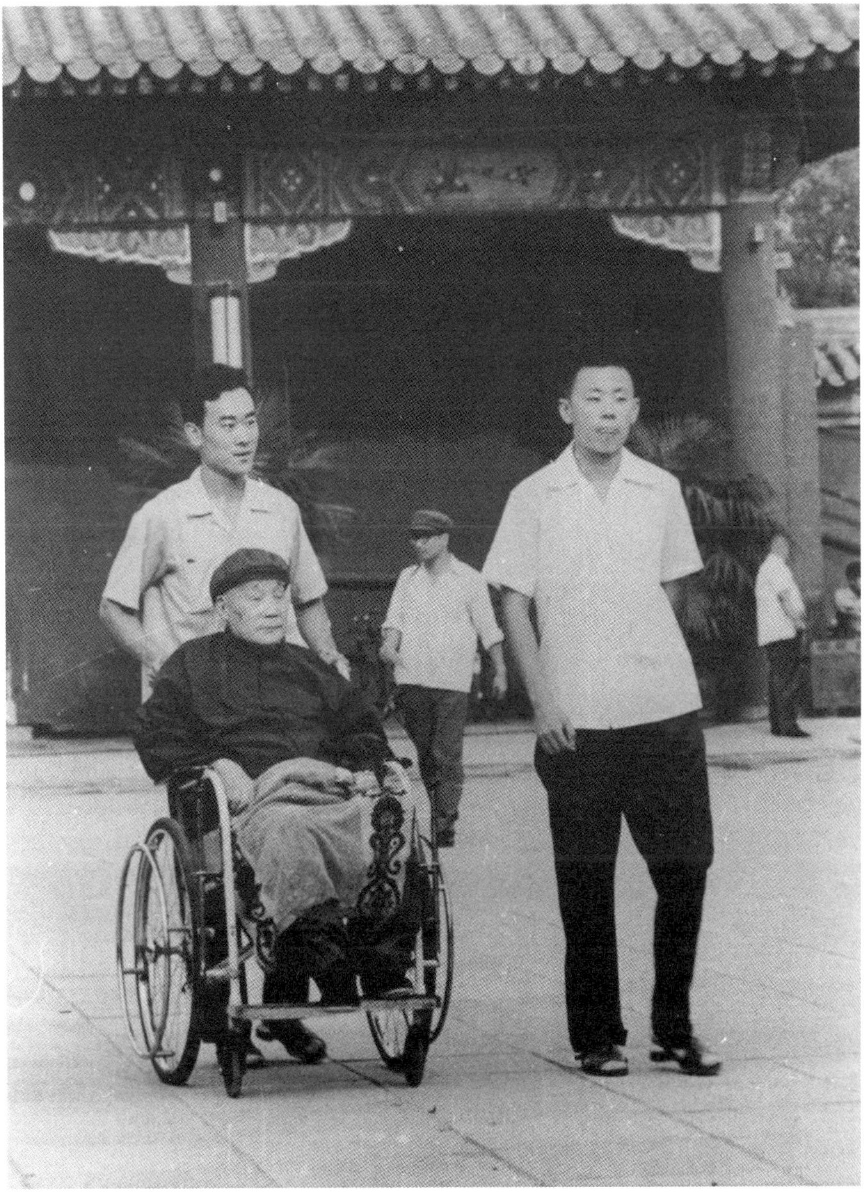

粉碎“四人帮”以后，多年来一直未露面的马寅初，让孙儿推着轮椅车到北海和景山公园观赏风景。

在经历了近20年的坎坷和不幸之后，他在年近百岁时，终于又重新登上了政治舞台和学术舞台。

1980年9月，在五届全国人大三次会议上，马寅初光荣地当选为第五届全国人大常委。当全国人大常委会派人专程到医院看望他，并告诉他五届全国人大三次会议的日程、议题时，他高兴地祝愿大会成功。为此，中国新闻社还专门向海外播发了题为《马寅初祝五届人大三次会议成功》的消息。

马寅初的《新人口论》重新和广大读者见面之后，他还被选为中国人口学会名誉会长。1981年10月27日，正在北京举行的亚洲议员人口和发展会议，还向他赠发了用英文书写的表彰信，盛赞他几十年来在人口研究领域所做出的杰出贡献。

会议指导委员会召集人斯里兰卡的阿塔帕图，副召集人中国的何理良，指导委员会成员印度的米特尔、日本的佐藤隆、马来西亚的萨马德和联合国人口活动基金执行主任萨拉斯，在表彰信上签名，代表会议向马寅初祝贺。

马寅初在致会议全体代表的答谢信中说：

“我十分高兴地得知亚洲议员人口和发展会议在北京召开，只因卧病在床，甚憾不能亲临盛会，但我的心是和出席会议的朋友们连在一起的。希望此次会议能在解决人口问题方面找到更加适宜的途径，并为增进亚洲各国议员之间的友谊做出出色的贡献。我深深感谢会议送给我的表彰信，预祝会议圆满成功。”

过去，多少年来，人们都在为马寅初先生的冤案愤愤不平；如今，普天之下，四海之内，则皆为这一事件的良好结局而感到宽慰。在马寅初有生之年、健在之际，党和人民终于把这位伟大学者应得的荣誉归还给了他。

这是真理的胜利！这是历史的必然！

我们的国家应该为有马寅初这样的学者感到自豪！

我们的民族应该为马寅初有这样的骨气感到骄傲！

第四十一章 部长探病

1981年春节前夕，首都一派节日气氛。许多人都在赶置年货，准备过节。王府井大街简直挤得水泄不通。长安街上的轿车被王府井南口横过马路的行人堵住了长长的一串。

放行的绿灯亮了之后，一辆接一辆的小车开始向东行进。当长长的车队经东单公园时，有两辆却从向东直行的长安街上右转向南行驶，最后开进北京医院，在安静的北楼门前停了下来。

“因王府井街口的红灯，我们晚到了十几分钟。”一位干部向从车上出来的一位领导同志说：“他在303号病房，我们从这里上去。”

这是教育部长蒋南翔、副部长高沂和教育部干部局的几位同志，于1981年1月30日下午，专程到北京医院来看望和慰问马寅初先生。

北京医院的北楼，是专供副部长、部长以上，或相当于副部长、部长以上的政府部门领导人、各界专家学者、作家、艺术家、各民主党派、各群众团体的负责人住院用的一座安静、舒适的楼房。

当他们来到马寅初的病房时，正好三点半。

“谢谢部长来看望马老。”马寅初的夫人王仲贞说：“但不巧，马老在活动完之后，刚刚上床睡了，我把他叫醒。”

“让马老休息吧，不要惊动他了，你们把马老的情况谈谈也可以。”蒋南翔部长说：“这一筐水果是我们向马老表示的一点心意，请转告。”

大家在病房的客厅坐定以后，蒋南翔部长等向马寅初的家属仔细询问马老的病情。

马寅初的夫人王仲贞和女婿徐汤莘介绍说：最近马老的心脏和血压都是好的，大小便也正常，只是有时有低烧，眼睛患有白内障，耳聋也有发展。现在一日三餐都吃流食，睡觉时间比以前多。精神好的时候，头脑很清楚，还经常坚持力所能及的锻炼。有时也同医护、陪住人员说说话，而且说话时喜欢用英语交谈。

蒋南翔部长说：

“马老91岁时患直肠癌，做了手术。100岁了，还像从前一样坚持锻炼，真不容易。”

“记得去年春节前，我到你们家里去看望他时，”蒋南翔非常清楚地回忆说：“马老还对我说：‘过去，你是清华大学的校长，我是北大的；咱们是邻居。’现在，他身上的机器已经将要转动一百年了，看来‘主要部件’还好。”

“马老至今仍然十分怀念北大和他的学生。”王仲贞夫人说：“有时，在睡梦中他还说：‘快点，快点！我的学生早到了，在等我讲课呢！……”

“自1979年秋天，马老平反以后，他总希望还能去北京大学再看看，”马寅初的女婿徐汤莘说：“但由于我们怕他身体不行，一直未能使他如愿。所以，现在他还有时谈到要去北大的事情。”

“今年6月，北京大学要为马寅初名誉校长举行庆祝百年大寿和从事教育工作65周年的活动，向马老表示敬意和祝贺。”教育部干部局的一位副局长透露完这一消息后，又出主意说：

“到那时，如果马老的身体情况允许，可以让他回北大去看看。”

……

蒋南翔部长等临走之前，由客厅轻轻地来到马寅初的卧室，一面看看睡态中的马老，同时代表全国教育战线的广大师生向他表示敬意。

此时，马寅初先生正睡在一张干净的病床上，均匀地呼吸着；身体比一年多以前瘦了一些，人也显老了。但在他那张清瘦的脸上，仍然流露出倔强奋斗的气概。

大家看罢，都在心中祝愿百岁老人马寅初能更加长寿!

当新华社记者把教育部部长蒋南翔到北京医院探望马寅初这一事情，写成题为《看望百岁老人马寅初》的特写播发以后，2 月 1 日《人民日报》、《光明日报》等首都和全国各地的绝大多数报纸都在显著地位予以刊登，香港地区的许多报纸，还以《百岁寿星马寅初》的特大标题，并配以照片，把这一新闻奉献给读者。

第四十二章　百年大寿

“你的身体非常健康，没有一点毛病，一定可以活到一百岁！”全国解放以后，有一次马寅初在医院检查完身体后，一位著名医生这样告诉他。

“果真如此吗？”马寅初反问道。

“一点不错。”

对此，马寅初十分高兴。他还常常引以自豪地对人说：

“兄弟苟无他故，必活百岁。”

1951 年，70 高龄的马寅初就任北京大学校长时，对全校师生讲话：

“毛主席把身体好放在第一条，就是叫我们的青年人先要把身体锻炼好。这是建设国家的本钱。我虽年岁大了，每天还是坚持洗‘热冷水浴’，经常爬山，还要争取再活 30 年，服务 30 年。”

真是无巧不成书！

在 30 年以后，当历史老人把时间的指针推进到 1981 年 6 月 24 日时，医生对马寅初的预言果真变成了现实，马寅初的愿望终于得以实现。

这天，北京大学隆重集会，为他庆祝百岁寿辰。

30 年，在人类历史的长河中只是短短的一瞬，但对一个人来说，却是一段相当漫长的岁月。其间，马寅初不仅经历了政治上和学术上的坎坷和不幸；而且以无比坚强的意志和极其惊人的毅力，在同癌症进行斗争。在如此艰难险恶的条件和环境中航行，他的生命之船，竟然能够百年不沉，继续前进。这简直令人难以置信！然而，事实确实如此。

这天，这位出生在 1882 年 6 月 24 日（农历五月初九）的人间寿翁，按照中国以虚岁计算年龄的传统做法，马寅初已经是100岁了。他在舒适安静的北京医院北楼303号病房，度过了百岁寿辰。他的原配夫人、百岁老妇张桂君和第二个夫人王仲贞，以及儿女、近亲，为他专门举行了祝寿家宴，并到北京医院给寿星送去寿面。当家人告诉他，北京大学也在举行庆祝会为他祝寿时，马老一再叮咛："要节约！要节约！"

"马老，您好！我奉邓颖超同志之命，专程给马老前来送信和礼物。"来人自我介绍以后，将一篮鲜花和一封信交给了马寅初。

"谢谢！"马寅初用浙江嵊县话谢过客人后，让儿子给他念邓颖超同志的信。

马寅初百岁老人、尊敬的老朋友：

40年代，您六十之庆的时候，我是在重庆参加的。今天又欣逢您的百岁大庆之喜，特送上鲜花篮一个，以表热烈的祝贺！

近日，我因太忙，不能参加庆典，深感歉然，尚许原谅！

祝贺您身体健好！

邓颖超

1981年6月24日

听罢邓颖超同志的来信，马寅初和他的家人都沉浸在无比的欢乐和幸福之中。历史的回忆，就像一条潺潺的小溪，缓缓地淌过他们的心田……

马老在六十大寿时，他的大义凛然的正气、为国为民的赤子之心，受到各界人士的称颂，得到了中国共产党的热情赞扬。

如今，当他百年大寿时，国家和人民对马寅初先生的品格和业绩更是给予了高度评价。

请看看为马寅初庆祝百年大寿的历史镜头吧：

1981 年 6 月 24 日上午，北京大学古老典雅的办公楼礼堂喜气洋洋，600 多人隆重集会庆祝马寅初任教 65 周年和百岁寿辰。

庆祝大会主席台的右侧张贴着教育部的贺信，还有 6 月 23 日北京大学党委书记韩天石、校长张龙翔去北京医院看望马寅初先生时，三人的合影；左侧陈列着马寅初先生的大幅油画像，全国人大常委会副委员长许德珩的贺词，以及著名画家张采芹作的松鹤遐龄画轴。

全国政协副主席刘澜涛、教育部部长蒋南翔、北京市市长焦若愚、中共中央统战部副部长方知达、中国社会科学院副院长许涤新、全国人大常委贝时璋等各界人士出席会议，为一代名师祝贺。

北京大学校长张龙翔主持会议，副校长季羡林在会上讲述马寅初先生的生平事迹。他指出，马老在民主革命时期、社会主义革命时期，对国家对人民都做出了积极的贡献。他说，我们高兴地看到，马老在经历了长达几十年的艰难曲折、动乱浩劫之后，如今仍然清白健在，这是他可贵的革命毅力的见证。

教育部部长蒋南翔在庆祝会上讲话。他热情赞扬马寅初先生忠诚教育事业，教书教人，关心青年健康成长的精神；赞扬马寅初先生热爱党，热爱社会主义，热爱真理，坚持科学的精神。

著名经济学家许涤新、全国政协副秘书长聂真也在会上致了贺词。

在庆祝马寅初百岁寿辰期间，他曾经工作过的重庆大学、浙江大学等学校也都先后举行了庆贺集会。重庆大学还在原址重建了已经倒塌的“寅初亭”，并举行了落成揭幕仪式；浙江大学专门出版了马寅初先生百岁寿辰庆贺会文集《百年大寿》一书。

为了纪念马寅初先生从事教育、学术活动 65 周年和百岁寿辰，北京大学出版社也特地出版了长达 60 多万字的《马寅初经济论文选集》一书。这部分上、下册的选集，共收有 40 余篇论著，是从马寅初先生发表的近 400 篇论著中选编而成的。上册包括从 1939 年到 1948 年期间的专著和论文 24

1981 年 6 月 24 日上午，北京大学隆重集会，庆祝马寅初任教 65 年和百岁寿辰。全国政协主席邓颖超派专人送上贺信和花篮，表示热烈祝贺。全国政协副主席刘澜涛、教育部部长蒋南翔、北京市市长焦若愚、中共中央统战部副部长方知达、中国社会科学院副院长许涤新等各界人士 600 多人出席。北京大学校长张龙翔主持会议，副校长季羡林在会上讲述马寅初先生生平事迹。

上图为祝贺大会会场；下图为在主席台上就座的嘉宾。

篇；下册包括从 1950 年到 1960 年的论著 20 多篇。

在马老百岁寿辰前后，北京大学先后收到国内外及港澳地区有关团体和友好人士送来的庆贺文章 26 篇，贺诗、贺信、贺电数十件；还收到许多寿联、画像、寿辰纪念章、花篮等礼品。

这些贺电和文章充分肯定了马寅初先生为国家、为民族所做的贡献，高度评价和赞扬了他的刚直不阿、坚持真理的精神和高风亮节的情操。它们从不同时期、不同角度，为人们勾画出了马寅初先生的光辉形象。

现在就让我们从这大量珍贵的材料中，选择一些来读读吧：

中华人民共和国教育部 1981 年 6 月 20 日的贺信说：

尊敬的马寅初先生：

在您任教 65 周年和百岁寿辰之际，我们谨向您表示热烈的祝贺和诚挚的敬意！

祝贺您几十年来为祖国教育事业、经济建设事业、学术研究工作做出的积极贡献，学习您拥护党、热爱社会主义祖国、忠诚于人民的教育事业、爱护青年一代的可贵精神。我们相信我国的教育事业、“四化”建设事业，一定会像您所希望的那样，日益繁荣昌盛！

祝您健康长寿！

全国人大常委会副委员长许德珩给马老的贺词，更让人想一读再读：

百岁期颐，学界泰斗；

桃李满园，循循善诱；

深谋远虑，国家人口；

松柏长青，谨以为寿。

后学许德珩庆贺，1981 年 6 月于北京，时年九十有一

曾经与马寅初先生同事的全国人大法制委员会委员吴克坚，为祝贺马寅初百岁寿辰在 1981 年 6 月 10 日作诗四首，记述马老可歌可泣的事迹，颂扬他崇高的品德：

（一）

有幸重逢在华东，
见高识广学者风；
不屈不挠见精神，
敢言敢怒不作聋。

（二）

两度入狱视等闲，
反蒋独裁志不寒；
重庆家中被软禁，
泰山压顶无惧颜。

（三）

人口新论好主张，
节制生育是良方；
横遭围攻无反顾，
“战死为止”意气昂。

（四）

高瞻远瞩党中央，
不白之冤已伸张；
真理全凭实践证，
马老睿智是康庄。

上海市人口学会理事扩大会 1981 年 6 月 4 日，在给马老的贺信中，描述并赞扬了他的为人和丰功：

“先生在旧社会不畏强暴，敢怒敢言，爱国一片赤子之心，深受同仁敬重；

先生为新中国严谨治学，实事求是，坚持真理，不屈不挠，堪为晚辈楷模；

先生从我国实际情况出发，提出的新人口论，经 20 多年社会实践的检验，证明观点是符合马克思主义的，对于我们今天进行计划生育，控制人口增长，促进四化建设，仍具有重要意义。

先生气节忠贞，宽宏大度，德高而望重，在理论界学术界享有盛誉，当之而无愧。”

“今天，我们上海市从事人口理论研究，从事人口控制、计划生育和实际经济工作的部分同志集会于复旦大学,座谈学习先生《新人口论》的体会，我们将学习先生坚贞不渝的爱国思想，学习先生坚持真理的高尚气节，学习先生实事求是的科学态度，为进一步贯彻党中央《公开信》精神，为更好地控制人口增长，为使我国建设成为社会主义现代化强国做出新贡献！”

浙江大学、杭州大学、浙江农业大学、浙江医科大学从杭州致电，遥祝马寅初健康长寿。他们说：

“尊敬的马老，1949 年 8 月至 1951 年 5 月，您是我们老浙大的校长。岁月流逝，虽然过去了 30 个春秋，但是您身体力行，认真治校，忠诚为国的感人形象，还清晰地刻印在我们的脑海；您对教育事业、对社会主义祖国、对伟大的中国共产党的忠诚的可贵的精神，始终激励着我们。”

“尊敬的马老，您是人世间难得的百岁寿翁，您已经看到了，您为之而奋斗的祖国已屹立在世界东方；您还将看到，为之奋斗的中华民族出现更伟大的复兴。”

来自沙坪坝重庆大学遥祝马寅初寿安的电文，这样写道：

“您的伟大爱国主义、民主主义精神，令人敬仰。解放前，您横眉冷对‘四大家族’，口诛笔伐，敢怒敢言；解放后，您渴望祖国富强，积极献计献策；热爱党、热爱社会主义。您学识渊博，治学严谨，关心青年，教诲谆谆，堪称一代名师。您曾筹办和主持我校原商学院工作，卓有成绩，深孚众望。缅怀往事，倍感崇敬。”

浙江省嵊县人大常委会及人民政府的电文，浸透着家乡人民对马寅初的祝愿和思念：

“人生百岁古来罕。您老已整整生活了一个世纪。您始终把自己的命运和民族的命运、祖国的命运，紧密地连在一起，为之奋斗。

您老竭诚关怀故里，多次回嵊县视察，为家乡建设重重指教，乡里人民欣慰、敬佩。”

澳大利亚拉特罗布大学的斯图阿特 · 费雷泽教授，为祝贺马寅初百年大寿，于 1981 年 6 月 12 日在墨尔本用英文专门撰写了题为《马寅初：教育家、经济学家和人口学预言家》的文章。文中详细论述马寅初关于人口问题提出的始末、遭遇，高度评价了他的人口理论和主张对中国做出的杰出贡献。

这位教授在文章中指出，大约 24 年前，马寅初曾以《新人口论》为题，在一届全国人大第四次全体会议上作了发言，极大地震惊了他的学术上和政治上的同事们。他认为如果不立即从根本上采取大规模降低国家出生率的措施，将会出现明显的使中国领导人面临着严重的社会政治失调的局面。但很快，他就因此被打上了反动的、顽固的人口学家的印记。不幸的是，马寅初的见解是对的、准确的、有预见的。

文章说，1980 年，中国政府副总理陈慕华重新估价马寅初的主张。她认为：20 世纪 50 年代马寅初的意见如果被采纳，现在接近 10 亿的中国人口，也许只有 7.5 亿。这就是说，如果他的理论在 1955 年就受到重视，那么中国的人口将会比现在大约少 1/4。1981 年 1 月 30 日，陈慕华在广播讲话中指出，自中华人民共和国建立以来的 31 年来，总共增加的 4.4 亿人口中，每年大约净增 1100 万（相当于每年增加一个上海那样大的城市的人口）。另外每年都有大批需要接受教育和就业人口。她坦白地承认中国现在面临着巨大的人口问题。十分明显，她已有意或无意地重复了马寅初 24 年前发出的预言。

费雷泽教授的文章还说：

"本月晚些时候，当北大在庆祝马寅初的百年寿辰的时候，他满意看到的，不仅是他的理论过迟地得到承认，而且还有政府为了实现他的早期设想所采取的非凡的步骤。如果考虑到他最初的设想，竟能对整个中国产生这样巨大的潜在影响时，那么，20 年来在知识和政治上的荒废，也许就算是他个人付出的渺小的不幸的代价，甚至可说是微不足道的事了。"

文章强调：

事实上，20 年是浪费掉了，然而现在，一个重大的问题终于获得了良好的开端。马寅初在 20 世纪 50 年代提出、现在通常又被接受的重要的革新设想，有如下几点：

晚婚：男 25 岁，女 23 岁；列入各级政府一切计划活动的特殊的人口增长控制率；广泛提倡控制生育，强调避孕和预防措施而不是流产；迫切不断地需要收集、适当地利用精确而详细的人口统计数字；确定人口增长、个人消费、资源分配和资金积累之间的相互关系；抛弃马尔萨斯悲观的人口理论，为人口发展的特殊需要来充实马克思列宁主义。

第四十三章　最后人生

从1980年3月17日起，到1982年5月上旬，马寅初一直住在北京医院。在这个舒适、安静的地方，他度过了自己的最后岁月。

在先后两年多的时间里，这位百岁老人虽然疾病缠身，眼睛不好（要在一尺半的距离之内才能认出人来，最后竟有一段时间完全失去了视力），但他的神志和头脑却一直非常清醒。北京医院的大夫们，曾以极大的兴趣，先后对此进行了反复多次的检查和试验。

“马老，贴邮票的‘贴’字怎么写？”一次，在病房的陪护人员问他说。

“‘贝’字的右边加一个‘占’字。”马寅初回答说。

当陪护人员把这一情况告诉北京医院住院部缪大夫时，他有些将信将疑。

1980年4月中旬的一天，缪大夫来到马寅初的病房查房，他决定亲自试一试，看马寅初的神志是否还清醒。

“马老，你知道我姓什么？”缪大夫有意地专门问。

“你姓‘缪’，百家姓上有，不过在后面，这是一个很少的姓。”马寅初清楚地回答完大夫的问题，还特别加上一句：

“少见为贵！”

“马老，你今年多大年纪？”缪大夫又问。

“99岁。”马寅初回答说：“明年100岁！”

“到时我们给你祝贺百年大寿。”

缪大夫做完他的试验，高高兴兴地走出门去。

两个多月以后，另一位大夫又来考察。

“马老，你的名字怎么写？”

“‘寅’是子丑寅卯的‘寅’，‘初’是年初一、初二的‘初’。”马寅初回答说。

“‘马’字怎么写？”大夫又问。

马寅初听了这一问题后，哈哈大笑，却不予回答。笑过以后，他反问大夫：

“我难道连‘马’字还不会写吗？”

半年以后的1981年的春节期间，大夫又来检查马老的神志是否清醒。

“你在青年时代去美国留学近十年，中间回来过没有？”大夫问。

“没有！因为一直没有钱，没有钱怎么能回国来？”马寅初回答说。

问过问题后，大夫开始观察马寅初在病床上锻炼身体的情况。只见马老一边在做上肢曲伸运动，一边嘴里还喊着：

“1、2、3、4……”于是这位大夫就跟着马老一起数数，结果发现从1～120，马寅初自己数的数完全正确。

1981年6月24日，当马寅初平静而幸福地在医院度过他的百岁生日以后，医生让他从303号病房搬到516号病房，从这时到年底，他的心脏正常，癌症没有转移，血色素在9克左右，只是眼睛已经完全看不见了。神志清醒不清醒呢？大夫们在10月、11月又分别进行了两次检查。

“你留学时候，到过英国吗？”

“没有，只去过美国。”

“你会讲法语吗？”

“可以讲一点！”

“坐在你身边的这位同志是谁？你知道吗？”

“我看不见，请他讲讲话，我才能知道是谁。”马寅初说。

当坐在他身边的人讲话以后，马寅初指出："这是我的二儿媳孙娟。"

"正确。"医生高兴地说。

"您是喜欢吃中国饭菜，还是西餐？"一个月以后，大夫又问马寅初。

"什么都可以。你们医院做什么，我就吃什么。"

到 1982 年 1 月，一位大夫又问马寅初：

"您吃过饭了吗？"

"吃过了。"

"您今年多大年纪？"

"这句话，你至少问过我五遍了。"马寅初回答说。

但是，进入 1982 年 2 月以后，101 岁的马寅初的食欲突然大减，而且已经不能正常进食。医院决定，用他女儿从美国给他寄来的食物搅拌机搅拌以后，再给他进食。

这样的搅拌机共分两种：一种是搅食物的，一种是搅汤的。因为这时马寅初已经完全没有了牙齿，所以他吃的全是搅拌以后的流食。

这一时期，他全天的食谱分别为：早晨牛奶冲麦片、蛋糕；中午一两米饭、半碟菜、一杯汤；晚上牛奶麦片、菜和进口的牛肉汁。据陪护他的两位工作人员说，马寅初的每顿饭常常要用一个小时。除此之外，他还经常吃搅碎的冰淇淋或冰棍。这是马寅初在美国留学期间，养成的生活习惯，回国后，终生未变。

这期间，许德珩、李维汉、孙冶方、赵朴初、周而复等，都先后去医院看过他，马老并同他们进行了交谈。在 3 月，马寅初先生还口述，让人代笔给陈云同志写了他一生中最后的一封信。

这期间，陪护马老的人员曾向他提出，每次来医院时，希望有小车接送。

"不要给国家增加负担。我住在医院，你们还要什么车，坐公共汽车就可以了。"马寅初对他们说。

这期间，重庆大学曾来信要马老给学校题字，许多报刊都纷纷来函要他写治学方面的文章。对于这些，马寅初曾向次子马本初说：

“请你代我回信，向他们表示感谢和歉意，并请大家原谅。你就说我因身体情况，已经完全不能做这些工作了。但要告诉他们：治学最重要的是踏实、刻苦、坚持；切记不要搞虚荣和随风倒。”马寅初还对马本初说：

“你代我回了这些信后，以后如果再有什么单位或个人向我提出要求，就不要再告诉我了。”

马寅初的最后人生时刻来到了。

1982 年 3 月 30 日，他突然患严重肺炎，发高烧 39 度，呼吸急促，痰堵气管，而且一吃东西就咳嗽，进食十分困难……为此，北京医院正式报告中央，并发出了马寅初的病危通知，中共中央统战部副部长李贵、方知达，以及国务院机关事务管理局的负责同志，先后到医院探望。

从 4 月 17 日到 5 月 10 日的这三个多星期的时间里，马寅初的病情日日加重，身体每况愈下。医护人员的值班记录上写着：马寅初左心衰竭，肺水肿，血压 80/40，心跳加快，呼吸急促……不能由口进食，改为鼻饲。

马寅初在被疾病痛苦地煎熬着，马寅初危在旦夕！

但他的神志仍然十分清醒：他觉得身上发痒时，自己仍然可以用手去抓。别人帮他抓时，他还在“朝下”或“朝上”进行指挥。当抓到了痒痒处，他便说：“好了！好了！”

1982 年 5 月 10 日下午 4 点 46 分，马寅初的病情进一步急骤恶化，经医生抢救无效，终于在 5 点心脏停止了跳动，走完了他人生的最后历程。

医生说，马寅初是因患肺炎，转成肺心病而去世的，直到逝世前，神志仍十分清楚。

中国经济界、教育界的一颗巨星陨落了。

中共中央统战部部长杨静仁闻讯后，急忙赶来医院。听到哭声，病重住院的孙冶方和李维汉等走到马寅初先生遗体前说：

“马老，你现在可以永远安息了！”

荣高棠向马寅初的遗体深深三鞠躬……

此外，有关领导人还到马寅初家中看望和慰问……

5 月 14 日，新华社用中、英、法、俄、阿拉伯、西班牙等文字，向全中国和全世界播发了著名经济学家马寅初逝世的消息，同时播发马寅初的生平和遗像。中文的消息是这样报道的：

新华社北京 5 月 14 日电：我国著名经济学家、教育家马寅初，因病于 1982 年 5 月 10 日下午 5 点在北京医院逝世，终年 101 岁。

马寅初生前任第五届全国人民代表大会常务委员、中国人民政治协商会议第五届全国委员会常务委员、北京大学名誉校长、中国人口学会名誉会长和中国银行常务董事等职。

根据马寅初的遗愿和家属要求，马寅初的丧事将从简办理。

1982 年 5 月 10 日，马寅初先生因病在北京逝世。图为全国人大常委会副委员长许德珩到马寅初家中看望和慰问家属。

第六部

尾声

第四十四章　盖棺论定

马寅初在弥留之际，曾向家人留下遗嘱。他一再表示，感谢共产党对他的关怀和教育，感激周总理对他的关怀和帮助。他说，周总理人品高大，要永远向他学习，要永远记住他。马老还反复嘱咐家里人，今后在生活上要俭朴、节约一点，不要向国家提过分的要求。他还说，我生前已麻烦、劳顿大家不少，来医院看我的人中，有许多都年事已高，实在过意不去。因此，在我身后，千万不要再惊动他们来为我参加追悼会。我死以后，要火化遗体，但不要举行浪费精力的追悼会。

根据马老的遗愿和他的家属的要求，由刘澜涛、武新宇、平杰三、蒋南翔、张龙翔组成的治丧小组决定：马寅初的丧事从简，不举行追悼会，只是火化前，在北京医院举行向马寅初同志遗体告别的仪式。

1982 年 5 月 22 日下午 3 点，北京医院哀乐阵阵……

人们川流不息地来到这里，向马寅初的遗体告别。马老身着银灰色的中山装，仰卧在用雪松、黄金柏、君子兰、美人蕉、一串红等盆花组成的苍松翠柏的鲜花丛中，好像睡着了一样，只是两眼深深地陷了下去，身材也比生前瘦小了许多，但面部的表情仍然刚毅而倔强。

这天上午，党和国家领导人陈云、彭真、邓颖超以及李维汉、胡子昂同志向马寅初的家属表示慰问。

下午，前来北京医院向马寅初同志遗体告别的有乌兰夫、彭冲、习仲勋、胡乔木、姚依林、许德珩、杨尚昆、班禅额尔德尼·却吉坚赞、朱学范、薄一波等党和国家领导人；有全国政协副主席刘澜涛、康克清、季方、胡

1982 年 5 月 22 日，马寅初同志遗体告别仪式在北京医院举行。陈云、彭真、邓颖超、李维汉、胡子昂等领导人向家属表示慰问；乌兰夫、彭冲、习仲勋、胡乔木、姚依林、许德珩、杨尚昆、班禅额尔德尼·却吉坚赞、朱学范、薄一波、刘澜涛、康克清、周培源等领导人，首都各界知名人士、学者、教授和马寅初的家属、生前好友，共 400 多人，前来向马寅初同志遗体告别。上图为向马寅初遗体告别现场；下图为乌兰夫、薄一波同志在马寅初遗体告别仪式上，亲切慰问其家属。

愈之、王昆仑、程子华、包尔汉、周培源、钱昌照、董其武；有全国人大常委会的部分委员、副秘书长；全国政协在京的部分常务委员、委员、副秘书长；有中共中央统战部、教育部、中国银行、北京大学等有关部门的负责人杨静仁、李贵、张承先、何东昌、卜明、张龙翔；有首都各界知名人士、学者、教授和马寅初同志的家属、生前友好，共400多人。

在哀乐声中，党和国家领导人以及各方面的人士，一个个表情肃穆，围绕马寅初先生的遗体，缓缓行进，深深鞠躬。他们心中默默祝愿面前安睡着的这个已经走过了一个世纪，而且确实走得很累了的躯体，永远安息。还有不少人抑制不住内心的悲痛，当场痛哭、抽泣。

走在向马寅初遗体告别的缓缓人流中的全国人大常委会副委员长许德珩，在马老逝世后，就挥泪赋诗，沉痛悼念。此时，他又面对马老的遗容，老泪横流，抽泣难过，他似乎在默诵他写的那首悼念马寅初的诗：

先生归道山，上寿百零一。
平生嫉腐恶，人民同呼吸。
息烽受奇辱，愤然以对敌。
先忧天下忧，哲人其萎矣。
悼念痛心怀，万众齐饮泣。

向遗体告别的仪式结束后，马寅初治丧小组陪同家属，将马寅初的遗体护送到八宝山火化。新华社为此，作了详细报道。

对于马寅初可歌可泣的光辉一生，在由中共中央统战部起草、经中共中央书记处批准的一份文件中，已经作了正确的全面的评价。

这份内部的、对马寅初盖棺论定的文件说——

全国人大常委会委员、政协全国委员会常务委员、北京大学名誉校长马寅初同志是中国共产党的真挚诤友、坚强不屈的民主战士、我国著名的经济学家、教育家。

他早年留学美国,攻读经济学,获得经济学博士学位。1916 年返回祖国,先后在北京大学、中央大学、交通大学、重庆大学、浙江大学任教，并曾任北大经济系主任、教务长，重庆大学商学院院长。在旧中国，他不仅是享有盛誉的经济学家，而且是英勇不屈的民主战士。

抗日战争爆发后，他目睹国民党反动派的腐败、民族危机的深重，挺身而出，写文章，作演讲，大声疾呼，反对官僚资本主义和通货膨胀，反对出卖民族利益和独裁统治，他的爱国和正义行为，受到国民党反动派的迫害，被监禁到集中营，长达数年之久。出狱后，他继续大声疾呼：“打倒官僚资本”；号召抗兵抗粮，痛斥国民党政府出卖民族利益的种种行径。

抗日胜利后，他不畏强暴，不顾安危，积极投入反内战、反独裁的民主运动，在如火如荼的学生运动中，他站在游行队伍的前列。李公朴、闻一多被害后，1947 年 5 月南京中央大学学生集会请他讲演，马寅初同志不顾特务机关放出加害于他的流言，写下遗书，如约到会演讲，表现了一个民主战士的铮铮铁骨，鼓舞了青年的斗争精神。

马寅初同志是中国共产党的老朋友。他在反对国民党反动统治的斗争中，逐渐认识和靠近了中国共产党，走向革命。在他最困难的时候，得到了党组织的帮助和支持，正如他自己说过的自 1939 年开始“无时无刻不与共产党在一起”。1948 年年底至 1949 年年初，在党组织的协助下，他摆脱国民党迫害的危险境地，经香港进入解放区。

全国解放后，他先后担任中国人民政治协商会议第一届全体会议代表、中央人民政府（委员会）委员、中央（人民政府政务院）财政经济委员会副主任、华东军政委员会副主席、浙江大学校长、北京大学校长，第一、二届全国人民代表大会常务委员会委员，政协第一、二、三、四届全国委员会委员，第二、四届常务委员，中国科学院哲学社会科学部委员等职，在发展我国文化教育和经济事业方面做出了重要贡献。

马寅初同志拥护党的领导，关心和热爱社会主义事业，爱戴毛泽东、周恩来等革命领袖。然而，他的这一切，不是表现在简单地“听话”、“跟着走”，而是以一个学者特有的专长，以主人翁的态度进言献策，是中国共产党难得的真挚的诤友。

20 世纪 50 年代中期，他提出以节制生育、提高人口质量为中心的“新人口论”和综合平衡论、按比例发展的经济理论。他认为“我国人口增殖太快”，“影响积累、影响工业化”，“是个极大的负担”，他主张“实行计划生育”，“推迟结婚年龄”。他认为国民经济要综合平衡，不能片面地强调重工业，必须同时积极发展轻工业，积极发展农业，主张引进国外先进技术设备，主张充分利用价值规律等等。他以赤诚之心，针砭时弊；但当时受到了很不公正的对待。在康生、陈伯达的策划鼓动下，开展了对马寅初同志的“批判”，把正确的说成错误的，把学术问题说成是政治问题，给他戴上“资产阶级代表人物”、“中国的马尔萨斯”、“反党反社会主义”等等帽子和罪名。这位当时年近八十的老人，为了国家和党的社会主义事业，为了探求科学真理，在痛苦和委屈中，一方面不慑服权威，不惜个人名利，“孤军作战”；另一方面，他不得不辞去北大校长职务，随后也离开了（全国）人大常委会。对学术问题，他敢于坚持自己认定的真理，舌战名家，不曾怯阵，为我国学术争鸣创一代新风，为后来学人树光辉榜样。在此后长达 20 年的默默无闻的生活中，马寅初同志仍关心着党和国家大事。20 世纪 60 年代他曾上书中央领导同志，对学习毛泽东思想，防止个人崇拜等问题，坦率陈词。

党的（十一届）三中全会后，在中央直接关怀下，马寅初同志的问题，得到了彻底平反，肯定了他的“新人口论”和综合平衡的经济理论，都是正确的，推翻了强加于他的一切污蔑不实之辞，恢复了他的职务和名誉。1981 年为马老举行了百岁寿辰的活动。马寅初同志对此表示了极大的快慰和衷心的感谢。

马寅初同志是我国著名的教育家，他在教育园地辛勤耕耘了60多年，桃李满天下。解放后，他热心祖国的教育事业，一再强调办教育要“学习新思想,确立为人民服务的立场。”全体师生只有在共同的政治思想基础上，才能团结无间，精诚互助，培养出切合实际要求的专门技术人才。他维护党对教育工作的领导，对那种不要党的领导的错误思潮据理批驳。当他再任北大名誉校长时，他笑容满面地说：具有光荣传统的北京大学，今后在党的领导下，为实现四化必将做出新的贡献。

第四十五章　浩气长存

按照马寅初生前的心愿，他的遗体被火化了。他的骨灰，一部分在当时就被安放在北京八宝山革命公墓副一室；另一部分则由他的长子马本寅送回浙江嵊县，在1983年4月8日上午，棺葬于他的母亲王太夫人坟墓左侧，并在上面立碑一块，写有“马公寅初之墓”。

这位出生成长在清朝，工作与生活在中华民国和中华人民共和国，一生经历了三个时代，跨越一个世纪的传奇人物，终于走完了他的人生的航程，叶落归根。

如今，他静静地安息在祖国的首都，静静地长眠在生他养他的故土……

啊！马寅初，你在人生道路上，神奇般地闯过常人难以通过的五个十字路口以后，这一次却真的走了，不再回来，永远离开了我们。

“不！不能这样讲。”历史公正地说：

“应该这样讲才对：马寅初既走了，又没有走。从长远来讲，他并没有走。他的音容笑貌、坎坷经历、宏论杰作、浩然正气、伟大精神，将永远留在人间！”

难道不是吗？

半个多世纪以来，他的名字曾几次强烈地震动了整个社会舆论。因此，在国内外，他的名声如日中天。

在中国乃至世界各国各界人士，都纷纷称赞：他是刚直不阿的伟大学者，是后辈学习的光辉榜样！

举世公认，他是“学界泰斗”、“一代师表”。

1983年，马寅初的长子马本寅将其父的部分骨灰，由北京送回浙江嵊县老家，棺葬于马寅初的母亲王太夫人坟墓左侧。

马寅初的一位学生 1985 年 5 月，在纪念他 104 岁诞辰时敬书：

人口宏论，富国强民，千秋大业留遗泽，
经济运擘，学桃育李，百代宗师惠众生。

陈云同志对马寅初一生作过高度评价："坚持真理，严谨治学"。

宋庆龄同志曾指出，马寅初是我们中华民族难得的瑰宝。

1946 年 3 月，他离开重庆前夕，曾以"碎身粉骨不必怕，只留清白在人间"的诗句，书赠重庆大学学生爱国运动会主席许显忠，并对许显忠说："我很喜欢这首诗，送给你，互相勉励。"

马寅初喜欢的这首诗，不仅是他的座右铭，而且是他伟大光辉一生的真实写照！

如今，他已经永远离开了我们，但却给我们留下了不可估量的精神财宝！

马寅初的精神不死，浩气长存，他将永远活在中国人民的心里！

因为马寅初在世时，为中华民族的崛起和腾飞，真正做到了碎身粉骨都不怕；而身后留在人间的，除了清白，还是清白……

他，只留清白在人间！

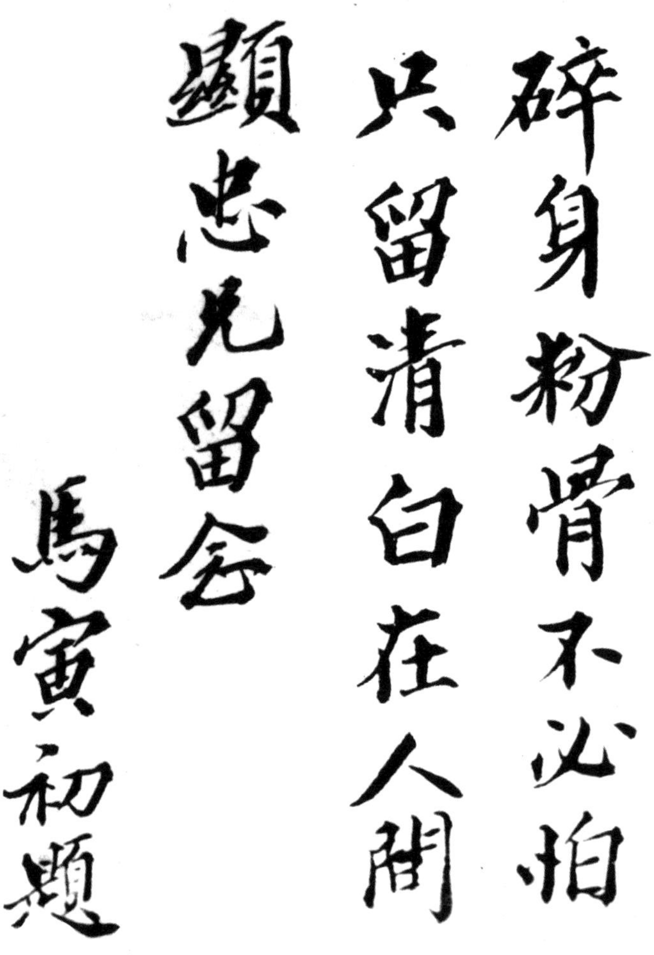

1946 年，马寅初离重庆前夕，曾书赠重庆大学学生爱国运动会主席许显忠诗一首。这是赠诗手迹。这首诗不仅是马寅初的座右铭，也是他伟大光辉一生的真实写照！

第四十六章　巨大影响　永恒丰碑

亲爱的读者，在马寅初先生1982年5月10日去世后的32年，在《马寅初传》1986年9月出版后的28年，在2014年第五次再版《马寅初传》的时候，我们不妨把马寅初先生的《新人口论》，放在中国社会的历史发展长河中，重新梳理、重新认识评价，看看马寅初先生的关于中国人口问题的科学理论、思想和主张，以及他对中国人口的科学预见，从提出至今，在中国的经济社会和人口科学发展中，起到了什么作用？产生了怎样的影响？取得了哪些成就？

作为《马寅初传》的作者，我在经过一段认真梳理、研究思考之后，得出了一个答案：一切皆令人满意、欣喜。

因此，在2014年由中国财政经济出版社再版《马寅初传》的时候，我决定再新增加一章，题目叫“巨大影响　永恒丰碑”，放在全书正文的最后，即成为全书的第四十六章。

在这一章中所写得新的内容，是以前出版的各种版本中所没有的，以飨广大读者。

马寅初先生是现代中国人口科学的先驱，是我国计划生育政策的最早倡导者之一。1920年4月，他就在《新青年》杂志（第7卷第4期）上发表了《计算人口的数学》一文，开始了对人口问题的研究。1928年3月，在《现代之新经济政策》的演说中，他又提出了通过节制生育、移民、教育、增加需求来解决人口问题的主张。从1953年到1955年，他三赴浙江，详细调查了解农村人口与粮食增长的情况，写出《控制人口与科学研究》的长篇论文。

1955年，马寅初在第一届全国人民代表大会第二次会议浙江小组会上，第一次提出他的新人口理论、主张；1957年3月12日，马寅初在中南海紫光阁召开的最高国务会上，又畅谈他的新人口理论和主张：在中国要实行计划生育，控制人口数量，提高人口素质，得到了与会的中共中央领导人毛泽东、刘少奇、周恩来等的赞扬；1957年7月，马寅初把《新人口论》作为一项提案，正式提交第一届全国人民代表大会第四次会议；1957年7月5日，在《人民日报》发表了著名的《新人口论》，以马克思主义人口理论为依据，揭示了人口过快增长制约经济社会发展的客观规律，重申要节制生育，控制人口增长的主张。他还把人口数量和质量结合起来考察，呼吁中国各阶层人口都要提高知识水平。他的人口思想，为我国人口政策的制定和计划生育的全面推行，奠定了重要的理论基础。

《新人口论》多年不鸣，但一鸣惊人。用当时流行的话来说，马寅初的《新人口论》，是一颗精神原子弹，它的冲击波，直达高层，透过政界和学界，也到达寻常百姓家。

但不幸的是，在1958年马寅初的《新人口论》和他本人遭到错误批判，他本人无奈辞职，回到家中；所幸的是，他认为他的人口理论是正确的，始终坚持真理，身处逆境时宠辱皆忘，斗志弥坚，直到20多年后为他彻底平反、恢复名誉。

马寅初在1979年平反后，1982年去世后，人们对他的《新人口论》和他本人进行了重新评价：

1979年11月，马寅初的被打入冷宫的《新人口论》一书由北京出版社出版，受到广大读者极大的欢迎，先后印发20多万册，仍供不应求，一时有洛阳纸贵之叹。

1981年2月，在中国人口学会成立之际，全国人口学界一致推举德高望重的马寅初先生担任名誉会长。马寅初先生去世后，从2002年到2012年的10年间，在他诞辰120周年、125周年和130周年之际，我国人口学界3次举行纪念活动，以铭记他为中国人口计生事业做出的历史功绩、对中国人口科学做出的卓越贡献。

1981年10月，亚洲议员人口和发展会议在北京召开，研究探讨亚洲地区人口与发展协调的途径，马寅初被推选为中国代表团名誉顾问。亚洲18个国家和国际组织的200余位代表出席会议。会议代表以大会的名义向马寅初颁赠了英文表彰信，表彰他在人口学方面做出的杰出贡献。

受到这样高的荣誉，年已百岁的马寅初非常激动，不但回信表示感谢，而且希望会议能在解决人口问题方面找出更适宜的途径，为增进亚洲各国议员之间的友谊和合作做出出色的贡献。

在他去世后11年的1993年，马寅初荣获首届中华人口奖“特别荣誉奖”。

1997年12月，马寅初的《新人口论》被列入《绿色经典文库》。

1998年，即在马寅初去世以后的第16年，中国经济学界在全国评选“影响新中国经济建设的10本经济著作”，马寅初的《新人口论》一书不仅被评选上，而且在入选的10本书中，排名第二，尤其它对中国人口和计划生育的影响更是积极而深远的：计划生育成为中国的基本国策，人口计划被纳入国民经济和社会发展的计划，人口发展战略研究成为国家宏观战略研究的重要组成部分。

由此可见，马寅初和他的《新人口论》已成为中国人口科学发展最具影响的人物和著作。

为了继承和发扬马寅初的思想和精神，在马寅初去世后的22年，在浙江省杭州市庆春路210号创建了免费对外开放的马寅初纪念馆，馆内有关于马寅初文字、图片和影像的生平事迹展览。

马寅初纪念馆是2000年10月经浙江省委、省政府报请中共中央办公厅、国务院办公厅批准，同意由浙江省马寅初人口福利基金会创建的，2004年9月22日正式开馆；目前，已成为杭州市青年学生“第二课堂”活动基地和浙江省爱国主义教育基地；纪念馆开馆10多年来，已接待各界人士和学生20多万人，整理、编辑、出版《马寅初纪念馆专刊》数十期，总计160多万字，受到社会各界的好评。前来参观的一位小学生曾在留言簿上写道：“马爷爷您真了不起，以前我不知道您，我要向您学习。”

为纪念马寅初先生诞辰130周年、逝世30周年、《新人口论》发表55周年，2012年5、6月，在杭州、北京、嵊州三地相继举办隆重的纪念活动，有关领导，许多经济、教育和人口学家以及各界人士，在这些纪念座谈会和学术研讨会上，先后纷纷讲话、致辞、发言，比较集中、全面而且有代表性地对马寅初先生和他的《新人口论》进行了深刻、科学和高度地评价。

下面仅举若干典型、精准评论，以见全貌。

对马寅初先生和他的《新人口论》，好评如潮：

——有人指出，马寅初先生是中国人口科学的旗帜和骄傲，他在《新人口论》中的真知灼见和科学判断为人口理论研究服务于社会实践树立了优秀典范，是中国人口科学宝贵的精神财富和重要的理论源泉。

——还有人说，《新人口论》是经过深思熟虑的经典之作，是奉献共和国的良言善策，是我国人口思想史上的光辉篇章。

——也有人赞扬，《新人口论》是老百姓易于接受的大众理论。它源于实际，源于生活，源于群众，百姓爱看爱听，易懂易记，心神领会，明白要旨：人口和经济要平衡发展，数量要控制，质量要提高；一对夫妇生两个，一儿一女一枝花；措施是迟婚加避孕，反对人工流产，保护妇女健康。《新人口论》不到两万字，却用浅显直白的文字说透简约而基本的道理，在人口学荒原上堆起了一座山峰……

——全国政协人口资源环境委员会主任、中国人口学会会长张维庆于2012年6月21日，在北京人民大会堂浙江厅纪念马寅初先生诞辰130周年座谈会上的致辞中说：

“马寅初先生的《新人口论》，尽管是在55年前发表的文章，但是我们今天读来依旧被其开阔的思路、生动的事实、严密的论述和朴实的文字所折服，所吸引。透过这篇经典文献，我们发现马寅初先生系统地提出了人口发展的大思路，不但要注重控制人口总量，更要注重人口素质、人力资源和技术更新，注重人口与就业、人口与资源环境等重大问题。他将人口学、经济学和系统工程学等有机结合，开拓了人口学研究的领域，开创了人口调控和人口发展制度创新的先河，为市场经济条件下处理好人口与发展的关系，统筹解决好人口问题奠定了理论基础。”

为纪念马寅初先生诞辰130周年，浙江大学校长杨卫曾专门撰写题为《民族瑰宝垂青史　求是之魂永相传》的文章，并于2012年6月27日在《人民日报》发表。该文中有一段写道：

“新中国成立后，马寅初虽年逾古稀，他的足迹仍遍布大江南北、城市农村，并就农业经济发展问题和人口问题做了大量的基础调查研究。正是通过长达3年的田野调查和求是的学风，他才敏锐地发现和深入思考严峻紧迫的中国人口问题，并抓住人口增长与国民经济发展不相适应的这种矛盾，完成了《新人口论》这一凝聚真理光芒的不朽之作，成为执行至今的基本国策。”

2012年5月22日，浙江省人口计生委党组书记、主任王文娟在浙江各界纪念马寅初先生诞辰130周年大会上讲话时说：

“马寅初的《新人口论》以马克思主义人口理论为理论依据，以我国的人口、经济现状和对人口问题的深刻分析为实践依据，提出了提高人口质量、控制人口数量的人口发展主张，并为其实施拟定了一套较为全面、完整的政策。正是在马老人口思想的指引下，我国全面推行计划生育工作，取得了举世瞩目的辉煌成就，促进了经济社会的协调可持续发展。”

王文娟在讲话中还强调说：“时至今日，马老的人口思想仍熠熠生辉，闪烁着真理的光芒，继续指引着新时期人口计生工作的实践和发展，继续引领着人口计生人为一个崇高的信念和目标而不懈努力着。”

2012 年 5 月 22 日，浙江省副省长郑继伟在浙江纪念马寅初先生诞辰 130 周年大会上讲话时强调：

马寅初先生是现代人口理论的奠基者。1957 年，他在浙江等地调研基础上发表了著名的《新人口论》，正确估计了当时我国人口的发展状况，深刻阐述了控制人口数量、提高人口质量的论点，明确提出了一套较为全面、切合实际的政策建议，为新中国的人口和计划生育工作提供了理论依据，为建设中国特色社会主义人口理论体系奠定了基础，对中华民族，乃至全人类文明发展做出了杰出的贡献。

2012 年 6 月 24 日，在北京纪念马寅初《新人口论》发表 55 周年的座谈会上，中国人口学会秘书长、研究员解振明指出，马寅初的《新人口论》通篇以其观点显明、逻辑清晰、思路缜密、数据详实，为中国人口科学研究提供了范本。《新人口论》对中国经济社会和人口的发展产生了巨大的影响。

解振明还强调说，马寅初先生和他的《新人口论》作为中国人口科学的财富将一直伴随和激励我们在人口和相关领域进行不懈的探索和前进，可以设想，再过 5 年或 10 年，在纪念《新人口论》发表 60 周年或 70 周年时，我们会发现《新人口论》的新的价值。《新人口论》对中国人口科学的影响是不可估量的。

在对马寅初先生和他的《新人口论》进行重新评价时，应该特别提出和大书特书的是：自从党中央在 1979 年为马寅初彻底平反、恢复名誉之后，我们的党和国家就采纳了他在《新人口论》中提出的关于人口理论、思想、主张的具体建议，在全国全面实行计划生育，并将计划生育定为中国的基本国策。

1980 年 5 月，中共中央发布《关于控制人口增长问题致全体共产党员和共青团员的公开信》。

1981 年 3 月，国务院成立统一管理全国计划生育工作的正部级机构，全国各省、市、自治区均设下级部门，以后机构名称虽有变更，但职能始终未变。

1982 年 9 月 1 日，党的十二大政治报告正式将计划生育政策确定为不可动摇的基本国策。

这是新中国历史上首次将一项政策确立为不可动摇的基本国策。同年，计划生育政策首次写入宪法，基本国策得到国家根本大法的确认。

2013 年 11 月 12 日，党的十八大在《中共中央关于全面深化改革若干重大问题的决定》中提出："坚持计划生育的基本国策"。

2014 年 3 月 5 日上午，第十二届全国人民代表大会第二次会议在人民大会堂开幕。国务院总理李克强代表国务院向大会作政府工作报告。李克强总理的政府工作报告共分三个部分。他在报告的第二部分提出 2014 年全国的 9 项重点工作任务，其中的第 7 项重点工作任务是："加强教育、卫生、文化等社会建设"。他在报告这一项重点工作任务时强调说：

"坚持计划生育基本国策不动摇，落实一方是独生子女的夫妇可生育两个孩子的政策。"

3 月 6 日，十二届全国人大二次会议举行记者会，国家卫生和计划生育委员会主任李斌就"卫生计生事业改革发展"的相关问题回答了中外记者的提问。李斌表示：我们国家人口众多这一基本国情并没有改变，关于计划生育的"政策可以调整"，"计划生育的基本国策不能动摇"，全面放开"二孩"目前没有时间表。

2014年3月6日，《人民日报》第11版在专家解读李克强总理的政府工作报告的专版中，北京协和医学院校长曾益新说："报告关于人口计生政策，首先强调'坚持计划生育基本国策不动摇'"。他认为，当前，我国人口众多的基本国情不会改变，人口对经济社会发展的沉重压力不会改变，人口与资源环境的紧张关系不会改变，决定了计划生育基本国策必须长期坚持。

真是无巧不成书。马寅初先生关于人口理论的故事，一直都在全国人民代表大会上发生和发展。

亲爱的读者，请我们再简要地回放一下历史的演变吧：

1957年7月，75岁的马寅初在第一届全国人民代表大会第四次会议上，把他的《新人口论》作为一项提案，正式向大会提交。

但1958年，马寅初及他的《新人口论》遭到错误批判和处置，使他沉冤20多年。

1979年9月，在马寅初97岁时，中共中央为他彻底平反、恢复名誉。

1982年9月1日，在马寅初先生101岁时去世后的近4个月，我们的党和国家采纳了他的《新人口论》的建议，在党的十二大的政治报告中正式将计划生育确定为不可动摇的基本国策，一直到2013年11月党的十八大，先后历时30多年。

今天，在2014年3月5日召开的第十二届全国人民代表大会第二次会议上，国务院总理李克强在《政府工作报告》中，又重申"坚持计划生育基本国策不动摇"。

由此看来，关于马寅初先生的人口理论的故事，是一个悲喜剧：从他1957年在人代会上提出，到今天仍然得到肯定和践行，已经经过了57年的风霜雨雪和沧桑岁月；但此剧一直在全国人民代表大会这个广阔的舞台上演出。其中悲剧时间22年多，喜剧时间35年多；何时结束没有时间表，看来喜剧还要长期演出下去……

马寅初先生生前是驰誉中外的著名人口学家，他一生都在探索真理，研究和发现真理；当他发现了他的人口理论是真理后，在压力山大的情况下，又一直坚持真理，直到他的关于人口问题的真理被党和国家采纳，确定“计划生育为不可动摇的基本国策。”

经过历史和实践、正反两个方面成功与失败的检验，证明马寅初的《新人口论》是真理。真理之树万年常青。真理是不可战胜的，具有强大的持久的生命力，可以穿越时空，长久地为国家、为人民，乃至为人类服务、造福，做出贡献。

计划生育是我国的基本国策。从党的十二大到十八大，到 2014 年 3 月召开的“两会”，30 多年来，经过全党全社会的长期不懈努力，我国计划生育工作已取得了巨大成就：人口过快增长的势头得到有效控制；人口再生产类型实现历史性转变，有效缓解了资源环境的压力，有力促进了经济持续较快发展和社会进步，还改善了妇女儿童发展状况，为全面建成小康社会奠定了坚实的基础。实践证明，实行计划生育政策，符合国家长远发展，符合群众根本利益，是完全正确的，必须长期坚持。

一些地方和全国的统计数字用事实生动有力地说明，我国的计划生育工作取得了举世瞩目的辉煌成就。

2012 年 6 月 21 日，在浙江嵊州纪念马寅初先生诞辰 130 周年的大会上，浙江省人口计生委副主任胡玉璋在讲话时说：

“实行计划生育以来，我省累计少生 2600 多万人，人口出生率和自然增长率分别从 1980 年的 15.6%、9.3% 降至 2011 年的 9.5% 和 4.1%，总生育率一直保持在较低水平，并实现了人口再生产类型从“高出生、低死亡、高增长”到“低出生、低死亡、低增长”的历史性转变，有效缓解了人口对资源环境的压力，为全省经济社会的快速发展和人民生活水平的提高做出了重大贡献。”

2012 年 6 月 21 日，在北京纪念马寅初先生诞辰 130 周年座谈会上，国家人口计生委党组书记、主任王侠在致辞中说：

“几十年来，我国人口计生工作的伟大实践，进一步验证了马寅初先生的真知灼见和科学判断。在党中央、国务院的正确领导下，我国实行计划生育基本国策，探索了一条有中国特色统筹解决人口问题的道路，全国共少生 4 亿多人口，人口素质显著提升，为促进经济社会发展做出了重要贡献。”

经过 30 多年的历史和实践的检验，充分证明：马寅初在他的《新人口论》中提出的科学理论、思想和主张不仅正确，而且可行；他关于中国人口问题的真知灼见、科学判断和伟大预言，如今已经变成现实。

事实也充分说明：马寅初在 20 世纪 50 年中期提出的关于人口理论、思想和主张，在中国已经发挥了重大作用，产生了巨大影响，取得了辉煌成就……

《人民日报》在 2014 年 8 月 29 日的综合版上，以 2/3 的篇幅在《从“单独两孩说起：谈计划生育政策调整》的长篇文章中指出：

“我国人口最突出的特点是基数大、增长快。……针对这种情况，我国开始推行计划生育政策，……并于 1982 年将其确定为一项基本国策。30 多年来，累计少生了 4 亿多人，创造了经济快速发展和人口有效控制两大奇迹。”

在这篇文章还强调：

“据估算，如不实行计划生育，现在人口可能激增到十七八亿，人均耕地、粮食、森林、淡水资源、能源等占有量将比目前降低 20% 以上，不仅资源环境难以承载发展的需要，经济社会发展也不可能达到现在的水平。”

在这篇文章中，还特别明确强调指出：

“由于实行计划生育，我国人口抚养比下降 1/3 左右，创造了较长时间的人口红利期，对经济持续较快增长的贡献率达 1/4 以上。在人口有效控制的同时，也提升了人口素质，促进了生产效率的显著提高。可以说，改革开放以来我国经济总量跃居世界第二位，计划生育政策功不可没。”

马寅初先生于 1982 年去世，至今已经离开我们 32 年了。如果他在天之灵有知，看到今天可喜情景，一定会感到非常欣慰，并含笑九泉了。

我们可以毫不夸张地说：马寅初先生在党和国家将“计划生育”定为基本国策的工作中，立下了汗马功劳，建立了不朽的功勋！

自马寅初逝世 32 年来，在中国，每天、每月、每年都有成百上千、几万几百万、千万、亿万人们在学习、研究、宣传、践行他的《新人口论》，贯彻、落实党和国家采纳他的建议而确定的“计划生育”基本国策；而且这种情况，今后将长期延续下去……

这是一件多么了不起的事情！

我们甚至可以断言，这也是一件中国人口科学发展史上空前绝后的盛事！

马寅初先生，中华民族永远怀念你！感谢你！

马寅初先生的思想理论卓越非凡，精神气节更尊贵伟大！

马寅初先生不愧是现代中国人口科学的伟大先驱、现代中国人口理论的奠基者、我国计划生育政策的最早成功倡导者、伟大的人口学家！他的《新人口论》凝聚闪灼着真理的光芒，是一部不朽作品！

在中国人口科学的发展史上，马寅初先生是一座永恒的丰碑！他的光辉思想和精神遗产不仅属于全中国，也属于全世界，必将永远铭刻在历史的文化记忆当中，必将永远载入史册；他的事迹必将永远为人们所传颂……

马寅初生平活动年表

1882 年	6 月 24 日（清德宗光绪八年农历五月初九），出生于浙江绍兴府；后随父母全家迁往浙江嵊县浦口镇居住，在此度过童年和少年时代。
1898 年至 1902 年	离开家乡到上海读中学，直到毕业。19 岁时在浙江嵊县浦口镇与张桂君结婚。20 岁时，长子出生。不到一岁时，长子夭折。
1903 年至 1906 年	以优异成绩考入天津北洋大学，学习矿冶专业。22 岁时，大女儿马仰班在老家出生。
1907 年	由北洋大学保送赴美国留学。
1908 年	二女儿马仰曹在老家出生。
1910 年	在美国耶鲁大学获得经济学硕士学位，并于同年年底考取哥伦比亚大学研究生，攻读博士学位。
1914 年	完成题为《纽约市的财政》博士论文，获得美国哥伦比亚大学经济学博士学位和哲学博士学位。
1916 年	由美国返回祖国，同年应聘到北京大学任经济系教授，后兼任经济系主任。
1917 年	在浙江嵊县黄泽与第二个妻子王仲贞结婚。
1918 年	三女儿马仰惠在北京出生。
1919 年	被选为北京大学第一任教务长。

1921 年	应聘担任浙江兴业银行顾问。
1923 年	被选为“中国经济学社”社长。
1926 年	次子马本初在北京出生。
1927 年	7 月，应聘任中国银行总司券。这年离开北京大学，到浙江出任省政府委员，并兼任杭州财务学校教学工作。
1928 年	到南京，任国民党政府立法院经济委员会委员、财政委员会委员；同时兼任这两个委员会的委员长。
1929 年至 1936 年	先后在南京中央大学、上海交通大学、苏州东吴大学、浙江大学任教。
1937 年	夏天到庐山讲学、避暑，年底从庐山经武汉转移到四川重庆避难。
1938 年至 1940 年	任重庆大学商学院院长、教授。
1940 年	12 月 6 日，在重庆大学家中被蒋介石密令宪兵逮捕；8 日被押送回家取衣物，并向重庆大学师生告别；随后被投入贵州息峰集中营被囚禁 8 个月。
1941 年	8 月，由贵州息峰集中营被押送江西上饶集中营，囚禁一年。
1942 年	8 月 24 日，由江西上饶集中营被释放回家，在重庆歌乐山家中继续被软禁。
1945 年	抗日战争胜利后，得以恢复人身自由。
1946 年	2 月，在重庆“较场口事件”中受伤；4 月，离开重庆到上海，秋天应中华职业社黄炎培邀请，任中华工商专科学校政治经济学教授。

1949 年	年初，由中共上海地下党组织安排，秘密离沪赴香港，后经大连赴北平参政；3 月 29 日至 5 月 25 日，以中国出席第一届世界保卫和平大会代表团副团长身份，赴捷克斯洛伐克首都布拉格参加会议；9 月 21 日至 30 日，出席中国人民政治协商会议第一届全体会议，在会上被选为中央人民政府委员会委员；10 月 19 日，被任命为中央人民政府政务院财政经济委员会副主任；10 月，被选为中国保卫世界和平大会全国委员会副主席；12 月，出任华东军政委员会副主席。
1950 年	11 月 16 日至 22 日，以中国代表的身份赴波兰华沙出席第二届世界保卫和平大会，在会上被选为世界和平理事会理事。
1951 年	5 月 23 日，被中央人民政府任命为北京大学校长。
1954 年	9 月，在第一届全国人民代表大会第一次会议上，被选为全国人大常委会委员。
1955 年	在第一届全国人民代表大会第二次会议浙江小组会上，第一次提出“新人口论”。
1957 年	在春天召开的最高国务会议上，畅谈“新人口论”，得到毛泽东、刘少奇、周恩来等同志的赞赏；7 月，把《新人口论》作为一项提案，正式提交第一届全国人民代表大会第四次会议；7 月 5 日，《人民日报》第 11 版发表《新人口论》。
1958 年	5 月底至年底，第一次在全国范围点名批判马寅初和他的《新人口论》。

1959 年	12 月 24 日，康生插手从学术上到政治上全面对马寅初进行批判。
1960 年	1 月 4 日，在康生继续插手批判马寅初的情况下，马寅初被逼写出辞去北京大学校长职务的报告，上交教育部；3 月 18 日，教育部上报国务院批准他的辞职。
1962 年	1 月，最后一次以全国人大代表的身份去浙江省进行调查研究。
1963 年	被免去第二届全国人民代表大会常务委员会委员职务。
1963 年至 1965 年	在家中写《农书》，初稿约 100 万字。
1968 年	因患病，一条腿瘫痪。
1972 年	4 月，91 岁时，患直肠癌；5 月底，进行第一次手术；6 月中，第二次手术成功；遂后，另一腿也瘫痪。
1979 年	9 月 11 日，党中央批准北京大学党委关于为马寅初平反的决定；9 月 14 日，北京大学党委召开干部会议为马寅初彻底平反，恢复名誉；新华社向国内外播发平反消息；同一天，教育部党组任命马寅初为北京大学名誉校长；11 月，马寅初的《新人口论》一书，由北京出版社出版。
1980 年	9 月，被增选为第五届全国人民代表大会常务委员会委员。

1981 年　2 月，被选为中国人口学会名誉会长；5 月，被推选为中国经济学团体联合会顾问；6 月 24 日，北京大学、重庆大学、浙江大学等高等学校隆重集会，庆祝马寅初任教 65 周年和百岁生日；北京大学出版社出版《马寅初经济论文选集》（上册）；12 月，该书下册也问世。

1982 年　5 月 10 日下午 5 点，马寅初在北京医院因患肺炎、肺心病逝世，终年 101 岁。

马寅初主要论著

《纽约市的财政》

1914 年，在美国哥伦比亚大学用英文出版。

《马寅初演讲集》（四集）

1923 年至 1928 年，由商务印书馆出版。

《中国关税问题》

1923 年，由商务印书馆出版。

《中国国外汇兑》

1925 年，由商务印书馆出版。

《中华银行论》

1929 年，由商务印书馆出版。

《经济学概论》

1943 年，由商务印书馆出版。

《通货新论》

1944 年，由商务印书馆出版。

《马寅初战时经济论文集》

1945 年，由作家书屋出版。

《财政学与中国财政》

1948 年，由商务印书馆出版。

《联系中国实际来谈谈综合平衡理论和按比例发展规律》

1956年12月28日、29日载《人民日报》。

《联系中国实际再谈谈综合平衡理论和按比例发展规律》

1957年5月11日、12日载《人民日报》。

《新人口论》

1957年7月5日载《人民日报》。

《我的经济理论哲学思想和政治立场》

1958年2月，由财政出版社出版。

《新人口论》

1979年11月，由北京出版社出版。

《马寅初经济论文选集》（上、下册）

1981年6月、12月，由北京大学出版社分别出版。

《马寅初全集》（全书分为15卷、总计560多万字）

1999年9月，由浙江人民出版社出版。

原版后记

蜚声中外的著名经济学家、教育家、人口学家马寅初教授，一生历经三个时代，跨越一个多世纪，是一位可歌可泣的具有浓厚传奇色彩的人物。

我从 1979 年春天，开始接触和了解他的时候起，就被马寅初的事迹深深感动，就萌生了为马寅初写传的思想。随着时间的推移和对马寅初的全面深入的了解，经过六年的努力，今天终于完成了我的夙愿，将长篇传记文学《马寅初传》一书奉献给了读者。

过去，我曾发表和出版过几十篇乃至上百篇属于政治、教育、文化和科学等范畴的人物特写、通讯、访问记、报告文学、传记等作品，如毛泽东、邓小平、李鹏、康克清、周培源、胡愈之、蒋南翔、何东昌、叶恭绍、黄昆、姚雪垠、刘白羽、草明、曲波、范曾、叶辛、柳玉芳、霍懋征等等；但每篇的字数均在一万字以内，或二三万字左右。这次写的《马寅初传》却是一部近 20 万字的著作。同我写别的人物所用材料，都是由我亲自采访而得来的一样，这部书中的许多材料，也大都是我直接同马寅初以及他的家人交谈中采访来的；有的则是我亲临现场获得的，也有的是从有关材料中挖掘出来的。

《马寅初传》从采访、写作到成书，先后历时六年半。它完全是我在完成繁重、紧张的新华社记者的工作任务之后，利用业余时间写成的。整个过程，大致可分两个阶段。

从1979年春天开始，到1982年5月10日，是第一阶段。在这三年多的时间里，作为新华社的记者，我前后共采写了十几篇关于马寅初先生的报道：其中有调查报告、新闻、特写、通讯等。这些作品报道了党中央为马寅初先生平反的经过，介绍了马寅初先生在学术上的成就和治学精神，追记了马寅初先生坎坷不平的经历和坚持真理、英勇斗争的品德，记述了马寅初先生晚年舒畅愉快的生活。

在这一批作品中，有一篇是送到中央的关于为马寅初平反的调查材料，胡耀邦和陈云等中央领导同志，在当天就在上面作了应该为马寅初平反恢复名誉的批示，紧接着邓小平同志又为马寅初的平反问题，作了具体指示，为推动给马寅初早日平反，起了决定性的作用。

在采写这些报道的时候，我先后不止十次地去马寅初家里，同马寅初本人，马寅初的夫人王仲贞、次子马本初、女儿马仰惠、女婿徐汤莘等，进行长谈，详细了解马寅初一生的情况；同时还去中央统战部、中央组织部、教育部、全国政协、北京大学等部门，找有关人员了解马寅初的情况，查阅了能够找到的有关马寅初的所有档案，并仔细研究了过去两次批判马寅初人口论的几百篇、共有几十万字的报刊文章；并多次亲临现场，采访有关部门负责同志看望马寅初，以及为马寅初举行的各种活动。因此，在完成新华社报道任务的同时，我便搜集和积累了关于马寅初的大量珍贵材料，这就为后来写《马寅初传》，打下了一个良好的基础。

从1982年5月10日马寅初逝世后到1985年10月，是我写《马寅初传》的第二个阶段。当我报道完马寅初的丧事后不久，我就最后下了决心：要写一部反映马寅初一生主要事迹的《马寅初传》。为此，在原有材料的基础上，我又用两年的业余时间，专门补充搜集马寅初的材料。

在这一期间，我先后到北京图书馆等许多地方查阅、摘抄、复印了马寅初一生中在报刊上发表的许多主要文章，以及关于报道他活动的不少新闻；仔细研究了他的大量有关经济和人口问题的论著；反复阅读了马寅初生前工作过的浙江大学、重庆大学、北京大学的校史；并到现场实地考察了马寅初生前生活和工作过的一些主要地方。

为了能够进一步了解马寅初生前的许多有关细节，我又在 1984 年上半年找马寅初的次子马本初，在他有充分准备的情况下，同我一连长谈六次；找马寅初和他的第一个夫人张桂君的外孙女与外孙女婿——专门研究历史的寿纪瑜及戚国淦教授；找马寅初在北京大学的同事和秘书姜明；找马寅初家乡浙江省嵊县县委宣传部部长李成火和嵊县文化馆创作组；找重庆大学校长江泽佳和重庆大学校友会；找新华社曾经驻美国纽约的记者，找派往哥伦比亚大学的学成回国的访问学者多人，当面或通过书信，反复详细了解马寅初的情况和有关背景。

当一切准备工作就绪，并完成对写《马寅初传》的构思以后，在 1984 年炎夏的一天，我还带着一大包有关马寅初的材料，汗流浃背地到原《人民文学》编辑部负责人、老作家、著名编辑李清泉同志家里，向他讲述了我的写作计划和主要内容，当即得到他的热情诚恳的指导和帮助。

在整个写作期间，人民教育出版社编辑——我的爱人魏穆紫同志一直在默默无闻地协助我搜集资料，抄写稿件，先后帮助我做了许多工作，保证了写作的顺利进行。

对以上所有支持和帮助我写《马寅初传》的单位和个人，在此，我特地表示衷心的感谢！

从 1984 年 8 月到 1985 年 10 月，是我在业余动手写作的时间。在这一年多的时间里，我几乎没有任何节假日，白天工作忙，晚上经常要开夜车到 12 点，有时甚至到凌晨；困了，我就抽烟、喝茶、用冷水洗脸；夏天闷热难耐，为防避胳膊上的汗水把稿纸沾湿，我就把手绢铺在稿纸上，挥汗如雨地写作……

今天，《马寅初传》虽然同读者见面了；但由于时间仓促，所搜集的资料也许不够齐全，加上我的水平有限，因而很可能还没有把马寅初先生的光辉伟大的一生充分描述出来，甚至书中还可能会有遗漏和差错，诚恳希望广大读者，特别是当年同马寅初先生共过事的同志予以指正，以便将来有机会再版时，加以补充和修改。

作　者

1985 年 10 月 15 日于北京

再版后记

近几年来，有一些读者和朋友总是通过来信、电话和手机短信向我询问：现在《马寅初传》还有没有了？在哪里才能够买到？有的甚至登门拜访，向我借《马寅初传》，说他们聚会时要学习马寅初，但苦于找不到材料，找不到书……等等。

比如，2013年第三季度，北京大学生物系的海内外校友聚会，计划学习老校长马寅初，并在学习后出专辑。有一位朋友曾登门几次找我，要向我这个作者借《马寅初传》。我说，我现在没有书了，本来有几本，但已提供中国财政经济出版社供再版之用去了。要等《马寅初传》再版之后，再提供给你们用。但是“远水解不了近渴”，只好遗憾作罢。

又如，2012年11月25日，我的一位姓李的朋友给我发来一条手机短信，说他读了我的《马寅初传》大作，夜不能寐，感赋草诗一首，请斧正。诗曰：

春临初郡斋，
冤雪三尺深。
清风艳阳暖，
安知天地心。
开门见山近，
云过雨雪晴。
夕阳登高上，
耳边马声音。

可见，现在中国有的人，还在读《马寅初传》，或想找《马寅初传》来阅读和学习。

承蒙中国财政经济出版社的领导独具慧眼和远见，该出版社的大众出版中心主任王彦浩和策划总监杨云，在2013年6月下旬找我说，他们出版社要再版《马寅初传》，并且在7月下旬同我签定了再版合同。这真是满足读者需求的一件大好事。

经过出版社和我一年多的努力，现在基本完成了再版时所需要做的有关工作。

我没有想到：中国青年出版社在1986年9月第一次出版《马寅初传》之后的29年，中国财政经济出版社在2015年下半年，又要再版《马寅初传》。

我更没有想到：在1985年10月15日，我写了《马寅初传》的《出版后记》（即本后记前的《原版后记》）之后的第30年，在2015年2月又写了《马寅初传》的《再版后记》。

对此，我感到非常高兴。这对一个传记作家来说，确实是一种难得的机遇和荣幸。因此，我要十分感谢中国财政经济出版社的领导和参与这次再版工作的全体同志。

这次再版的《马寅初传》有三个特点：

一是我对马寅初的有关事情，先后用几个月的时间，又进行了深入采访和调研，并把新发现的材料和成果，补充和写进了书中，使再版的《马寅初传》增加了许多新的内容。比如，对马寅初家庭成员的情况，对马寅初在治学方面的成就，以及马寅初在1982年5月去世后，我们的党和国家在当年9月，把他提出的“计划生育”建议，确定为我国不可动摇的基本国策的情况和产生的效果等等。

二是这次再版的《马寅初传》比初版的增加了近6万字：初版的《马寅初传》只有20万字，这次再版的《马寅初传》有近26万字。

新增加的近6万字的内容，可以分为以下两个方面：

第一，在全书的正文中，新增加了一章：叫做“第四十六章　巨大影响　永恒丰碑”，有 8000 多字，放在全书“第六部　尾声”的最后，作为全书的结尾。

这一章主要写马寅初去世以后的事情，读者可以把它作为马寅初的“后传”来读。这对我这个写了许多风云人物的传记作家来说，是一种大胆尝试和创新。对已故人物写的传记，在再版时又续写“后传”，这在我的写作生涯中还确实是第一次，但我感到很高兴，同时也觉得很成功。也许在中国传记领域里，还很少有这种情况。

第二，这次再版的《马寅初传》，新增加了一个近 4 万字的附录：《采写马寅初》。在这个“附录”中详细叙述了我从 1979 年至今（2015 年 2 月）36 年来，一直为采访、写作马寅初，研究、宣传马寅初所做的一切工作……

特别是首次全面披露了中央对马寅初平反的内情，以及我创作《马寅初传》的历史由来、经过和获得成功的情况；还有因为采写马寅初，中央和地方的 5 家电视台，对我长期进行采访报道的部分实录……

《附录：采写马寅初》，可以帮助读者了解《马寅初传》的内容和意义！

三是这次再版的《马寅初传》，是一本具有文字传记和画传两者相结合的特点的书；是一本图文并茂，非常生动、形象，给人全新感觉的书。

前几次出版的《马寅初传》，都是在书的最前面集中安排了 30 张有关马寅初工作和生活的珍贵照片；而这次再版的《马寅初传》，则是在全部保留原来 30 张照片的基础上，又新增加了 39 张照片，全书总计达 69 张照片；而且这 69 张照片，全部都随内容插入书中，真正做到了图文并茂，给人生动、形象的感觉。

这完全是中国财政经济出版社大众出版中心主任王彦浩的功劳。是他一再指示要求增加照片，要不惜版面，把 69 张照片全部按内容插入书中。应该说，这是一个明智的、有远见的出版家的决定，值得点赞和表彰。

我相信，对此读者不仅会喜欢，而且在读后会更加印象深刻，效果倍增。

这次再版的《马寅初传》，在2015年下半年就要和读者见面了，虽然我为这次再版又付出了一年多的辛劳和努力，但书中仍不免有欠妥之处，甚至仍会有遗漏和差错，恳请广大读者批评，指正。

作者

2015年2月15日于北京

附录

采写马寅初

采访报道和撰写马寅初，是我一生记者和作家生涯中最重要的事情之一：从 1979 年 5 月至 1999 年 7 月，在 20 多年的时间里，我一直没有间断过采访报道并创作《马寅初传》；从 1979 年至 2014 年的 35 年时间里，我一直在不停地做着与马寅初有关的事情，真可谓与马寅初结下了不解之缘。

在这一部分里，我将把我采访报道和撰写马寅初，以及同马寅初事情有关的全部情况回忆记录下来。

一、危中寻机　内参推动平反

1979 年 6 月 18 日至 7 月 1 日，五届全国人大二次会议在北京召开。会上，当时担任国务院总理的华国锋作了《政府工作报告》，报告中提出的第 10 项工作是："进一步做好计划生育工作，切实控制人口的增长"。

早在 22 年前，人口学家马寅初在 1957 年 6 月召开的一届全国人大四次会议上，就以全国人大代表的身份把"计划生育、控制人口数量，提高人口的质量"作为一项代表提案，正式提交一届全国人大四次会议，还附上一份叫做《新人口论》的书面发言；而且 1957 年 7 月 5 日，《人民日报》在第 11 版以整版篇幅全文发表了马寅初的《新人口论》。

因为这件事，后来马寅初遭到错误批判、处理，被逼回到家里 20 多年，杳无声息。

故而，在五届全国人大二次会议召开前，也就是1979年5月中旬的一天，中央通知新华社要派记者去采访人口学家马寅初，并写出一篇包括他对当时中国人口问题的看法和主张见报，以表示对他过去问题的平反和对《政府工作报告》的呼应。

因此，新华社国内部主任李峰就找我这个文教记者谈话，把这一采访报道任务交给我来完成。

以前，我对马寅初的情况了解甚少，接受采访任务后才到全国政协秘书处、中共中央统战部四局、国务院机关事务管理局等部门了解情况。直到1979年6月4日，我才知道马寅初的大致情况：他住在北京东总布胡同32号，家里电话号码是：553147。那天上午我给马寅初家打电话，电话是马寅初的次子马本初接的。我说明自己是新华社记者，想采访报道马寅初先生，但马本初听后在电话中大发其火，怒气冲冲地说："20多年来，马寅初不是早被人们遗忘了吗？你来干什么？"经我再三平心静气地向他说明，马本初才勉强同意我前去他家一谈。

从此之后，我先后去过马家五次采访，但6月5日和13日两次去后，却毫无进展。马寅初根本不见我，更不同意对他进行报道。马寅初本人及其家属一致要求党组织对他落实政策，并提出希望能够尽快复查他的问题，公开平反，恢复名誉。

从1979年6月6～10日，我又先后到教育部、中共中央组织部干审局、北京大学党委组织部、中共中央统战部四局等单位，通过采访有关人员和查阅有关资料，进一步了解马寅初的情况。

1979年6月11日，我向新华社国内部主任李峰汇报有关采访马寅初的情况时说，马寅初不接受采访，不同意报道，要求中央给他平反。公开报道遇到危机，现在搞不成了。我想从危机中寻找转机，为马寅初写一篇内参，向中央反映情况。李峰说，可以写内参，但不能放弃发消息和写一篇访问记的任务。

但真要到动手写内参向中央反映情况时，我又遇到了危险，思想斗争十分激烈。

当时“两个凡是”被定为指导方针。即：“凡是毛主席做出的决策，我们都要坚决维护，凡是毛主席的指示，我们都始终不渝地遵循”。

虽然在1978年12月18～22日党召开的十一届三中全会上，彻底否定“两个凡是”的方针，重新确立解放思想、实事求是的指导思想，实现了思想路线的拨乱反正；全会增选陈云为中央政治局委员、常委、中央委员会副主席，增选胡耀邦等同志为中央政治局委员，选举出以陈云为第一书记、胡耀邦为第三书记的中央纪律检查委员会，邓小平实际上已成为中央领导集体的核心。但是人们对“两个凡是”仍心有余悸。

对马寅初的批判和处理是毛泽东主席亲自定的。当时由毛主席定的刘少奇、彭德怀冤案仍未平反。

我为马寅初平反写内参，是在闯“禁区”，如若中央不同意，我将罪责难逃。

“怎么办？”“写，还是不写？”在我动手写内参以前，思想上激烈地斗争着。

要完成这一任务真是危机重重。开始，写公开报道遇到危机，不成；现在写内参又面临危险。

但是，我是党一手培养成长起来的新闻记者，有责任向党中央反映真实情况，我同意为马寅初平反，如果写了内参，中央同意，就是一件大好事；如果不写，自己不仅没有尽到职责，而且也失去了为马寅初平反，向中央反映实情的一次最好机会。机不可失，时不再来，错失良机，悔恨难追。

经过再三考虑，我决定：即使冒天下之大不韪，给我带来灾难，我也要为马寅初平反写内参，向中央反映真实情况和民意。

于是从1979年6月15～18日四天的时间，我写出了题为《马寅初的家属希望尽快为马落实政策》的1500多字的内参。新华通讯社以“国内动态清样”（附页）绝密件，在 1979 年 6 月 21 日（第 76 期）呈送中央。

这篇由我写的题为《马寅初的家属希望尽快为马落实政策》的内参，在 1979 年 6 月 21 日由新华社送到中南海，送到党中央领导同志的案头以后，当天及次日党中央的领导同志就在上面接连作了批示。

1979 年 6 月 28 日，中共中央组织部宣教局的季宝卿同志通知我：到中央组织部在西单的办公大楼 202 号办公室找他，有事情同我谈。

我到中共中央组织部办公大楼 202 号后，季宝卿同志对我说：“你写的题为《马寅初的家属希望尽快为马落实政策》的内参，近日党中央副主席陈云，中央政治局委员、中纪委第三书记胡耀邦，中央政治局委员、中组部部长宋任穷等领导同志已经先后批示，同意为马寅初平反，恢复名誉。我们在 6 月 27 日，将影印件转中央统战部。现原件存我们宣教局，特请你来看中央领导同志的批示。”

我在中共中央组织部大楼 202 号季宝卿的办公室仔细认真看了中央领导同志对我写的关于马寅初内参的批示，并且抄写了批示。

我写的关于为马寅初平反的内参，得到中央领导同志的高度重视，并且作出同意平反、恢复名誉的批示，完全获得成功。我真是高兴极了。这样的结果，喜出望外，我事先没有想到。

在党中央领导同志对我写的马寅初的内参作出批示之后，中央有关部门对马寅初的平反工作便抓紧、有序地进行。中共中央组织部立即召开有关单位开会决定，马寅初先生的平反问题，由有关单位分别进行：对马寅初先生的历史评价由中共中央统战部提供材料，中共北京大学委员会为马寅初先生作平反决定，报中共北京市委转报中央审批。

1979 年 9 月 14 日，中共北京大学委员会在北京大学办公楼召开干部会议，为马寅初先生彻底平反，恢复名誉。

教育部副部长、北京大学党委书记周林，在会上宣读了中共中央批准的中共北京大学委员会《关于为马寅初先生平反的决定》和教育部《关于任命马寅初先生为北京大学名誉校长的通知》。

这天我到会采访，写了题为《经党中央批准、北京大学党委做出决定：为马寅初先生彻底平反恢复名誉》的消息，新华社当天用中、英、俄、法、西班牙、阿拉伯 6 种文字播发，通过电台广播和报纸刊登，为马寅初在全中国乃至全世界公开平反，恢复名誉。

马寅初先生平反了，马老先生和家人高兴，全党和全国人民高兴，我更高兴。因为我写的题为《马寅初先生的家属希望尽快为马落实政策》，引起了中央领导同志的高度重视，并作了同意平反、恢复名誉的批示；应该说我写的内参为马寅初的平反起到重要的推动作用。

从 1979 年 6 月 21 日，我写的为马寅初平反的内参送到党中央，到 1979 年 9 月 11 日中共中央批准中共北京大学党委《关于为马寅初先生平反的决定》，前后只有 80 多天的时间，在邓小平、陈云、胡耀邦以及宋任穷等中央领导同志直接关怀和领导下，就完成了这件功垂史册的大事，其决断之正确、工作速度之快、效率之高，无不令人赞叹！

我为此生在当新华社记者的时候，做了这件事情感到无比的自豪和欣慰！我可以说：

"我已经尽到了一个新闻记者应尽的神圣职责和共产党员应尽的义务，我没有辜负党对自己的培养！"

但我根本没有想到：在事情过去 25 年之后，党中央仍然记得杨建业在 1979 年为马寅初平反采访、写作内参一事。

2004 年 12 月 23 日上午，中共中央纪律检查委员会电教中心的王旭东同志给我的家里来电话说，中共中央政治局常委、中纪委书记吴官正，副书记何勇已经批示：明年 6 月要像纪念邓小平同志诞辰 100 周年一样，来纪念陈云同志诞辰 100 周年。为此事，我们决定采访你。为找到你，我们先后找了新华社、《中国教育报》社、国务院新闻办公室，好不容易才找到你。请你主要谈为马寅初平反采访写内参的经过和陈云同志对内参的批示。你先准备一下，过几天找你谈。

2004年12月28日，中共中央纪律检查委员会电教中心给我正式送来有关采访我的文件：

杨建业同志：

为纪念陈云同志诞辰100周年，经委部领导批准和国家广电总局正式立项，中纪委监察部、中央文献研究室、中央电视台联合摄制文献专题片《陈云与党风廉政建设》(暂定名)。该片拟于明年6月在中央电视台第一套节目播出。

根据拍摄工作需要，拟于近期对您进行采访（采访内容附后），请予以支持为盼。

中纪委电教中心

2004年12月28日

后附的采访提纲写道：

“请您主要谈一下：撰写《马寅初的家属希望尽快为马落实政策》报告的过程和陈云对报告的批示。”

之后，我多次接受了联合摄制组的采访。2004年12月29日上午10点10分至12点10分，我到他们摄制组的影视中心，对准摄像机正式接受采访1小时25分钟。

他们说，我在接受采访过程中，人很精神，形象很好，讲得形象、生动、感人，很不错。姜还是老的辣。

几天后，联合摄制组又到我家里采访，拍家里的现场和有关陈云与马寅初的珍贵资料。中央文献研究室的李纲和张曙进一步仔细、深入地采访了我。

结果，在 2005 年 6 月，为纪念陈云同志诞辰 100 周年，中央纪委监察部、中央文献研究室、中央电视台联合摄制的《四集文献电视纪录片：陈云与党风廉政建设》的第二集“拨乱反正”中，记述了陈云冲破重重阻力，领导中纪委为马寅初平反一事。我作为这一重大事件的参与者和见证人，最后被录入电视片，有几分钟的镜头，载入史册。

2005 年 6 月 17 日晚，中央电视台在第一套节目中首次播放了专题片——《生死存亡的关键——陈云与党风廉政建设》的第一、二集。人们在第二集“拨乱反正”中可以看到：杨建业在中央电视台同国内外观众声情并茂讲述，他在 26 年前、在 40 岁的时候为马寅初平反一事采写内参的情况……

2005 年 6 月，由中纪委监察部华方音像出版社出版的《四集文献电视纪录片：陈云与党风廉政建设》DVD 第二集“拨乱反正”中的“解说词”有几段这样写道：

● 凌华倖：时任中央纪委办公厅副主任

……

我们走进中纪委档案馆，仿佛触摸到了那个时代。仅 1979 年上半年，中央纪委就查处或批转了十几万封党员和群众来信。这期间，一份来自新华社的《国内动态清样》引起了陈云的高度重视。

1979 年，迟来的春天悄然降临到东总布胡同 32 号院。新华社的一名记者受命前去采访马寅初，没想到，他一开始吃了个闭门羹。

● 杨建业：原新华社记者

是他的次子马本初接的电话，他问你是谁，我就把我的单位、身份告诉了他。他说马寅初不是被人们遗忘了吗？ 20 多年来在家里边，怎么还有人想到他，你找他干什么？就是怒气冲天，不见。电话就撂下去了。最后没有办法，过了一天我又打，打了三次电话之后，我就说，我没有别的意思，我就是想到你们家看一看，采访采访报道报道。我说不管怎么样，叫我到你们家去，咱们面谈，这样才叫我去了。去了之后，马本初就提出来了，马寅初要接受你的采访，见你，也可以，但是首先要求中央尽快为他落实政策，平反，公开恢复名誉，这件事情完成之后就见你，把我们家跟他所有的事情全部告诉你。

这公开报道就没有可能了，这就等于不见了，回来我就向领导请示我怎么办？

新华社的几个领导一商量，决定把马寅初的问题写个内参，供中央领导参考。

这份题为《马寅初的家属希望尽快为马落实政策》的新华社《国内动态清样》，在1979年6月21日送了上去。

当天上午，《国内动态清样》送到了陈云同志办公室。陈云当即在上面明确批示："耀邦同志：马寅初的问题，应该平反，如何请酌。"

当天中午，陈云的批示就摆在了中纪委第三书记胡耀邦的案头。

当天晚上，胡耀邦的批示就转到了中央组织部。

仅仅过了一个月，已经不能行走的马寅初听到了为自己彻底平反、恢复名誉的消息。那一天，他在家人的帮助下，走出了冷清多年的小院。

● 杨建业：原新华社记者

正式平反时，北大学生会的主席还有一批老教授到他家里边表示祝贺，马寅初很激动，在那儿痛哭流涕，非常感谢党。

● 马思中：马寅初孙子

祖父在平反以后曾说，一件事情错了能够改正过来，这是非常需要胸怀，需要勇气的，对他整个理论的肯定，对他的平反，这体现出了中国共产党对于自己批评错的事、批评错的人，勇于公开平反，需要非常大的勇气。中国共产党这样做是很有希望的，中国也很有希望。

二、新闻报道　轰动中外

中央和有关部门在为马寅初平反的过程中，在1979年7月中旬有几个细节特别引人注意。

当中共北京大学委员会把《关于为马寅初先生平反的请示报告》呈送给当时主管文教的国务院副总理方毅，方毅同志在1979年7月时批示：请耀邦同志批示。

胡耀邦在7月11日批示：

请野苹同志同统战部同志商量办理。要认真核实清楚，向中央提出报告。但请尽快完成这个工作。未完成前可派人去看看他。

胡耀邦

7月11日

根据胡耀邦同志的指示，中共中央统战部派副部长李贵以及中央统战部四局副局长郭彤前去看望马寅初先生。他们也邀请作为新华社记者的我一同去采访。

1979年7月16日上午，我们一行数人来到北京东总布胡同32号院马寅初家中，来看望马寅初先生。

中共中央统战部副部长李贵来到马寅初家里时，一开头就说：

“今天，我奉组织之命，特来登门看望您。……更重要的是向您报告一个好消息。党中央领导同志……他们说应该为马寅初先生彻底平反，恢复名誉。”

李贵副部长和马寅初先生及他的家人谈了许多，其内容我在后来公开报道的新闻中已经撰写。

马寅初和他的次子马本初及其家人，果然信守承诺：在我向中央反映情况，中央决定为马寅初平反后，马家人把马寅初的事情全部告诉了我。

1979 年 7 月 16 日下午，马寅初次子马本初及其全家，约我到马家采访，畅谈 4 个小时，未谈到之事，马本初在 7 月 17 日又打电话给我补充，再谈两个多小时。

至此，我通过采访已基本掌握了马寅初的全部情况。新华社领导布置我的任务：写一篇内参，发一条消息；再写一篇篇幅较长的访问记，已毫无问题。

1979 年 7 月 16 日上午，我采访中共中央统战部副部长李贵拜访马寅初后，写了题为《党组织为马寅初彻底平反恢复名誉》的消息，新华社在 1979 年 7 月 25 日播发，同时由中文翻译成英、俄、法、西班牙、阿拉伯等语言，向全世界发出。

这条连同标点符号计算在内，只有 513 个字的新闻，1979 年 7 月 25 日由新华社播发通稿后，次日，中央人民广播电台头条广播，《人民日报》、《光明日报》等首都许多报纸和全国各省报以及地市小报、港澳报纸，都在显著位置刊登；在国内外引起强烈反映，受到广大读者的好评，蜚声中外，当时被称为“轰动新闻”。我收到了许多读者赞扬党中央这种做法的来信，也收到不少要求平反的来信。

这条新闻报道，又一次使马寅初成了轰动中外的新闻人物。

我写的这条新闻在内容上报道的是中共中央统战部副部长李贵代表党拜访 98 岁的著名经济学家马寅初先生，为他彻底平反、恢复名誉的事情，反映的却是“实践是检验真理的唯一标准”的重大主题，也是当时国内外人们所关注的重大问题；在写作上独具特色，富有创造性。它被新华社评为1979年度全社好新闻，还在1980年12月20日被1979年全国好新闻评选委员会，评为全国1979年的10条好新闻之一，荣获1979年全国好新闻二等奖，发给我人民币60元的奖金。

这条新闻也受到许多新闻单位的广泛关注和好评。1979年第9期上海《文汇报通讯》，有人撰写题为《有胆有识有文采——赞马寅初节制生育的新人口论是正确的》的文章大加赞扬这条新闻；《光明日报》编辑部约我撰写题为《采访马寅初先生的体会》一文，刊登在1980年《光明日报通讯》第1期；新华社《新闻业务》编辑部约我撰写题为《采写〈马寅初的新人口论是正确的〉的体会》，刊登在新华社1980年12月13日出版的《新闻业务》活页版第32期上；中国人民大学新闻系还约我撰写题为《谈谈我对马寅初先生的采访与报道》一文，收入1983年3月由中国人民大学出版社出版的《中外记者经验谈》一书出版，作为他们新闻系"新闻采访与写作"课教学的重要参考材料；新华社《新闻业务》编辑部1983年7月编辑出版《1979新华文丛》一书，把我写的这一消息收入出版，并在《党组织为马寅初彻底平反恢复名誉》这条新闻的后面加了简评。现将简评抄录于后：

【简评】这篇短新闻有情有景，有对话，有描写，有评论；是1979年全国评出的10条好新闻之一。

新闻一开头就说，7月中旬的一个上午，"往日静悄悄的"马老宅院，在中共中央统战部副部长来访的当天，"顿时热闹起来"。这不只是写现场，而是记叙了20多年的历史变化。20多年的"往日静悄悄"，和今天的"顿时热闹"恰恰做了鲜明的对比。

新闻写的双方的对话，要言不繁，谈笑风生。新闻最后归结到："20多年的是非终于澄清，冤案终于平反。实践宣布了公允的裁判：真理在他一边。"这就做到了言简意深。

后来，还有不少出版社将此文收入专集出版；有的新闻单位和大学将此文用作范文培训记者，或进行教学。

三、历史回放：采访报道全貌

在本附录前两部分的回忆录中，我着重写了我为马寅初平反采写内参和向中央反映，中央领导对内参的批示与中央通知为马寅初平反，以及我采写公开新闻报道的情况。这只是我对马寅初采访的一部分，作为新华社记者，当时我对马寅初曾进行了全程的采访报道，对整个采访报道马寅初的全部情况，也应向后人讲清楚。不过，我在这部分不再重新来写。因为1982 年 7 月中国人民大学新闻系曾向我约稿，写一篇题为《谈谈我对马寅初先生的采访与报道》，我应约写了之后，被收入他们编辑的《中外记者经验谈》一书，1983 年 3 月由中国人民大学出版社出版。

这篇文章全文 7000 多字，仔细介绍了我对马寅初先生采访与报道的全貌。现在正好将全文抄录在这里，作为我第三部分的回忆录，当成“历史的回放”，非常真实、全面，文中既有事实，又有感受。当然对事实方面，我又将后来发生的情况做了一些补充。

这篇文章的全文如下：

谈谈我对马寅初先生的采访与报道

杨建业

我对著名经济学家、教育家和人口学家马寅初先生的采访，是 1979 年开始到他逝世为止的，前后共写了十多篇报道：其中有新闻、通讯、特写，报道了党中央为马寅初先生平反的经过，介绍了马寅初先生学术上的成就和治学精神，追记了马寅初先生坎坷不平的经历和坚持真理、英勇斗争的品德，记述了马寅初先生晚年舒畅愉快的生活等。

（一）

1979年五届（全国）人大二次会议召开前夕，领导让我去采访马寅初先生，并且要写出一篇包括他现在对人口理论看法的消息，在五届（全国）人大二次会议召开期间见报。

我接受任务后，才知道马寅初先生重病住院。

为了进一步了解马寅初先生的情况，我便给他家里通了电话。电话是马寅初先生的次子马本初同志接的，但当我听回话时，却被震惊了。那是一种完全出乎我意料之外的情况，马本初同志在电话里大发其火，怒气冲冲地说："20多年来，马寅初不是早被人们遗忘了吗？你来干什么？"我平心静气再三说明去采访并无他意，马本初最后只好勉强同意我前去他家一谈。

从此之后，我先后去马家采访5次，但前两次去了，却毫无进展。马寅初根本不见我，更不同意对他进行报道。只是从他的子女和家属那里知道：马寅初已经98岁，当时正在北京医院住院治病，头脑清楚，也能看点东西，能说话，但就是不愿谈。他本人及家属一致要求党组织对他落实政策，并提出希望能够尽快复查他的问题，公开平反，恢复名誉。

我在采访中遇到这种情况以后，心中怏怏不乐，认为这次采访任务是根本完不成了，但是，又不甘心就此罢休。我进一步想，实践是检验真理的唯一标准！马寅初的问题现在是应该解决的时候了。于是我便进一步研究了材料。我看了20年前批判马寅初的许多文章，以及他本人当时的公开申明："我虽年近80，明知寡不敌众，自当单身匹马，出来应战，直到战死为止，决不向专以力压服不以理说服的那种批判者们投降。"他还申明"我从不考虑个人名利，我只考虑国家和真理"，"我对我的理论有相当的把握，要坚持到底；撤职查办、杀头坐牢也绝不写检查"。

这是何等的勇气和胆识！他的立场和观点，从那时一直坚持到今天。我被他的这种实事求是、为真理献身的精神感动了。于是，我又进一步了解他的有关材料，并且从有关部门得知：中央办公厅信访局159号的来信摘要上，刊登了一封要求中央对马寅初的冤案做出恰当处理的群众来信。

基于这样，我就决定将了解到的马寅初的详细情况向中央反映。1979年6月下旬，中央领导同志在我写的题为《马寅初的家属希望尽快为马落实政策》的稿件上批示要恢复他的名誉。

当我得知中央负责同志是这样重视的时候，心里真有说不出的高兴。同时又了解到中央组织部主持召开了有中央统战部、中纪委、教育部、北京市委和北大党委等单位负责同志参加的会议，并决定：对马寅初先生的历史评价由中央统战部提供材料，北大党委为马寅初先生做出平反决定，报北京市委转报中央审批，还决定由中央统战部的领导同志先去看望马寅初。后来，我便随同中央统战部副部长李贵同志一起去看望马寅初，第3次到马家采访。事后，写了李贵专程拜访马寅初，代表组织上通知马老，将为他彻底平反的消息，由新华社在1979年7月25日发出。中央人民电台广播以后，中央各报、各省市报绝大多数都刊登了，引起了极大反响，我收到了许多读者赞扬党中央这种做法的来信。

读者称赞这条连标点符号计算在内，只有513个字的《党组织为马寅初彻底平反恢复名誉》消息，写得好，写得活，是一条富有特色的好新闻。上海《文汇报通讯》登了题为《有胆有识有文采——赞马寅初节制生育的新人口论是正确的》的文章，对这条消息给予评价。之后，这条消息被新华社评为1979年好稿；北京新闻学会和《新闻战线》举办的1979年的好新闻评奖活动中，被评为全国好新闻二等奖。

这条新闻的写出，应该说是集体智慧的结晶，其中包括了编辑的功劳。原先，是我写了一篇几千字的长文章，经过编辑的加工、精练，播出的消息是文章的头一段。当时新华社国内部负责发稿的舒人同志提出：这一段是最主要的新闻，是精华，可以抽出来单发新闻，其余部分另外发表。几经商讨，我同意了这个意见，于是这篇长文就一分为二，开头部分就是这条短新闻，后面部分另成文章：题目叫《真理在他一边——记九十八岁的马寅初老人》，由新华社作为专稿发给教育部主办的《人民教育》杂志，刊登在1979年的10月号上。从这个处理过程中，我体会到：记者要善于抓住事物中最精华的、最具新闻价值的内容，用简短明快的形式传达给读者，不要让闪光的新闻淹没在众多材料中；要舍得扬弃或者删掉那些妨碍主题突出的东西，虽然那也是花心血采访来写出的、也还生动的材料。记者做到这一点，常常是非常不容易的。不忍痛割爱，新闻就做不到精短。

1979年9月中旬，党中央正式批准北京大学党委关于为马寅初先生平反的决定，教育部同时任命马寅初先生为北大名誉校长，我即又分别进行采访，在9月14日、15日接连发了《经党中央批准，北京大学党委做出决定：为马寅初先生彻底平反恢复名誉》、《马寅初就任北京大学名誉校长》两条消息。之后，上海《儿童时代》杂志和《体育报》编辑部又先后多次提出要我为他们撰稿，我又写了特写《马寅初爷爷锻炼身体的故事》和通讯《身体与意志的磨炼》、副标题是“访马寅初先生”，分别发表在1980年出版的《儿童时代》第二期和1980年3月24日《体育报》的头版上。

后来，北京《文化宫》杂志登门约稿，我特别写了题为《马寅初为何能活一百多岁？》一文，刊登在该杂志的1985年第6期；辽宁省本溪市政协约稿，我写了题为《崇高的友情——陈云与马寅初交往片断》一文，被收入《相遇贵相知——中国共产党领导人与党外人士交朋友的故事》一书的第二集，1987 年 12 月由辽宁省教育出版社出版（这两篇是作者在写回忆录时新补充的——作者注）。

（二）

1981 年的 1 月 30 日，我接到教育部打来的电话说，教育部的领导同志要去北京医院看望马寅初先生，希望我去现场采访。如前所说，关于马寅初先生，我在前两年已经写过一些报道。这一次是春节前教育部领导对他的一般性看望，有无新闻，心中无数。但是，我还是决定去看看。到了北京医院马寅初先生住的病房，听了教育部（部）长蒋南翔向马寅初夫人及亲属详细询问马老的病情。教育部的一位司长告诉我：马寅初虚岁已经 100 岁了，6 月北京大学要举行庆祝马寅初名誉校长百岁大寿和从事教育工作 65 周年的活动。我听了这些情况，心想：著名学者马寅初在医院度过 100 岁诞辰，这不是很好的新闻吗？于是，我抓紧核查马老诞辰年月和有关情况，赶回机关立即赶写出一篇 1000 多字的特写:《看望百岁老人马寅初》。稿子中把采访现场情景、收集的细节，都写了进去。总社 1 月 31 日播发后，首都各大报和许多省报都在显著位置全文刊登。香港一些报纸还以特大号字体排了标题《百岁寿星马寅初》。大家说：这篇报道抓得及时，写得快，为读者喜闻乐见。

这年的 6 月 24 日，北京大学为马寅初先生举行任教 65 周年和百岁寿辰庆祝会，我与另一记者前往采访，写了《北大为马寅初举行任教 65 周年和百岁寿辰庆祝会》的消息和特写。《马寅初百岁寿辰祝贺记》由总社当天播发，把给马老祝寿的情况和他对我国教育事业所做的贡献，及时向读者作了报道。

马老百岁寿辰之际，国内外各界人士纷纷来信来电祝贺，邓颖超同志还专门派人送了祝寿的花篮。上海市人口学会理事扩大会送来的一幅长联，给我留下了深刻的印象，这副长联是：“先生在旧社会不畏强暴，敢怒敢言，爱国一片赤子之心，深受同仁敬重；先生为新中国严谨治学，实事求是，坚持真理，不屈不挠，堪为晚辈楷模。”

这以后，马寅初先生一直住在北京医院，身体时好时坏。

1982 年 5 月 11 日，我接到有关部门通知：马寅初于 5 月 10 日下午 5 时在北京医院逝世，终年 101 岁。同时，要我前去采访，对马寅初的后事进行报道。

在发布马老逝世消息之前，我又采访了全国政协秘书处、（中共）中央统战部及马寅初的次子马本初同志。因此得知，马寅初是因患肺炎，后来转成肺心病而去世的。他重病期间，党和国家的领导人都曾去医院探望。马老直到临终，神志仍十分清楚。他一再表示，感谢党对他的关怀和教育，感激周总理对他的关怀和帮助。他说，周总理人品高大，要永远向他学习。马老还反复嘱咐家里人，在生活上不要向国家提过分的要求。他还说，我生前已麻烦、劳顿大家不少，许多人都已年事很高，实在过意不去。因此，在我身后，千万不要再惊动他们来为我参加追悼会。根据马老的遗愿和他家属的要求，马寅初同志治丧小组决定：马寅初的丧事从简，不举行追悼会，只是火化前，在北京医院举行向马寅初同志遗体告别的仪式。

在报道马寅初先生后事过程中，我先后写了《著名经济学家马寅初在北京逝世》、《马寅初同志生平》、《马寅初同志遗体在北京火化，党和国家领导人向马寅初同志遗体告别》3 条新闻，分别于5月14日和22日先后由总社播发。几乎全国所有的报纸，都刊登了这些消息。这样，我就把经（中共）中央书记处讨论通过的对马寅初同志一生的高度评价和赞扬，传达给了全国人民。

在党和国家领导人乌兰夫、彭冲、习仲勋、胡乔木、姚依林、许德珩等，以及马老的家属和生前好友向马寅初同志遗体告别时，我在现场采访一个半小时。川流不息的人们，一个个表情肃穆，缓缓地向马老鞠躬告别；有不少人抑制不住内心的悲痛，失声痛哭。马寅初先生，身着银灰色的中山装，仰卧在用黄金柏、君子兰、一串红等花盆组成的松柏、鲜花丛中，好像睡着了一样。他的面部表情刚毅而倔强，与生前无异；只是两眼深深地陷了下去，身材也瘦小了许多。

面对马老的遗容，我思潮起伏，感慨万端，热泪不禁夺眶而出。在我面前安睡着的这个躯体，已经整整走过了一个世纪，他的确走得很累了，需要永远地安息。但我又不禁问自己：难道他真的走了吗？回答是：他既走了，又没有走。从长远来讲，应该说，他并没有走。就在此刻，他的音容笑貌、坎坷经历、浩然正气、伟大精神、高贵品德，又是那样清晰地浮现在我的眼前，马寅初同志的精神不死，它将永远活在中国人民的心里。

我对马寅初先生的采访报道，随着马老遗体的火化，好像也就这样结束了。但我又觉得还没有完，因为马老那可歌可泣的事迹，还有他那高大光辉的形象，一直在激励着我。前不久，我同《人民文学》编辑部的一位负责同志简要谈了马寅初先生一生的事迹，这位负责人说："你一定要把马寅初写一篇报告文学！"我当时是答应了，但因为没有时间，至今还未动笔。不过，我有决心来试一试。

（三）

在对马寅初先生的采访与报道过程中，体会是很多的。

1．我觉得作为一名新闻记者，不仅要完成采访报道任务，同时也有责任实事求是地向党反映人民群众的疾苦、要求和愿望，做人民忠实的代言人。当不能搞公开报道时，就来写内部情况，向中央反映，协助党做实际工作。对马寅初先生的采访，如不是有这种思想作指导，就不会取得现在这样的结果，像人们说的做了一件大好事。

2．新闻记者在采访过程中，对你所采访的人和事，一定要反复深入进行调查研究，然后做出正确的判断，旗帜鲜明地表明态度。是就是，非就非，肯定什么，否定什么，赞成什么，反对什么，都要毫不含糊，要敢于负责任。

3．一名记者，还必须有较为丰富的知识积累和很强的活动能力。过去，由于我对马寅初了解得很少，所以当我突然接到采访马寅初先生的任务时，就有点感到无所适从，只好多方面活动，虚心学习。在那段时间，我先后找过教育部、（中共中央）统战部、（中共中央）组织部、北京大学等单位的负责人，以及马寅初本人、夫人、子女、与了解他情况者等 20 多人；并且，始终密切注意着为马寅初平反的动向，捕捉各种新闻时机。这是能抓住多次现场采访的线索和时机的重要原因。

4．要有较高的政治修养和百折不回、锲而不舍的决心。要分别情况，区别对待，认真解决问题，而不能感情用事。因为在一名新闻记者的采访活动中，常常会遇到各种各样的情况：顺利的、不顺利的，态度好的、态度不好的，有提供方便条件的，也有拒绝采访的，甚至还有讲难听话的……在执行任务过程中，如果碰了钉子，遇到困难，遭受挫折以后怎么办？在这种情况下，是中断采访，还是继续进行，这对记者来讲不能不说是一个考验。这就要求记者有较高的政治修养和百折不回、勇往直前的精神。比如我在开始采访马寅初先生遇到拒绝时，也曾想：是你们马家不谈，又不是我的问题，拉倒了事，何必“乞求”呢？进而又想，这样也不对。仔细分析，他们发火、不谈，并不是针对我个人的。所以，我不管他们态度如何，照样平心静气，不动声色地工作着。当我把他们的愿望、要求向中央反映以后，中央负责同志作了批示，并由（中共）中央统战部李贵副部长给他们作了传达后，马寅初及其一家便对我说起感谢的话来了；当马寅初的问题彻底平反并被任命为北大名誉校长，我第五次上他家采访时，马寅初本人及其家属子女，对我可亲热了。百岁老人，喜泪满面，激动得放声大哭。马老长时间地紧紧地握着我的手，一再说万分感谢，终生难忘。我也为他终于重见天日感到由衷的高兴。他的《新人口论》出版以后，马老还派他的孙女专程到新华社来给我送书。马寅初一家变成我的朋友了。

5. 要深入采访，仔细观察，尽可能多地占有材料；要爱憎分明，精心提炼，饱含激情精心写作。就以在采访马老的过程中，发的第一条消息《党组织为马寅初彻底平反恢复名誉》为例来谈，它虽然不到600字，但得来却很不容易。在采访过程中，我详细了解了马寅初先生坎坷的一生和不幸的遭遇，被他那种为国为民坚持真理、刚直不阿的精神和坚强的毅力所深深感动。在写稿时，我的感情简直有点不能自已，反复考虑一开始就要把平反现场的喜悦气氛描写出来，通过短短的篇幅尽可能深刻揭示这个小院主人命运的20多年的历史性变化。这就要精心提炼，高度概括，前后联想，又需要有形象的描写和生动的表述。在构思过程中，我的脑海里有十分清晰的两个画面。一个是：马老20世纪50年代错遭批判，20 多年来一直孤独地、痛苦地生活着，这个小宅门可罗雀，令人窒息。另一个是：李贵专程登门拜访，给他第一次带来了巨大喜讯，这位历经三个时代的百岁老人热泪横流，全家一片欢腾。这是党的阳光重新照进这个小院。

这两个画面，既能表现平反的现场气氛，又能反映 20 多年历史性的变化，且都是发生在他住的宅院里。所以我决定选择宅院这个典型环境和细节、这个见证者，用描写和对比的手法揭示这一历史性的变化。一开始便写道：

"7 月中旬的一个上午，往日静悄悄的北京东总布胡同 32 号宅院顿时热闹起来：中共中央统战部副部长李贵来到这里，拜访了 98 岁的著名经济学家马寅初先生。

……

6. 一名记者在采访著名人物时，应该高瞻远瞩，有全面的长期的打算；采访一开始就要想到为以后写出更多的报道，乃至写报告文学、人物传记积累素材。有这样的指导思想或叫"雄心壮志"是十分必要的。它可以有力地促进记者对采访对象进行深入全面的了解，同采访对象建立并保持长期的联系；也可以更好地促进记者对新闻、文学写作技巧的追求和学习，进而在写作实践中使记者的水平不断得到提高。在具体做法上，我的体会是：最好对采访对象的生平事迹能够进行深入全面的了解；了解之后，还要不辞辛劳地及时进行整理、归类；并专门建立采访对象的档案，以便把以后的每一次采访和所有有关采访对象的材料，全部认真、细致地汇集起来。这样，当你日后要进行报道的时候，即可得心应手地在这个丰富的材料宝库中，从不同的角度任意选用。如果时间和条件允许，还可以将你所掌握的采访对象的全部材料，加以提炼、概括，组织、结构写成长篇报告文学和人物传记。

我对马寅初先生的采访就是遵照这一指导思想和原则进行的，并且在三年多的实践过程中深感收益不小。我在采访马寅初先生的过程中，之所以写了一系列报道，同这种“雄心壮志”有直接的关系。当然，对我来说，这也是一种尝试，做得还很不够：如对马寅初先生的报告文学和传记的写作还没有进行，有待今后继续努力。

在本文将要结束的时候，我还有两句必须要说的话：一句是感谢组织上给我这样一个实际锻炼和学习提高的机会；另一句是感谢一些有丰富采访写作经验的同志，给了我许多具体的指导和帮助。

1982 年 7 月改写于北京

四、《马寅初传》获得巨大成功

在采访报道马寅初的过程中，我就被他的可歌可泣的事迹和品格风范深深感动，决心要写一部反映马寅初主要事迹的《马寅初传》。

为写《马寅初传》，从采访、收集资料、构思、写作到成书，从1979年5月至1985年10月，我先后花了六年半时间。这其中可以分为两个阶段：

从1979年5月至1984年8月的5年多时间，是采访报道和进一步收集马寅初材料的准备阶段，这个阶段又分为两个战役。

从1979年5月开始采访到1982年5月10日完成马寅初的丧事报道，是第一阶段中的第一战役。

从1982年5月10日马寅初在北京逝世到1984年8月，是我写《马寅初传》第一阶段的第二战役。

从1984年8月中旬到1985年10月中旬的14个多月的时间里，是采访、写作《马寅初传》，也可叫做写作完成阶段。

经过六年半的努力，在1985年10月15日，我终于完成了夙愿，将我的第一部长篇传记文学《马寅初传》写完。

《马寅初传》它以丰富翔实的资料，真实生动地再现了蜚声中外的著名经济学家、教育家、人口学家马寅初教授饱经沧桑而光辉的一生，细致地描述了马寅初与毛泽东、周恩来、陈云、陈毅，乃至蒋介石等知名人士的交往，充分反映了中国知识分子中优秀人物的命运、生活道路和品格风范，以及中国近百年来坎坷不平的历史。

《马寅初传》自从1985年10月15日脱稿后，就受到报刊、出版社的欢迎，以及中央领导同志的关注和支持。

首先，《马寅初传》全书被解放军文艺出版社的大型文学双月刊《昆仑》杂志，从1986年第一期至第四期连载（分别于1986年1月、3月、5月、7月出版）。为此，新华社在1986年2月3日还专门发了消息：

1984 年上半年，作者多次到马寅初家对其次子马本初（右一）进行采访，了解他的父亲马寅初的生前事迹。

《马寅初传》开始在《昆仑》连载

新华社2月3日电：长篇传记文学《马寅初传》由大型文学双月刊《昆仑》1986年第1期开始连载。

《马寅初传》共五部、四十五章，约20多万字。它记叙了我国著名经济学家、教育家和人口学家马寅初先生不平凡的一生和坎坷的经历，包括他早年的留学生涯、与国民党蒋介石的斗争，以及建国后对我国经济、教育、人口预言等方面的贡献，也记叙了马寅初晚年的舒畅愉快的生活。作品歌颂了马寅初严谨的治学精神和坚持真理、实事求是的高贵品格，文笔朴实流畅，材料丰富翔实。

这部作品是杨建业撰写的。

《昆仑》杂志登完后，《哈尔滨日报》副刊从1986年9月起将全书的主要章节又一连连载40多天。该报在连载开始时发了编者按：“长篇传记文学《马寅初传》，原载《昆仑》杂志。作品以翔实的事实、生动感人的笔触，描绘了马寅初先生的一生，读后十分感人。全文共五部分，本报选第三、第四、第五部分，略有删节。”

1986年8月，中国青年出版社出版的《青年之友》报，在头版头条刊登了《清白长留人间——介绍〈马寅初传〉》的长文。

1986年9月9日，上海《解放日报》办的《报刊文摘》又在头版刊登全面评价该书的文章。

1986年3月中旬，在北京有几家出版社，如作家出版社、解放军文艺出版社、中国青年出版社，先后都同我联系，要求出版《马寅初传》；此前四川人民出版社早已将稿件拿走，要求出版。相比之下，我最后决定把《马寅初传》交给中国青年出版社出版，而且同该出版社签订了出版合同，出版社还提出最好能找中央领导同志为《马寅初传》题写书名并题词。

为此，我在1986年5月上旬给中共中央政治局常委陈云写了报告，要求为《马寅初传》题写书名并题词。

结果，陈云同志对此十分重视和支持。

1986年5月30日，我收到了陈云秘书许永跃从中南海送来的急件。他给我的来信说：

建业同志：

你好！遵嘱，今天上午请老人家（指陈云同志——笔者注）为大作题了书名和为马老的题词一并送上，请查。

另附送陈云同志的《文选》三卷一本给你，亦请查收。

敬礼

专此

许永跃

5月30日

陈云同志为我写的书题写了书名："马寅初传"，并题词："坚持真理，严谨治学"，高度评价和赞扬马寅初先生光辉的一生。

陈云同志的亲笔手迹，至今我都一直珍藏着。

许永跃是我的朋友，他曾当过中华人民共和国安全部的部长。

后来，当中国青年出版社在出版《马寅初传》后，1987年2月26日下午，我到中南海201号院陈云同志住处去给陈云和许永跃送书，并表示感谢。除当面谢过许永跃同志，还向他请示，我写的《崇高的友情——陈云与马寅初交往片段》5000多字的一篇文章，是否请他本人审阅。许永跃说你定了即可，不必再送审。最后，我让许永跃转交给陈云同志一封我写的信：

陈云同志：

您好！现在向您汇报一件事情：在您的关怀下，您曾经为之题写书名和题词的《马寅初传》一书，最近已经由中国青年出版社出版。现送上一本请指正，并衷心向您表示谢意。

我写的这部长篇传记文学《马寅初传》，先在解放军文艺出版社的大型文学双月刊《昆仑》杂志 1986 年第一至（第）四期连续刊登；后由中国青年出版社出版；从 1987 年 2 月 24 日起，又由北京人民广播电台在该台的小说连续广播节目时间对全书进行播诵。特此向您报告。

此致

敬礼

杨建业

1987 年 2 月 26 日

《马寅初传》出版前，中国青年出版社在 1986 年上半年向全国发出预订通知，请读者于 1986 年 6 月 5 日前到当地新华书店办理预订。中国青年出版社在通告中向读者全面介绍了《马寅初传》：

蜚声中外的著名经济学家、教育家、人口学家马寅初教授，一生经历几个不同时代，跨越一个世纪，是一位可歌可泣的具有浓厚传奇色彩的人物。

半个多世纪以来，他曾几次成为社会舆论的中心，轰动了整个中国乃至世界……

他的名字与我国的人口问题紧紧连在一起！

他不平凡的充满惊涛骇浪的坎坷一生，本身就是一部引人入胜的书！

长篇传记文学《马寅初传》，全书共分 5 部 45 章，约 20 余万字，并附有这位百岁老人几十幅珍贵的工作和生活方面的照片。作者以朴实流畅的文笔、丰富翔实的材料，真实生动地再现了马寅初饱经沧桑的一生；通过对马寅初毕生经历的描述，充分反映了中国知识分子中优秀人物的命运、生活道路和品格风范，以及我国近百年来坎坷不平的历史……作品选材独具匠心，结构工整严谨，条理清楚，写作角度别有特色，语言通俗简练，读来感人肺腑，催人泪下，使人奋发！

作品以形象生动的笔法，记叙了马寅初青少年时代的刻苦求学精神和婚姻家庭生活；展现了马寅初早年在美国留学10年，通过勤工俭学发奋攻读，终于获得优异成绩和经济学博士学位的事迹；详细描述了马寅初同国民党和蒋介石斗争的情况；系统介绍了他的治学方法和强身长寿秘诀，在建国以后对我国经济、教育、人口预言等方面做出的贡献，以及他晚年的生活……作品以饱满的激情歌颂了马寅初严谨的治学精神和坚持真理、刚直不阿的高贵品格！

作品给人以多方面的教益和启示，它既是对青年进行理想教育和爱国主义教育的生动教材，又为广大知识分子进行治学和科学研究树立了学习榜样，还为所有的人锻炼身体和强身长寿提供了宝贵经验，更告诉了中华民族子孙后代应该如何做人，怎样才算度过了有意义的一生！

“粉身碎骨不必怕，只留清白在人间”是马寅初最喜欢的诗句，也是他一生的真实写照。现在就让我们从《马寅初传》的目录中，来看看他留下的足迹吧！

《马寅初传》出版后，受到新闻媒体的高度重视和广泛宣传。

中央电视台在1987年2月20日晚7时的新闻联播节目中，对《马寅初传》的出版作了图文并茂的突出报道和介绍。播音员卢静声音洪亮地说：

“中国青年出版社最近出版了由杨建业同志撰写的长篇传记文学《马寅初传》。马寅初是一位国内外有名的经济学家，传奇式的人物。陈云题写了书名，并题词‘坚持真理，严谨治学’，赞扬马寅初的一生。书中附有许多珍贵照片，可以了解马寅初的工作。”

马寅初的次子马本初看了中央电视台的新闻，当时就给我写信：

建业同志：

中央电视台今晚播发了您的大作《马寅初传》行将出版的消息，万分欣慰。谨代表我的母亲和全体家属向您祝贺，并对您为此而付出的艰辛劳动表示衷心的敬意和谢意。

为了能及时购得此传记，请告发行日期，并请在信中通知出版社预留50册，以便及时前去购买。

此致

敬礼

马本初

1987年2月20日

北京市广播电视局编辑出版的《北京广播电视报》，在1987年2月18日头版头条刊登对传记文学《马寅初传》的介绍，并宣布：北京人民广播电台将从1987年2月24日开始，在早上、中午和晚上各占30分钟的小说连续广播节目中，用24天时间，由瞿弦和、张筠英向首都和全国的广大听众连续播诵全书。后来，在时过4年之后，应广大听众要求，该台在1991年4月又重新广播全书一次。

新华社1987年3月6日播发了《马寅初传》出版的消息：

新华社北京3月6日电：长篇传记文学《马寅初传》最近由

中国青年出版社出版。

马寅初教授是现代著名的经济学家、教育家、人口学家。

陈云同志为《马寅初传》题写了书名，并题词“坚持真理，严谨治学”。

由杨建业撰写的这部传记文学展现了马寅初100年的生活道路，歌颂了马寅初的高贵品格和治学精神，介绍了马寅初的婚姻和家庭生活，以及他和许多著名人物的交往和友谊。

1987年3月7日，《人民日报》在第三版刊登了新华社发的《马寅初传》出版的消息，第八版刊登了对《马寅初传》的评价文章：《斑斓的百年历程》；中国新闻社也在3月11日发了《马寅初传》出版的消息，香港和海外的许多报纸纷纷刊登。比如，香港《新晚报》在3月12日要闻版上，就在显著地位刊登了1500多字的《马寅初传》的出版消息。这篇报道的最后一段说：“《马寅初传》出版不久便销售一空，北京人民广播电台每天安排半小时连续广播此书，吸引了众多的听众。”国内的不少报纸也都先后刊登了新华社播发的《马寅初传》出版的消息，如《浙江日报》、《解放军报》等等。

中国青年出版社认为《马寅初传》是一部非常优秀的作品，后以《马寅初》为书名，把它列入了该出版社出版的中国现代名人传记丛书。《马寅初传》出版后被抢购一空，应广大读者的要求，出版社在1987年又再次印刷了此书，还将它送往联邦德国法兰克福举办的国际书展展出。1993年3月，中国青年出版社又以《马寅初传》为书名第三次重印这本书。

北京外文出版社也认为《马寅初传》写得好，是同类作品中最优秀的一部。该出版社在1987年9月，将中文版的《马寅初传》翻译成了英文等多种外文出版。为了适应国外读者的需要，应出版社的要求，我又将此书改写两次，先后补充了近4万字。

为了满足广大读者要求，中国青年出版社在7年之中，先后印刷了三次《马寅初传》（其中一次被列入中国现代名人传记丛书，以《马寅初》为书名重印）；河北省的花山文艺出版社又以《马寅初》的书名在 1997 年 3 月，将其纳入著名民主人士传记丛书，再次出版发行。

在中国青年出版社于 1986 年出版《马寅初传》后的 27 年，2013 年 6 月，中国财政经济出版社的有关领导找我谈话说，要再版《马寅初传》，7 月该出版社与我签订了再版《马寅初传》的合同，之后我又写了再版前言。

《山东人口报》为满足读者需要，决定让一位叫耕田的编辑将《马寅初传》一书缩编成 4 万多字，从 1996 年 3 月 18 日开始在“传记文学连载栏目”内全部刊出。

《马寅初传》自出版以后，曾先后两次获奖：

一次是广州市政协主办的《共鸣》杂志社，1990 年 12 月评选出版 50 期优秀作品 16 篇，其中杨建业将《马寅初传》一书缩写成的《“新人口论”冤案始末》与著名作家秦牧的《世界星座回音壁》，被评为仅有的两个一等奖，奖金为 800 元。

另一次是经过六年多时间考验和社会实践检验，广大读者与专家评定，《马寅初传》被一致公认是党的十一届三中全会以来十几年中，我国传记文学作品中最优秀的作品之一。在首届中国纪实文学“东方杯”传记作品评奖活动中，《马寅初传》连同其他 11 部作品被评为优秀创作奖。在庆祝党的 70 周年生日前夕，举办方于 1991 年 6 月 28 日在北京举行了隆重的发奖大会。我出席了大会，上台领了奖。

这次获优秀创作奖的作者和作品是：王朝柱的《李大钊》；刘家泉的《宋庆龄传》；何晓鲁的《元帅外交家》；聂荣臻的《聂荣臻回忆录》；李维汉的《回忆与研究》；林志浩的《鲁迅传》；杨建业的《马寅初传》；苏双碧、王宏志的《吴晗传》；吴崇其的《林巧稚传》；郑理、佳周的《李苦禅传》；纪宇的《青铜与白石：雕塑大师刘开渠传》；马烽的《刘胡兰传》。

这次评奖活动不同寻常，是一次影响很大、具有里程碑性质的重要活动。它由人民出版社、人民文学出版社、中共党史资料出版社、中国文史出版社、解放军出版社、解放军文艺出版社、中国青年出版社以及《光明日报》社、《文艺报》社、《中国青年报》社、《中国作家》杂志社、《中国人才》杂志社、《名人传记》杂志社、《中华儿女》杂志社、中国纪实文学研究会、中国东方文化研究会、中外名人研究中心等38家出版社、报社、杂志社和文学研究机构共同举办。

上述12部获奖作品，以饱满的热情歌颂了伟大的共产主义事业和我们党的创始人，无产阶级政治、军事和革命活动家，以及我国当代著名的文学家、科学家、经济学家、教育家、艺术家和爱国的英雄模范人物的可歌可泣的事迹，充分反映了我国近百年来历史风云的变幻，展示出绚丽多彩的时代画卷，是对广大读者和青少年进行革命传统和爱国主义教育的生动教材。

按照规定，在这次评奖过程中，我在1990年3月31日写了一篇题为《〈马寅初传〉写作漫谈》的3300字的文章交给了评奖委员会。

事实证明：我写的第一部长篇传记文学《马寅初传》获得了巨大成功。《马寅初传》刚写完就受到中央领导的关怀、支持，就受到出版社的关注、欢迎，报刊的刊登、连载；《马寅初传》出版后，一印再印，报刊媒体广泛宣传报道，北京人民广播电台两次播诵全书；多年来，还一直受到广大读者和听众的好评，党和国家领导人的称赞，专家的充分肯定和高度评价，最后《马寅初传》获得全国大奖。

由513个字的获奖“轰动新闻”《党组织为马寅初彻底平反恢复名誉》，到20万字的获奖长篇传记文学《马寅初传》，是一种从高起点攀登新高峰的巨大成功！

这在我一生的记者和传记作家生涯中，具有重要意义，值得永远纪念。

我为自己能够为党和国家，能够为我们的中华民族做了这件事情，感到无比的欣慰和自豪。

1991 年 6 月 28 日，作者撰写的长篇传记文学《马寅初传》荣获首届中国纪实文学“东方杯”传记作品优秀创作奖。图为作者（左四）与获奖的著名作家在领奖后合影。

五、后续事宜，惠泽千秋

本来，我以为在1991年中国共产党70周年诞辰前夕，在北京领过我写的《马寅初传》的大奖之后，我同马寅初的事情就结束了。但万万没想到，在此后20多年的时间里，我一直在不断地参加与马寅初有关的后续事情和活动，一直在研究马寅初，宣传马寅初。

为此，我出任了《马寅初全集》编辑委员会副主编；参观访问了马寅初纪念馆；先后接受中央和地方的6家电视台采访，谈关于采访报道马寅初的事情。

在这一部分主要写有关参与马寅初后续事宜的内容。

——我在香港工作期间，1996年6月5日，接到浙江人民出版社《马寅初全集》编辑委员会的聘请函，聘请我担任《马寅初全集》编辑委员会的副主编，他们还说这是马老家属的一致要求。我便接受应聘，并在这一岗位上做了不少工作。

1996年11月，还专门从香港飞到杭州参加《马寅初全集》的编委会；1999年11月，还参加了在北京人民大会堂举行的《马寅初全集》和《马寅初画传》出版座谈会。

《马寅初全集》系国家“九五”重点图书出版规划项目之一，首次系统地收集整理和编辑出版马寅初先生的全部遗著文献，包括著作、论文、演讲、报告、日记、书信等，计560多万字，分为15卷。全集编委会和出版社编辑出版人员以高度负责的态度，遵循“尊重历史、崇尚科学”的方针，精心编校，历时五年。

《马寅初画传》收入马寅初先生各个历史时期的珍贵图片300余幅，形象生动地展现了马寅初先生的光辉一生、不朽功业和伟岸风骨。1999年7月，我应邀为该书写了2500多字的代序言。1999年9月，此书由浙江人民出版社出版。

现将这篇代序言的全文引述于后：

民族瑰宝 壮美人生（代序言）

——为《马寅初画传》出版而作

杨建业

浙江人民出版社在建国50周年大庆前夕出版的《马寅初画传》，形象、生动地反映了马寅初先生坎坷而光辉的一生，是一部很值得一读的佳作。

著名经济学家、教育家、人口学家马寅初先生，浙江嵊县人，出生、成长于清朝，工作和生活在中华民国和中华人民共和国，一生历经三个时代，跨越一个多世纪，是一位可歌可泣的具有浓厚传奇色彩的人物，举世公认的“学界泰斗”、“一代师表”。同时，他亦是有着铮铮铁骨的民主战士，并且始终是中国共产党的真挚诤友，新中国知识分子民主和科学精神的楷模。

马寅初先生在青少年时代，为了实现自己强国富民的理想，就曾以死抗争，拒绝继承父业经营酿酒作坊，决心走贫穷求学的道路，并且获得成功，做到了“贫贱不能移”；当他从美国学成归来，人到中年以后，在高官厚禄的诱惑面前，他毅然宣布“一不做官、二不发财”，义无反顾地登上北京大学的讲台……真可谓“富贵不能淫”；抗日战争期间及战后，他目睹国民党反动派的腐败、民族危机的深重，挺身而出，写文章，作讲演，大声疾呼，反对官僚资本和通货膨胀，反对出卖民族利益和独裁统治。对于马寅初先生的爱国和正义行为，蒋介石一方面派人用高官厚禄加以收买，同时进行威胁、恫吓。马寅初先生软硬不吃，结果遭到国民党反动派的迫害，被关进集中营、监禁达数年之久；但在狱中和出狱后，他继续大声疾呼，痛斥国民党政府出卖民族利益的种种行径……真不愧是一位“威武不能屈”的英雄！

新中国建国前夕，马寅初先生应中国共产党和周恩来的电召，自上海经香港到北京参政，被选为中央人民政府（委员会）委员；在开国大典时，他应邀登上天安门城楼，站在毛泽东主席身后，亲耳聆听到毛泽东主席向全世界宣告：中华人民共和国成立了！中国人民从此站起来了！建国以后，他先后担任中央（人民政府政务院）财经委员会副主任、华东军政委员会副主席、浙江大学和北京大学校长，并担任多届全国人大常委、（全国）政协常委等职，为发展我国文化教育和经济事业日夜操劳，做出了重要贡献。

20 世纪 50 年代中期，他提出以节制生育、提高人口质量为中心的“新人口论”和综合平衡按比例发展的经济理论。但这种利国利民的正确理论和切实可行的主张，在当时却遭到了错误的批判和很不公正的对待。对于对他发起的错误批判，马寅初先生发表严正声明：“这个挑战是很合理的，我当敬谨拜受。我虽年近八十，明知寡不敌众，自当单身匹马，出来应战，直到战死为止，决不向专以力压服不以理说服的那种批判者们投降。”

1959 年，马寅初先生被扣上了“资产阶级代表人物”、“中国的马尔萨斯”、“反党反社会主义”等帽子和罪名。他不得不辞去北大校长职务，离开全国人大常委会，还被剥夺了发表文章的权利。从此以后，在将近 20 年的时间里，人们再也没有听到这位刚直不阿的学者的声音。

1978 年 12 月召开的党的十一届三中全会，是建国以来我党历史上具有深远意义的伟大转折，也使马寅初先生得以重见天日。在中央的直接关怀下，马寅初先生的问题于 1979 年 9 月中旬得到了彻底平反，肯定了他的“新人口论”和综合平衡的经济理论都是正确的，推翻了强加于他的一切诬蔑不实之词，恢复了他的职务和名誉。1981 年，北京大学、浙江大学、重庆大学等为马老举行了庆祝百岁寿辰的活动。1982 年 5 月 10 日，马寅初先生走完了他的人生历程，在北京逝世，终年 101 岁。

在 1979 年春天，通过采访，我认识了马寅初先生；20 多年来，简直与他结下了不解之缘：我情不自禁地投入了大量时间、精力去了解马寅初，研究马寅初，宣传马寅初。党的十一届三中全会之后，五届（全国）人大二次会议召开前夕，作为新华社记者，我经过认真调查研究，写了一篇题为《马寅初的家属希望尽快为马落实政策》的内参。我在文中明确提出，马寅初的“新人口论”主张节制生育等问题，实践证明是正确的，当时对他的批判、处理都是错误的，对马寅初的问题应尽快复查，予以平反，公开恢复名誉。这份内参 1979 年 6 月 21 日送中央以后，陈云、胡耀邦、宋任穷等领导同志当天（和第二天）即在上面分别批示，应该为马寅初平反、恢复名誉。邓小平同志还亲自批准马寅初任全国人大常委和北大名誉校长两个职务。很快，中央就为马寅初先生彻底平反，恢复了名誉。应该说，我写的内参，为党中央对此事的决策提供了参考，对马寅初先生的平反起了重要作用。在此后三年多的时间里，我还前后采写了十几篇长达数万字的关于马寅初先生的平反问题和他坚持真理、严谨治学的精神，以及晚年生活的报道。1982 年 5 月，马寅初先生去世后，我又用三年时间写出了由陈云同志题写书名并题词的《马寅初传》（20 万字）。该书在 1986 年由中国青年出版社出版后，有多家报刊转载，又多次再版，还被电台广播，1991 年在首届中国纪实文学“东方杯”传记作品评奖活动中，获得优秀创作奖；甚至直到 1997 年，花山文艺出版社还将该书列入“著名民主人士传记丛书”，再一次以《马寅初》

为书名出版。

盛世修文。1996 年，浙江人民出版社决定编辑出版《马寅初全集》，聘请我担任副主编，我义不容辞地接受；这次该社邀请我为《马寅初画传》作序，我亦乐于从命。

《马寅初画传》是《马寅初全集》的姊妹篇，是近几年来浙江人民出版社收集到的有关马寅初先生的 800 多幅珍贵图片中，精选近 300 幅，以马寅初先生的人生历程为序编辑而成的。全书以图片形象为主，辅以文字说明，共分五个部分：(一) 早年岁月；(二) 民族忠魂；(三) 老马奋蹄；(四) 丹心报国；(五) 光耀人间。最后附有“马寅初大事年表”。它的出版，应该说是一种对人物传记大胆的创新和成功的尝试。

陈云同志对马寅初一生作过高度评价：“坚持真理，严谨治学”。宋庆龄同志赞扬马寅初：“不愧为我们中华民族难得的瑰宝。”

马寅初先生饱经沧桑、悲壮绚丽的一生，同中华民族的命运紧密相连；马寅初先生走过的道路，就是我国百多年来社会发展和斗争的缩影。马寅初先生是爱国主义的伟大典范。马寅初先生的精神，永远鼓舞着中华民族的后代子孙……

《马寅初画传》的出版，使马寅初先生的光辉形象和浩然正气永驻人间，为全国广大青少年和人民群众提供了一部重要的爱国主义教材，不仅具有重大的现实意义，而且具有深远的历史意义。

我衷心祝贺《马寅初画传》的出版。斯为代序。

1999 年 7 月 5 日于北京

——从 2002 年 6 月至 2006 年 4 月，我先后去浙江参加过两次有关马寅初的活动。

应浙江省嵊州市委、市政府的邀请，2002 年 6 月 23 ~ 24 日，我和夫人魏穆紫，去浙江嵊州马寅初先生的故乡，参加嵊州市举办的马寅初先生诞辰 120 周年活动，我在会上讲了话；会后到嵊州市浦口街道，参加马寅初故居开放仪式，参观了马寅初故居。

应浙江省杭州市马寅初纪念馆的邀请，我和夫人魏穆紫于 2006 年 4 月 16 ~ 21 日前去浙江杭州参观马寅初纪念馆。其间，我们还去西湖和中国第一豪宅胡雪岩故居游览参观，到绍兴参观了“鲁迅故里”和周恩来总理祖居、故居，以及“鉴湖女侠”秋瑾故居。

马寅初纪念馆在浙江省杭州市庆春路 210 号，在参观过程中我边看边接受他们的访问，讲述有关当年采访报道马寅初先生的事情。参观结束后，我在留言簿上题词：“功在当代，惠泽千秋。”

我在马寅初纪念馆里既留下了影像又留下了声音，可以为参观的观众服务。我还给马寅初纪念馆捐赠了一批纪念品，写了一封比较长的信加以说明。我捐赠后，马寅初纪念馆在 2006 年 4 月 17 日，正式发给我“收藏证书”。

我给“马寅初纪念馆”捐赠的文物有 7 种：

（1）《马寅初传》1 本，杨建业著，1986 年 9 月中国青年出版社出版。

（2）中国现代名人传记系列丛书：《马寅初》1 本，杨建业著，1993 年 3 月中国青年出版社第三次印刷。

（3）著名民主人士传记丛书：《马寅初》1 本，杨建业著，1997 年 3 月花山文艺出版社出版。

（4）《生死存亡的关键：重大历史事件亲历者讲述陈云》一书，《陈云与党风廉政建设》摄制组编著，新世界出版社 2005 年 6 月出版。

（5）《国内动态清样》（附页），新华通讯社 1979 年 6 月 21 日（第 76 期）《马寅初的家属希望尽快为马落实政策》（共三页）（记者杨建业）的复印件。

（6）1986 年 5 月 30 日，陈云同志为杨建业著的《马寅初传》一书题写书名，并题词：“坚持真理，严谨治学。”（陈云手迹的拍照件）

（7）为纪念陈云诞辰 100 周年，由中央纪委监察部、中央文献研究室、中央电视台联合摄制的《四集文献电视纪录片：陈云与党风廉政建设》珍藏版 DVD 两片装一套；其中第二集《拨乱反正》记述了陈云为马寅初平反经过。

——从 2002 年至 2010 年的八年间，有中央和地方的 6 家电视台先后采访我，谈有关对马寅初先生的采访与报道问题。

2002 年 3 月 16 日下午 2 点 30 分，浙江嵊州电视台吴维珍等 3 人来我北京的家中采访，要我谈关于马寅初先生的 4 个问题：

（1）以《马寅初传》作者的身份，对马寅初先生进行总评价。

（2）马寅初一生与共产党的关系及感情。

（3）关于对马寅初的采访报道和感受。

（4）《马寅初传》的创作经过及其影响。

后来，嵊州电视台把对我的采访收入《马寅初》文献纪录片播放，并送给我光碟。

2002 年 6 月 23 日晚上，上海教育电视台到我参加纪念马寅初先生诞辰 120 周年时住的嵊州宾馆来采访，也是有关马寅初的问题；之后在上海教育电视台播放，我没有看到，但是上海的段和段律师事务所的段祺华律师看过告诉了我。

2004 年 12 月 29 日上午 10 点 10 分至 12 点 10 分，我在中央电视台演播室接受了中纪委监察部、中央文献研究室和中央电视台联合摄制组的采访，谈有关陈云同志为马寅初平反以及陈云与马寅初的交往。事后，他们联合出了两个产品：

（1）由新世界出版社在 2005 年 6 月出版了《生死存亡的关键：重大历史事件亲历者讲述陈云》一书。

（2）由中央纪委监察部华方音像出版社在 2005 年 6 月出版发行了《四集文献电视纪录片：陈云与党风廉政建设》DVD。

他们把对我的采访收入其中，2005 年 6 月 17 日及以后在中央电视台多次播放，我已看过。其具体内容已在本附录第一部分中详细写出，故在此略去。

2007 年 3 月 6 日下午 2 点至 5 点，上海电视台纪实频道、《大师》编导邬文磊等 4 人来我北京的家中，采访我对马寅初的采访报道情况，主要谈为马寅初平反写内参，以及中央为马平反的情况；他们要为马寅初先生制作一个多小时的电视节目。我身穿西装，坐在书房讲了一个半小时。

这一次是我准备最充分，讲得最完整的一次。

事后，他们给我寄来采访后播放的 DVD 光盘。这是在国内播放的。

之后，大约在 2007 年的夏初和秋末，上海电视台纪实频道高级编辑江宁又先后找我两次采访有关马寅初的事情，还让我到北京大学办公楼、图书馆、马寅初故居——北京东总布胡同 32 号院作现场表演……上海电视台这一次是为马寅初制作对国外播放的电视片。

2010 年 10 月 24 日上午 10 点 15 分至下午 1 点 40 分，山西原平电视台冯慧军导演、李小琴编剧来我家对我进行采访。他们是为原平电视台拍摄“50 集大型电视人物纪实系列剧”《原平人在北京》，题目定为：《集高级记者、作家、官员于一身——走近终身享受国务院政府特殊津贴专家杨建业》；在采访过程中让我谈了对马寅初先生的采访报道，重点是为马寅初采写平反内参，以及我写的新闻报道和长篇传记文学《马寅初传》的情况。

事后，他们制成了 DVD，让我看过，又在山西原平电视台播放。同时，他们还送了我 5 张 DVD 光盘，我还买了 15 张，分别送给亲戚和子女做留念。因为这次录制的节目，属于我的生平传记的一部分，其中还拍了许多不同时期的照片，很珍贵，可作永久纪念。这张 DVD 光盘是《原平人在北京（27 集）》，分上下两篇，上、下篇各在 20 分钟之内，总计 30 多分钟。

从 1979 年 6 月我写的马寅初的第一篇内参《马寅初的家属希望尽快为马落实政策》，到 1999 年 7 月我写的马寅初的最后一篇文章：《民族瑰

宝 壮美人生（代序言）——为〈马寅初画传〉出版而作》，前后历时20年，采访写作马寅初的时间之长，在我的记者生涯中，属首屈一指；从1996年6月到2010年10月的近15年中，我一直在做与马寅初有关的后续事宜，特别是从2002年至2010年的8年中，都是我接受电视台采访，谈过去采访报道马寅初的事情，而且都有音像电视片制作，这同我过去只有用文字撰写马寅初不同，后者可以拥有广大观众。所有这些音像电视片和以前的文字作品一样，都会留传到我们国家的子孙后代，对他们起到教育鼓舞作用。2010年夏天，我在北京友谊医院医疗保健中心一门诊看中医时，一位叫陈海明的主治医师告诉我：她在阳光卫视电视台的“永远留存”滚动播出的栏目里，看到电视在介绍关于杨建业采访马寅初的报道。她看后认为很好，留下深刻的难忘的印象。她伸着大拇指对我说：“你不简单，你有贡献，我为你看病很高兴。”所以我把这一部分的题目定为：“后续事宜，惠泽千秋。”